저만치 혼자서

김훈 소설

저만치 혼자서

문학동네

차례

명태와 고래

태백산맥이 해안을 바싹 압박하면서 가파른 경사로 물에 잠겼다. 해안단애가 끊어지는 자리마다 포구마을이 들어섰고 무덤들은 경작지나 야산 어디에나 돋아났다. 마을들의 이름은 포浦, 진津, 항港 자 돌림으로 제가끔이었지만 어느 마을이나 앞에는 바다, 뒤에는 산이었고 생선 쓰레기가 썩는 냄새와 어업용 면세 디젤이 타는 냄새도 해안의 여러 마을들이 다 똑같았다.

오호츠크해의 한류는 9월 하순부터 함경도 해안을 따라 남하했다. 차가운 물속에서 명태, 가자미, 도루묵, 양미리가 우글거렸는데, 명태, 가자미……는 그것들의 이름이 아니었다. 그것들은 본래 이름이 없었고 지금도 이름이 없다. 수억 년의 새벽마다 수평선 너머에서 해가 떠올라 빛과 어둠이 스미면서 갈라졌지만 바다에는 시간의 자취가 남아 있지 않았다. 바다의 시간은 상륙하지 않았다. 바다는 늘 처음이었고, 신생新生의 파도들이 다가오는 시간 속으로 출렁거렸다. 아침에, 고래의 대열은 빛이 퍼지는 수평선 쪽으로 나아갔다. 고래들이 물위로 치솟을 때 대가리에서 아침햇살이 튕겼고, 곤두박질쳐서 잠길 때 꼬리지느러미에서 빛의 가루들이 흩어졌다. 고래의 대열이 번쩍거리면서 원양을 건너갈 때 포구로 돌아오는 배들은 고래를 피해서 우회했다. 선원들은 아침의 빛 속으로 나아가는 고래의 대열을 오래 바라보았다. 선원들은 고래들의 행선지를 알지 못했다.

겨울에는 북빙양에서 이는 바람이 파도를 몰아왔다. 포구들은 방파제를 기역자로 꼬부려서 북쪽을 막고 남쪽을 열었다. 방파제 남쪽 끝에 무인 등대 한 쌍이 밤새 깜박였다. 바람이 거친 날 파도는 등대를 넘어서 물보라를 끼얹었다. 새벽에 돌아오는 연안 안강망, 연안 유자망, 채낚이 어선 들이 무인 등대 사이를 지나서 위판장 부두에 옆구리를 들이대면 거뭇거뭇한 사내들이 어둠 속에서 생선 궤짝을 내렸다. 해풍에 삭아서 반토막만 남은 태극기가 마스트에서 펄럭였고, 집어등 위에 씌운 양재기가 덜그럭거렸다. 어느 포구의 배들이나 모양이나 냄새가 다 마찬가지여서 배들이 선적지가 아닌 다른 포구로 들어가도 낯설지 않았다. 여자들은 구멍 뚫린 드럼통에 장작불을 피워서 선짓국을 끓였다. 뜨거운 국물을 삼키는 사내들의 목울대가 흔들렸고 장작불길이 얼굴에서 어른거렸다. 갈매기들이 쓰레기통을 뒤지면서 끼룩거렸다. 사내들이 소주병을 던져서 갈매기를 쫓았다. 포구로 돌아올 때 정치망 어장을 건드린 선장이 그물 주인과 악다구니를 하면서 싸웠다. 그물 주인은 변상을 요구했고 선장은 너울이 몰려와서 불가항력으로 진행 방향이 어긋났다고 맞섰다. 그물 주인은 같은 시간에 들어온 다른 배의 선원들을 시비에 끌어들였으나 사람마다 말이 달랐다. 어둠 속에서 사내들의 악다구니 소리는 점점 높아갔고 사내들의 아내들이 싸움에 가세했다. 새벽에 돌아온 사내들이 위판장으로 생선을 옮길 때, 새벽에 나가는 사내들은 배에 올라 시동을 걸었다. 일출의 기별은 없었고, 물위에 뜬 달무리 속에서 고래들은 치솟고 잠겼다.

태백산맥에서 동해로 나아가는 하천들은 빠르고 맑았다. 깊은 골짜기를 돌아 나온 물줄기들은 하구에 닿아서도 소금기에 물들지 않고 봄 산의 풋내를 실어왔다. 수평선을 여는 아침햇살이 하구에 닿으면 빛들은 물줄기를 거슬러 퍼덕이며 상류 쪽 계곡으로 번져갔다. 물을 따라서 산냄새가 내려오고 빛이 골짜기로 올라갔는데, 보는 사람은 없었다.

칠백여 년 전에 이 포구마을 사람들이 산곡수山谷水와 바닷물이 만나는 유역에 향나무 이천 그루를 파묻었다. 부처가 입적한 후 오십육억 칠천만 년이 지난 뒤에 도솔천의 미륵이 이 세상으로 내려와서 살육과 약탈의 지옥에서 중생을 건져줄 것을 기약했는데, 사람들은 기어이 그날을 기다리면서 그 약속의 날에 미륵을 맞이하여 새 세상에 피울 향을 미리 준비하려는 것이라고 옛글에 적혀 있었다. 그때 미륵은 여전히 젊어서 멀리 보는 눈빛은 맑고 고요하며 몸냄새가 향기로울 것이었다. 말 탄 이민족의 군대가 강토를 짓밟고 백성들을 잡아서 육즙을 짜내고 껍질을 벗기는데, 임금은 먼 섬으로 들어가서 내다보지 않았다. 물가에서는 더이상 쫓겨갈 곳이 없었으므로, 사람들은 향을 묻으면서 그 소망을 돌에 새겨서 비석을 세웠다고 칠백 년 전에 난세의 사가史家는 적었다. 같은 땅 위에서 왕조가 바뀌었고 비석은 삼백 년 전의 홍수에 쓸려 매몰되었다. 대학 박물관의 조사단이 초음파 장비로 땅 밑을 뒤졌지만 향을 묻었다는 자리는 찾지 못했고, 시야가 기진하는 그 너머까지 해안단애는 뻗어 있었다. 칠백 년 전 사람들이 물가에 향을 묻을 때나 칠백 년 후 사람들이 향 묻은 자리를 찾지 못하고 돌아갈 때도 고래들은 바다에서 날뛰었다. 물고랑 밑에서 치솟은 고래들은 달려드는 파도의 대가리를 대가리로 들이받아 깨뜨리면서 원양으로 나아갔다.

향일천向日川의 십삼 킬로미터 유로는 동해에 닿기까지 다섯 번을 굽이쳤고, 그 하구에 자리한 어촌마을 이름은 향일포였다. 향일천은 물이 차가워서 언저리가 서늘했고, 흐름이 빨라서 초겨울에 물을 거슬러올라가는 연어떼들은 아가미를 왈칵거리며 숨을 몰아쉬었다. 산맥의 가파른 사면을 흘러내리는 물이 바위를 스치고 굽이치는 자리마다 우뚝한 직벽이 들어섰다.

상류에서 세번째 굽이의 직벽에 신석기시대의 암각화가 새겨져 있었다. 문화재청 당국은 그 형성 연대를 칠천 년에서 오천 년 전쯤으로 추정했는데, 물가에 인간의 자취가 없어서 이천 년의 편차가 바위 위에서는 한나절쯤으로 보였다. 자동차가 유턴해서 직진하면 후진과 마찬가지이듯이 바위 위에서는 시간의 흐름에 진행 방향이 없는 듯싶었다. 홍수 때마다 급류에 깎여서 속 무늬가 드러난 바위에 고래 수십 마리와 호랑이 서너 마리가 새겨져 있었다. 빠르게 흐르는 선만으로 솟구치는 고래의 운동감을 드러냈고 호랑이의 얼룩무늬는 바위를 쪼아서 면으로 표현했다. 바위에 새겨진 고래들의 분류학적 특징은 선명했다. 바다 밑에 서식하면서 좀처럼 수면으로 올라오지 않는 긴수염고래도 있었고 연안으로 다가오지 않고 원양에서 원양으로 대륙간을 이동하는 향고래도 있었다. 12월의 차가운 물속에서 연안으로 다가와 먼 북소리로 울어대는 귀신고래도 있었고 수면 위로 높이 솟구치는 돌고래도 있었다. 바위 화폭 속에서 작살을 받은 고래는 피 흘리며 뒤치었고 고래 일가족이 새끼를 이끌고 항해하고 있었다. 산 채로 잡혀온 호랑이는 우리에 갇혀서 앞발을 쳐들었고 뿔이 무성한 사슴이 말뚝에 묶여 있었다.

바위 화폭 속에서 가벼운 몸매의 사내들이 달려드는 호랑이를 향해 창을 겨누었다. 작살을 쥔 고래잡이 사내들이 쪽배를 타고 바다로 나아갔고, 성기가 발기된 사내가 출항하는 배를 향해 긴 관악기를 불었다.

바위 화폭에 온갖 고래들의 몸짓과 표정이 새겨져 있었으므로 칠천 년쯤 전에 향일천 유역에 살았던 사람들은 연안에서 원양에 이르는 넓은 해역에 서식하는 고래들을 모두 잡을 수 있었던 것이라고 고고학자들은 설명했는데, 그 뻔한 얘기는 전문가가 아니더라도 누구나 알 수 있는 것이었다. 고래 한 마리를 잡으려면 쪽배 대여섯 척이 고래를 포위하고 작살을 박아서 고래가 기진할 때까지 밀고 당겨야 하고, 또 고래를 상류까지 끌고 올라와서 해체하려면 수많은 훈련된 인력이 필요하므로, 향일천 유역에는 고래잡이를 전문으로 하는 대규모 인구와 취락, 그리고 그들을 조직해서 지휘하는 정치권력이 존재했었다는 학설도 추론 가능한 것이었다. 주거지는 발견되지 않았지만 고래도 잡고, 호랑이도 잡는 강력한 인간들이 향일천 유역의 산과 바다에서 살았다는 것은 확실했다. 문화재청 당국은 유역과 하구를 거듭 발굴 조사했으나 사람들의 삶의 자취를 찾을 수는 없었고 남은 것은 바위에 새겨진 그림뿐이었다. 바위그림에 소나 말, 개나 돼지가 등장하지 않는 것으로 보아서 인간이 농경으로 정주定住하기 이전의 유적이라는 주장도 있었으나 논거가 허약했다. 먼저 그려진 그림에 후대에 그려진 그림이 부분적으로 겹쳐져 있는 것으로 봐서 이 유역에서 수렵과 포경을 생업으로 삼는 인간 집단이 수백 년에 걸쳐 정주하면서 마을을 이루고 있었다는 주장도 살림터의 흔적이 발굴되지 않는 한 근거가 허약하기는 마찬가지였다. 그 강력한 인간들이 어디서 왔는지, 호랑이 사냥과 고래 사냥이 어떻게 한 부족 안에서 동시에 가능했는지, 그들의 마을은 언제 어떻게 사라진 것인지는 알 수 없었는데, 그림이 새겨진 바위 아래로 물은 칠천 년을 흘렀다.

수평선을 여는 아침햇살이 향일천의 물줄기를 거스르며 계곡에 퍼지면 아침의 빛은 바위그림의 선 속에서 자글거렸다. 아침에, 그림 속의 고래 호랑이 사슴 들은 바위의 표면으로 떠올라 치솟고 곤두박질치고 으르렁거렸고, 해가 기울면 다시 바위 안쪽으로 잠겼다. 향일포는 오래된 어촌이었다.

군청 소재지 버스터미널 담벽에 "증산·수출·건설"이라 쓰인 현수막이 걸려 있었다. 광장에는 흙먼지가 날렸고, 펄럭이는 현수막 아래서 김밥 오뎅 떡볶이를 파는 행상들이 연탄 화덕을 끼고 있었다. 터미널에서 향일포까지는 해안도로로 팔 킬로미터였다. 마을버스가 다녔지만 이춘개李春介는 그 팔 킬로미터를 걸었다. 버스에서 혹시라도 안면이 있는 사람을 마주치게 될 일이 난감했다. 이춘개의 기억 속에서 향일포는 오래된 그림처럼 얼룩으로 바래 있었고 그 향일포를 다시 눈으로 보게 되는 것이 두려웠다. 기억 속의 향일포에서는 늘 디젤이 타며 내뿜는 배기가스 냄새가 났다. 바다에 나가서 잡은 물고기를 돈으로 바꾸어서 먹고살던, 그 각박했던 마을이 이제는 멀건 환영처럼 느껴졌다. 그 환영이 실물로 바뀌어 다가오는 순간 복역 십삼 년의 세월이 모두 먼지가 되어 날아가고 처음부터 다시 징역살이를 시작해야 할 것 같았다.

이춘개는 아침 아홉시에 북부 제3교도소에서 출소했다. 간첩죄, 보안법 위반으로 징역 십사 년을 선고받고 십삼 년을 복역한 뒤 삼일절 특사로 잔여 형기 십 개월이 사면되었다. 만기 출소나 별 차이 없었다. 두 주일 전 교도소 총무과장한테 불려가서 사면 출소 통고를 받았을 때 향일포의 어촌마을과 바다가 천장 벽지의 쥐 오줌 자국처럼 흐리게 떠올랐다. 거기서의 밥과 거기서의 인연이 결국은 십삼 년 동안의 징역살이로 이어진 것이었다. 향일포의 기억은 희미했으나, 벼락치듯 갑자기 교도소를 나가라고 하니 천지간에 가야 할 까닭이 있는 곳은 없었지만 연고지는 거기밖에 없었다. 끌려와서 갇힌 것과 풀려나서 돌아가는 것이 모두 난데없어서 이쪽에서 보면 저쪽이 헛것처럼 보였다.

교도소 당국은 이춘개의 출소를 향일포 주소지의 가족들과 경찰관서에도 통고했다는데, 가족들은 수감된 지 오 년부터는 편지나 면회가 없었다. 그 주소지에 가족들이 살고 있지는 않을 것이라고 이춘개는 생각했다. 가장이 간첩죄로 중형을 받고 수감되었으므로, 식구들은 죄수와 소식을 끊고 안면 없는 곳으로 제가끔 흩어졌을 것이었다.

향일포로 가는 길은 바다에 바싹 붙어 있었다. 초봄의 햇빛이 바다에 가득차서 수평선이 흔들렸다. 이춘개는 눈을 찌푸려서 수평선 쪽에서 몰려오는 어지럼증을 막아냈다. 미역바위 다섯 개가 물위에 떠 있었고, 여자들이 바위에 붙어서 작업을 하고 있었다. 물가의 동굴 속에 들어 있던 점집은 없어지고 빈 동굴 속에서 갈매기들이 끼룩거렸다. 여기가 거긴가…… 여기가 거기 맞는가…… 이춘개는 걸음을 멈추고 길가에 앉아서 바다를 바라보며 담배에 불을 붙였다. 교도소에서는 십삼 년 동안 담배를 피우지 못했다. 십삼 년 만의 담배 연기에 헛구역질이 치솟으면서 바다가 뒤집혀 보였다. 십삼 년 전에 살던 곳이라고 해서 출소 후에 다시 찾아가는 이유를 이춘개는 알지 못했지만, 발길은 그쪽으로 향하고 있었다. 치솟는 구역질 속에서 향일포로 가는 길은 뒤틀리고 끊어져 있었다. 이춘개는 터미널 앞 광장에서 사먹은 우동 국물을 토해냈다. 국물이 덜 삭아서 조미료 냄새가 목울대로 올라왔다. 이춘개는 소매로 입가를 닦고 다시 걸었다.

얼음공장을 돌아나가자 향일포의 선창과 마을이 보였다. 멀리 가라앉는 잔산殘山들과 그 너머의 해안단애, 방파제와 무인등대 한 쌍, 그리고 마을 뒤쪽을 바싹 압박하고 있는 시커먼 산맥은 모두 십삼 년 전과 같았다. 3월 초인데 먼 산맥의 북쪽 사면에는 눈이 녹지 않고 있었다. 방파제 안에 들어와 있는 배들은 십삼 년 전보다 굵어졌는데, 바람에 시달려 신산스럽기는 마찬가지였다. 깃발이 삭아서 너덜거렸다.

백도白島는 방파제 북쪽 날개 끝에서 동쪽으로 일 킬로미터 해상에 뜬 무인도였다. 섬이라기보다는 바윗덩어리였다. 백도는 갈매기들의 오래된 서식지였다. 칠천 년 전 사람들이 이 바다에서 고래를 잡고 향일천 상류에 암각화를 새길 때부터, 그리고 그 이전 수십 번의 칠천 년 전부터 갈매기들은 백도에 서식했다. 갈매기들은 아침에는 육지 쪽으로 날아와 선창가를 뒤져서 먹이를 먹었고 저물면 백도로 돌아갔다. 갈매기들이 백도에서 떼 지어 날아오를 때 끼룩거리는 울음소리가 마을에까지 들렸고, 아이들이 마당으로 달려나가 말리던 생선을 거둬들였다. 백도의 갈매기들이 떼 지어서 달려들면 작은 어선은 살아남지 못한다고 무동력선 시절의 늙은 어부들은 말했다. 늙은 어부들은 생선 내장을 던져주며 갈매기들을 달랬고, 섬을 향해 고사를 지냈다. 그 어부들은 모두 죽고 없다.

백도는 그루터기 바위 위에 수천 년 동안 갈매기 똥이 쌓여서 형성된 섬이었다. 오래된 똥이 돌로 변해서 흰빛을 뿜어냈다. 거기에 일출의 빛이 닿으면 섬은 자주색 보라색 분홍색 빛을 튕겨냈고 달빛이 내리는 밤에는 뽀얀 상앗빛으로 가라앉아 차분했다. 섬이 하얘서 지도에는 백도라고 적혀 있었지만 마을 사람들은 새똥섬이라고 불렀다. 미역바위 다섯 개는 새똥섬 주변에 박혀 있었다. 새똥섬 미역은 끓일수록 국물이 뽀얘졌고 오래 끓여도 향기는 풋것으로 남아 있었다. 소출이 많아서, 미역바위는 마을 어촌계가 공동관리했다. 마을 여자들이 순번을 정해서 미역바위까지 헤엄쳐서 건너가 미역을 땄다. 등대가 없던 시절에 저물어서 돌아오는 목선들은 새똥섬의 흰빛을 보고 방향을 가늠했다. 해안선을 따라가며 들어선 포구마을들이 다 똑같은 지형과 구도였는데, 하얗게 빛나는 새똥섬은 멀리서도 향일포를 알아볼 수 있는 지표였다. 죽은 노인들은 향일포를 백포白浦라고도 불렀는데, 새똥섬을 귀하게 여기는 뜻이었다.

십삼 년 만에 보는 새똥섬은 이춘개의 눈 속으로 뛰어들어올 듯이 확실했다. 여기가 거기로구나, 여기가 바로 새똥섬이 있는 향일포로구나. 새똥섬을 바라보면서, 이춘개는 마을로 들어가기를 머뭇거렸다. 향일포와의 연고는 십삼 년의 복역 중에 모두 증발해버린 것이어서 새똥섬의 확실성은 오히려 환각 같았다. 마을이 한 굽이 남은 물가에서 이춘개는 국밥집으로 들어가서 막걸리를 마셨다. 십삼 년 만의 술은 어지러워서 이춘개는 두 잔 이상 마시지 못했다.

전날 저녁에 교도소에서 출소 준비를 할 때 총무과 직원이 귀향 여비와 징역 노임을 계산해주었다. 그 돈으로 향일포에서 여인숙에 들고 밥을 사 먹는다면 두어 달쯤 버틸 수 있을 것이었다. 이춘개는 주머니에서 지폐를 꺼내서 들여다보았다. 임금인지 선비인지, 수염 긴 옛사람의 얼굴이 그려져 있었다. 돈이나 밥벌이와는 사소한 관련도 없어 보이는 표정이었다. 십삼 년 전에, 이 항일포에서 물고기와 바꾸던 돈에 누구의 얼굴이 그려져 있었는지 기억에 없었다. 그때도 돈에 그려진 얼굴을 유심히 들여다보지는 않았다. 얼굴은 기억나지 않았지만 돈이 항일포에서 지낸 시간들을 되살려주었다. 돈은 바다에서 건져올린 물고기와 바꾼 것이었으므로 돈의 환기력은 확실했고 강력했다.

이춘개의 일족은 금강산이 가까운 강원도 동해안 포구에서 고기잡이로 세거했다. 고기가 많이 온다고 해서 포구 이름이 어래진魚來津이었는데, 어래는 흉어의 날들이 계속될 때 오지 않는 고기를 부르는 소리라고 죽은 노인들은 말했다. 바다에 아침빛이 퍼지면 금강산의 봉우리들은 어둠 속에서 번쩍거렸고, 빛에 씻겨서 말간 마을들이 시간 속으로 스미듯이 해안선에 떠올랐다. 해안선은 함경남도에서 강원도 경상북도 경상남도까지 밋밋하게 흘러내렸고 그를 따라 수많은 포구들이 염주알처럼 달려 있었다. 이춘개의 아버지는 귀가 어두워서 선원들이 먹통노인이라고 불렀다. 먹통노인은 북서풍이 사나운 날에는 어래진 앞바다에서 잡은 고기를 싣고 항일포로 들어가 거기서 고기를 팔고 바람이 잠들기를 기다려 집으로 돌아왔다. 어래진에서 향일포까지는 바람에 밀려가면 반나절 거리였다. 이춘개는 보통학교를 마친 뒤로 아버지의 배에서 화장火匠 노릇을 했다. 화장은 배에서 끼니때마다 밥 수발을 들었고 허드렛일을 했다. 일당으로 고용한 선원 두어 명이 더 있었다. 먹통노인은 귀가 어두워서 선원들과 말을 주고받기가 어려웠지만, 말을 하지 않고도 몸짓만으로 선원들을 부렸다. 오래된 선원들끼리는 말을 하지 않고도 며칠씩 함께 일할 수 있었다.

먹통노인은 겨울 바다에서 명태 그물을 당기다가 너울이 배를 때리는 순간 물에 떨어져 죽었다. 육십팔 년을 살았다. 시체는 이틀 후에 다른 배의 채낚시에 바짓가랑이가 걸려서 올라왔다. 시체는 물에 불어 있었다. 입술이 문드러져 윗니 아랫니가 모두 드러났고 입안에 해초가 엉켜 있었다.

먹통노인은 평생 목측으로 항해했다. 눈힘이 좋아서 망망한 바다에서도 먼 것과 가까운 것을 구별했고 그 사이의 거리를 헤아렸다. 먼 섬과 육지의 산꼭대기와 배를 삼각의 구도에 들어앉혀서 그 각도로 배의 위치와 진로를 가늠했다. 젊은 선원들이 먹통노인에게 가늠을 배웠는데, 눈썰미가 둔한 자들은 따라오지 못했다. 먹통노인은 바닷가 야산에 올라가서 멀리서 다가오는 물무늬를 보고 그 밑에 전어떼가 모였는지 멸치떼가 모였는지 알아서 깃발을 흔들어 마을에 알렸다. 늙어서 눈자위가 짓물

렸어도 눈힘은 멀리 닿았고 흔들리지 않았다. 먹통노인의 시체를 배 위로 끌어올릴 때 갈매기들이 달려들어 눈언저리를 파먹었다.

이춘개의 노모는 남편의 시체를 보고 혼절했고 그뒤로 정신이 온전히 돌아오지 않았다. 노모는 베개를 안고 여보, 여보, 남편을 부르며 헛소리를 했다. 망자는 죽은 몸뚱이만 올라왔고 넋이 춥고 캄캄한 물밑을 기어다니면서 마누라의 넋을 잡아당기고 있다고 무당은 말했다. 이춘개는 배에 무당을 태우고 바다로 나가서 수살굿을 벌였다. 대나무 깃대에 빨강 파랑 노랑 삼색 끈을 걸었다. 끈은 길게 너울거렸다. 무당이 이물에 서서 수평선을 향해 요령을 흔들며 넋을 불렀다. 여기, 여기, 여기여…… 넋은 응답하지 않았다. 무당은 먹통노인이 살아서 쓰던 놋주발에 흰밥을 담아서 물위로 던지며 넋을 불렀다. 밥 들어간다 밥 들어가. 밥이야 밥이야 밥이로구나…… 넋은 응답하지 않았고 바람이 노래를 쓸어갔다. 무당이 산 닭의 발목에 끈을 묶어 물위로 던졌다. 닭이 파도에 쓸려 퍼덕거렸다. 무당은 먹통노인의 넋이 닭으로 옮겨붙었다고 말했다. 넋이야 넋이야 넋이로구나. 무당은 노래했다. 닭이 죽자 무당은 끈을 당겨서 닭을 건졌다. 젖은 옷 벗고, 마른 옷 입자, 넋이야 넋이로구나…… 무당은 젖은 닭털을 뽑아서 바람에 날려보내고 몸통을 삼베 보자기에 쌌다.

이춘개는 아버지와 닭을 한자리에 묻고 봉분을 만들었다. 물가의 야트막한 언덕이었는데 볕바르고 흙이 고왔다. 11월 그믐밤에 파도가 언덕을 넘어 들이쳐서 무덤을 쓸어갔다. 이춘개가 아침에 선창에 나가다 보니 무덤이 사라지고 없었다. 바다에는 아무 일도 없었고 무덤이 있던 자리에는 고운 모래 속으로 아침 햇살이 스미고 있었다. 관 조각이나 뼈 부스러기도 남아 있지 않았다. 소상小祥 때 이춘개는 무덤이 있던 언덕에 제물을 차려놓고 바다를 향해 절을 올렸다. 고래떼가 연안에서 원양으로 이동하고 있었다. 솟구치며 달리는 종대縱隊 위로 물보라가 날렸고 치솟는 대가리들이 빛을 뿜어냈다. 대열의 후미가 가물거리면서 물위에 빛의 궤적만 남을 때까지 이춘개는 멀어져가는 고래떼를 바라보았다.

다음해부터 이춘개는 기일에도 추석에도 무덤 자리에 가지 않았다. 바다는 인연을 받아들이지 않았고, 향하여 절을 할 곳이 바다에는 없었다. 원양으로 나가는 고래의 대열을 바라보면서 이춘개는 아버지의 넋이 인연 없는 바다에서 오히려 편안할 것이라고 생각했다.

배 이름은 마을 이름을 따서 어래호魚來號였다. 서른 자짜리 연안 자망 어선이었다. 아버지의 소상을 치르고 나서 이춘개는 배를 수리했다. 삭은 목재를 갈아끼우고 배 전체에 콜타르를 먹였다. 갑판 밑으로 어창을 들이고 도요타 2기통 엔진을 달았다.

배가 작아서 멀리 나가지는 못하고 가까이 오는 고기를 잡았다. 고기가 다가오지 않을 때 이춘개는 미역을 땄고 장비를 갖추어 잠수 일도 했다. 다가오는 것들만 잡다보니 한 종류를 많이 잡지 못하고 이것저것을 한 움큼씩 잡았다. 일이 힘든 만큼 벌이가 따라주지 않았지만 때로는 광어나 문어같이 돈 되는 물건도 걸렸다.

이춘개는 고기잡이의 모든 일을 아버지에게 배웠다. 가자미는 어두운 물, 광어는 모래, 우럭은 바위틈에 모이고, 꽁치 멸치 고등어는 초봄에 난류를 따라 올라오고, 명태 가자미 홍어는 초겨울에 한류를 따라 연안으로 내려오는데, 촛대바위와 거북바위 사이를 기점으로 해서 동북쪽으로 이 킬로미터쯤 올라가면 해류가 느려지는 자리가 명태와 고등어의 길목이라는 것도 아버지에게서 배웠다. 산맥 쪽에서 불어오는 북서풍은 아침에 시작해서 해질녘에 그치는데, 먼바다 쪽에서 불어오는 북동풍은 들고 나는 때를 알 수 없고, 북서풍과 북동풍이 부딪치면 바다가 뒤집혀서 파도가 방향을 종잡을 수 없이 사방에서 들이닥치게 되니까 겨울 바다에서는 늘 북서풍에 의지해서 북서풍이 시키는 대로 배를 부려야 하며, 북동풍의 조짐이 있으면 서둘러 포구로 돌아와야 한다고 먹통노인은 말했는데, 바다에 나가보면 모두가 맞는 말이었다. 수평선 밑에서 구름이 올라오면 날이 흐려지고 날치가 수면 위로 날아다니면 바람이 없어도 파도가 친다는 말도 대체로 맞는 말이었다. 먹통노인은 또 잠수하는 해녀들의 말을 전해듣고 물밑을 헤아렸다. 물밑에서 땅이 울리고 고기들이 바닥으로 붙으면 그다음날 비가 오고, 땅울림이 멎으면 날이 갠다고 먹통노인은 젊은 어부들에게 말했다. 먹통노인은 해녀들에게 늘 물밑 소리를 물었다. 먹통노인이 죽은 후에 이춘개는 잠수 일을 배워서 물밑을 드나들었는데, 땅이 울리는 소리를 듣지는 못했다. 거기까지 들어온 흐린 햇빛이 물결에 주름 잡히면서 그림자가 졌고, 물고기떼가 빛 사이로 몰려다녔는데, 물밑에서는 아무 소리도 들리지 않았다. 귀먹은 사람에게만 들리는 소리가 따로 있는 모양이었다. 먹통노인이 죽었을 때 이춘개에겐 다섯 살 난 딸과 세 살 난 아들이 있었다. 그때가 서른여덟인가 마흔인가, 바다에서 이춘개는 제 나이를 정확히 알지 못했다. 스무 살인가 싶기도 하고 쉰 살인가 싶기도 했다. 태어날 때부터 서른 살이었거나, 태어날 때부터 딸과 아들을 데리고 왔던 것 같기도 했다. 바다에서 시간은 구획되지 않았고, 북서에서 남동으로 풍향이 바뀌어도 바람은 늘 물위를 달려가서, 물은 제자리에서 출렁거렸다. 더위와 추위는 사람의 것이었고 계절은 더위나 추위와 상관없이 한데 붙어서 흘러갔다. 아버지의 죽음이나 자식들의 출생도 그렇게 구획되지 않은 채 이어져 있을 것이라고 이춘개는 생각했다. 생각은 안개처럼 뿌예서 말해질 수 있는 것이 아니었다.

이춘개는 1950년 겨울에 어래진에서 향일포로 이주했다. 먼 대포 소리는 풍문처럼 들렸다. 산맥 쪽에서 군인과 피란민들이 산사태처럼 바다 쪽으로 내몰렸다. 철수하는 부대들은 중장비에 묶여 기신거렸다. 장비가 사람을 끌고 가는 꼴이었다. 구름 낀 날에 폭격기들은 구름 위로 올라가서 폭탄을 떨구었다. 폭격기 조종사는 땅 위를 볼 수 없었고 땅 위에서는 폭격기가 보이지 않았다. 보이지 않는 곳에서 엔진음이 우르릉거렸다. 구름에서 폭탄이 떨어졌다. 아이들은 공습이 눈비 같은 자연현상인 줄 알았다. 떨어지는 폭탄이 땅 위의 무엇을 겨누는지는 알 수 없었다. 폭탄이 떨어진 자리에서 땅이 뒤집히고 마을이 부서지고 양은솥 신발짝 개집이 튀어올랐다. 폭격은 마을을 부수면서 들판을 건너갔고 다시 다가왔다. 사람들은 똥을 누다 죽었고 물을 긷다 죽었고 죽은 자를 붙잡고 울다가 죽었다.

방향은 미리 정해놓지 않았으나 저절로 정해졌다. 피란민 사태는 북쪽에서 밀려내려왔다. 이춘개는 남쪽으로 휩쓸렸다. 어래포구에서는 열 자짜리 전마선에까지 피란민들이 매달렸다. 전마선엔 엔진도 돛도 없고 노 한 쌍만 달려 있었다. 이춘개는 어래호에 가족과 피란민들을 태우고 포구를 떠났다. 피란민들은 이춘개가 골라서 태운 사람들이 아니었다. 배가 시동을 걸고 후진으로 출발할 때, 뱃전을 잡으려던 피란민 몇 명이 물에 떨어졌다. 이춘개는 물에 떨어진 사람들에게 널빤지를 던져주고 배를 돌렸다. 연료는 사십 킬로미터를 갈 수 있는 양이었다. 물결이 높으면 삼십 킬로미터 정도일 것이었다. 물위에서 사십 킬로미터가 지나기 전에 어디든지 땅에 닿지 못하면 바다를 헤어나지 못할 것이었다. 엔진을 돌아 나온 연료는 연기로 바람에 흩어졌다. 어래호에 탄 피란민은 스물다섯 명 정도였다. 배에 오르기 전에 짐을 다 놓쳐서 지닌 것은 없었지만 사람 무게만으로도 흘수선이 내려앉아 파도가 뱃전을 넘어왔다. 배가 갈 수 있는 거리가 사십 킬로미터를 넘지 못한다는 것은 모두가 알았지만 사십 킬로미터 이후는 아무도 알지 못했다. 어래호는 저물녘에 향일포가 보이는 만 안쪽에 당도했다. 어래진 포구를 떠난 지 네 시간 만이었다. 향일포가 목적지는 아니었지만 다른 목적지가 정해진 것도 아니었다. 연료가 바닥나서 더이상 갈 수도 없었다. 뒤따라오던 다른 배들은 보이지 않았다. 다른 배에서도 어래호가 보이지 않을 것이었다. 배들끼리는 교신할 수 없었다.

이춘개는 향일포의 물밑 바위들을 알지 못했다. 이춘개는 속도를 줄여서 선착장 쪽으로 접근했다. 높고 검은 산맥이 해안선을 바싹 조여서 마을이 물가에 겨우 매달려 있는 지형은 어래진 포구와 똑같았다. 바다로 뻗은 방파제는 가늘어서 멀리서 보면 두 팔을 벌린 어린애 손목 같았는데, 그 느낌도 어래진 포구와 똑같았다.

석양을 받는 새똥섬만이 거기가 향일포임을 알리는 표석이었다. 산맥 너머로 내려앉는 햇살이 새똥섬에 부딪혀서 섬은 보라색으로 반짝였다. 해가 점점 내려앉자 보라색은 어둠에 녹아들었고 어래호가 향일포 선착장에 닿았을 때 새똥섬은 푸른 야광의 윤곽으로 어두운 물 위에 떠 있었다. 향일포 면사무소에서는 어래호를 타고 온 사람들을 월남민이라고 불렀다.

폭격기들이 해안을 부술 때도 고래들은 달아나지 않고 가까운 바다에서 치솟고 잠겼다. 어떤 무리는 연안으로 다가와서 새똥섬을 한 바퀴 돌고 다시 원양으로 나아갔다. 늙은이들은 고래떼가 폭격기를 하늘의 고래떼로 알고 폭격기의 항적을 따라서 노는 것이라고 말했다. 맑게 저무는 봄날에, 높이 뜬 폭격기가 석양에 빛나는 새똥섬을 수상히 여겼는지 급강하폭격했다. 폭격기는 달려들면서 쏘고 치솟았다가 다시 달려들기를 네댓 차례 거듭하다가, 부술 가치가 없는 바윗덩어리라는 것을 알고 돌아갔다. 포탄은 모두 빗나갔다. 폭격기가 돌아가자 갈매기떼가 새똥섬으로 몰려와 교미했고, 고래떼도 섬 가까이 다가왔다.

전쟁이 끝나자 향일포와 어래진 사이에 군사분계선이 그어졌다. 금은 보이지 않았고, 산맥과 들판에 말뚝이 박혀 거기가 금임을 알렸다. 그때까지 살아 있던 향일포 노인들은, 죽지 않으면 사는 거여, 죽으면 그만이고……라고 중얼거렸다. 전쟁을 살아낸 노인들은 전쟁이 끝나자 기다렸다는 듯이 차례로 죽었다. 어래진에서 내려온 사람들은 바다를 향해 돌출한 야산의 북쪽 사면에 동향인들의 묘지를 마련했다. 거기서는 갠 날이면 굽은 만의 끄트머리 쪽으로 어래진 뒷산의 윤곽이 흩어지는 물보라 속에 보였다. 면사무소는 그 묘지를 '어래산'이라고 불렀다.

배가 낯가림을 하는지, 향일포로 내려오자 어래호는 엔진 힘이 빠졌고 목재가 삐거덕거렸다. 연료가 타는 만큼 추진력이 나오지 않았고 덜 탄 연료가 그을음으로 토해졌다. 배를 고치느라고 바다에 못 나가는 날이 많았지만, 배를 끌고 오지 않았더라면 이춘개는 남의 배에서 일당을 받아야 했을 것이었다. 향일포에서는 어촌계가 임대료를 받고 외지인에게 어장을 내주었다. 외지인 잠수부가 물밑에서 건져올린 물건을 어촌계와 반반씩, 또는 사륙제로 나누었다. 배를 몰고 나가지 못하는 날, 이춘개는 물밑에 내려가 물건을 건져왔다. 향일포 물밑은 어래진보다 깊어서 몸은 수압에 옥죄였지만 물건은 흔했다. 이춘개는 향일포에 눌러앉았다. 바다에 무슨 고향이며 타향이 있으랴 싶었다.

바다에서, 달이 밝은 밤에는 먼 것들이 가까워 보였고 안개 낀 날에는 가까운 것들이 멀어 보였다. 달빛이 물위에 내리면 수평선 쪽이 열려서 대낮보다 시야가 넓게 터졌다. 어둠이 내린 지척보다 저쪽이 밝아서 먼 섬들이 뚜렷해지고 가까운 마을들은 흐려졌다. 안개 낀 날에 육지의 봉우리들은 풀어져서 흘러갔다가 바람이 안개를 걷어내는 틈새로 다가왔다. 봉우리들은 바람에 실려 떠다니는 듯했다. 달이 밝은 밤에는 빈 것이 가득차 있었고 안개가 낀 날에는 가득찬 것이 비어 있었다. 안개 낀 날, 해안의 봉우리와 포구들이 보이지 않아서 배는 방향이 없이 출렁거렸고 달이 밝은 밤에 포구들은 혼곤했다.

이춘개가 조업중에 군사분계선 북쪽 어래진 포구로 흘러들어가 체포되기 전날은 오후에 안개가 끼었고 저녁에 안개가 걷히면서 보름달이 떴다. 겨울 바다에 안개가 끼는 것은 찬물과 더운물이 원양에서 부딪치기 때문이며, 이때 깊이 내려갔던 명태가 수면 쪽으로 올라온다고 늙은 어부들은 말했다. 이춘개는 어렸을 때부터 명태와 더불어 살았다. 명태를 잡는 일은 논농사나 밭농사와 같았다. 포구마을과 사람들의 생애는 명태 냄새에 절여졌다. 아이들은 명태를 먹으면서 자랐고 명태를 팔아서 학교에 다녔다. 마을의 개들과 갈매기들은 명태 대가리와 내장을 먹어서 발육이 좋았다. 겨우내 명태는 조류처럼 몰려왔다. 어부들은 명태잡이를 나갈 때 '명태 건지러 간다'고 말했다.

그날 어래호는 오후 세시께 항일포를 떠났다. 이춘개와 선원 네 명이 탔다. 선원 중 한 명은 화장을 맡은 보조원이었다. 명태를 판 돈에서 출어 경비를 제하고 남은 돈을 100이라고 할 때, 선주이며 선장인 이춘개가 30을 갖고 선원 세 명이 각자 15씩 45를 가져가고 보조원에게 10을 주고 나머지 15를 적립하는 셈

가림에 다들 동의했다. 돈이 급하지 않은 선원들은 배당금만큼을 명태로 가져가 겨우내 얼말려서 값을 올려 받았다.

북서풍이 안개를 걷어내서 늦은 오후부터 시야가 열렸다. 바람은 알맞춤해서 물을 흔들지 않고 배를 밀어주었다. 이춘개는 두 시간쯤 동북쪽으로 항진해서 그물을 내렸다. 명태는 물속에서 위아래로 움직이지 않고, 찬물을 따라 물의 흐름에 실려서 내려온다. 보이지 않는 물밑에서 찬물의 줄기가 어느 쪽으로 뻗쳐 있는지를 이춘개는 감 잡고 있었다.

자정이 지나서부터 조류가 세어졌다. 달이 물을 당기고 있었다. 물은 건너편 대륙의 연안에서 부풀었다. 이춘개는 서둘러 그물을 올렸다. 보름달이 떠서 바다는 먼 쪽이 환했다. 알배기 명태들이 갑판에서 퍼덕거렸다. 벌컥이는 아가미 빗살 속으로 달빛이 스몄다. 명태들은 순하게 아가미덮개를 닫고 죽음을 받아들였는데, 눈빛은 오래 살아 있었다. 보조원이 알배기를 따로 골라서 궤짝에 담았다.

새벽에 북동풍이 불어서 북서풍을 밀어냈다. 바람끼리 부딪쳐서 물결이 일었고 조류가 북쪽으로 돌아섰다. 이춘개는 귀항을 서둘렀다. 엔진이 조류를 거스르지 못했다. 파도에 부딪힐 때마다 배는 뒤로 밀렸다. 달빛은 바람에 쓸려가지 않았다. 빛에는 바람의 자취가 남지 않아서, 물이 바람에 흔들려도 빛은 그 자리에 있었다. 이춘개는 달빛과 바람 속에서 방향을 잃었다. 달빛 속에서 먼 봉우리들이 가깝게 보여서 가늠을 세울 수 없었다. 배는 계속 밀렸다.

먼 물가 쪽으로 포구마을이 보였다. 마을은 야산 밑에 납작했고, 방파제 끝에 무인 등대가 깜박였다. 저기로구나, 저기가 향일포로구나…… 바람에 밀려서 저절로 왔구나…… 포구마을은 기억 속에서 친숙했지만 새똥섬이 보이지 않았다. 거기는 향일포가 아니었다.

—아, 여기는 어래진이다. 여기는 북쪽이야. 큰일났다. 돌아가야 한다.

이춘개는 선원들에게 고함쳤다. 선원들은 항로나 가늠을 알지 못했다. 엔진은 조류를 당해내지 못하고 검은 그을음을 토해내면서 발버둥쳤다. 그때 북쪽 경비정이 총을 쏘며 다가왔다. 북쪽 경비병들이 어래호로 넘어와서 배를 수색했다. 경비병들은 선원들의 눈을 수건으로 덮고 뱃전에 묶었다. 어래호는 어래진으로 끌려갔다.

어래호 선원들은 한 명씩 갇혀서 분리 심문 받았다. 이춘개는 눈이 가려져서 어디로 끌려왔는지 알 수 없었다. 끌려간 시간이 길지 않았으므로 어래진을 멀리 벗어나지는 않았을 것이었다. 취조실은 창문이 없고 흐린 알전구 한 개가 켜져 있었다. 군복을 입은 취조관은 어려 보였다. 얼굴에 화색이 돌았고 머리카락이 기름졌다. 군화 코가 빛났고 바지에 칼주름이 서 있었다. 젊은 군인은 군복을 자랑스러워하고 있었다. 이십대 초쯤일 것이었다. 이춘개는 몇 살이냐고 물어보고 싶은 충동을 억눌렀다. 젊은 군인이 이춘개의 정강이를 군홧발로 찼다. 이춘개는 암흑 속으로 고꾸라졌다.

—야, 이춘개. 너 어래진에서 살던 놈이지? 언제부터 살았어?

—오래전부터, 할아버지…… 그전부터……

—넌 조국이 힘들 때 인민을 배반하고 적에게 넘어간 놈이다. 그렇지? 남쪽으로 탈출한 동기를 말하라.

—북쪽에서 밀려내려오니까 남쪽으로…… 그냥 휩쓸려서……

—이 새끼야, 니가 명태야?

젊은 군인이 군홧발로 이춘개의 배를 걷어찼다. 이춘개의 입에서 삭은 밥찌꺼기가 뿜어져나왔다. 이춘개는 바닥에 뒹굴었다.

—야, 이춘개. 너 왜 왔니? 무슨 임무야?

—임무는 명태를 잡는 것이고……

—너, 간롱 떨지 마. 니 부하놈들이 벌써 다 불었어. 니가 요 앞바다까지 배를 몰고 들어온 동기를 말하라.

—몰고 온 게 아니라 밀려서 왔소. 조류가 세고 풍향이 바뀌어서……

—니 배는 고장이 안 났어. 멀쩡했잖아?

—엔진이 약해서…… 밀렸소.

—넌, 넘어갈 때도 밀렸고 넘어올 때도 밀렸냐?

—넘으려는 것이 아니었소.

—야, 넌 배를 오래 탔으니까 멀리서도 눈깔로 보면 어딘지 알 거 아냐. 니 동기가 수상해.

—바다에서 보면 마을과 지형이 다 똑같고 달빛이 밝아서 다 뿌예 보였소.

—뭐라고, 밝아서 안 보였다고? 이 새끼가 무슨 소릴 하는 거야.

젊은 군인은 이춘개의 등짝을 걷어차고 나갔다. 그후 나흘 동안은 아무런 취조가 없었다. 닷새 만에 취조실 문이 열리고 다른 군인이 들어왔다. 군인은 종이와 연필을 이춘개에게 내밀며 향일포의 포구와 마을의 약도를 그리라고 말했다.

—니가 동네를 잘 구별 못한다니까, 니 사는 데를 잘 그려보라는 거야. 하기사 고기 잡아 먹고사는 동네가 다 비슷하기는 하겠지. 그래도 뭔가 다른 데가 있을 테지. 꼼꼼히 그려봐.

이춘개는 바다 쪽에서 바라보는 구도로 향일포 포구마을을 그렸다. 잇달아 하늘에 닿은 산봉우리 밑으로 작은 마을 몇 개가 물가에 매달려 있고, 방파제 한 쌍이 팔을 벌리고 있었다. 방파제 너머에서 시작되는 해안도로변에 얼음공장, 위판장, 경찰지서, 수협 분소, 중매인 사무소, 국밥집 골목, 건어물 골목, 어민 휴게소, 어촌계 사무실, 어업 무선국을 그렸다. 마지막으로 포구 앞바다에 새똥섬을 그려서 항일포의 표석을 들어앉혔다. 그림을 들여다보던 군인이 말했다.

—니미, 다 똑같은 동네잖냐. 야, 바위라도 좀 자세히 그려봐.

이춘개는 새똥섬 주변의 미역바위 다섯 개를 그려넣었다. 바위는 새똥섬에서 선착장 쪽으로 갈지자 대형으로 흩어져 있었다. 이춘개는 새똥섬에서 바다 쪽으로 점들을 찍어넣었다. 군인이 말했다.

—바위는 좋았어. 이 점들은 뭐냐?

—고래요.

—고래는 왔다갔다하는 거니까 그릴 필요 없잖냐. 야, 지워. 헷갈린다.

이춘개는 지우개로 고래를 지웠다.

어래호에서는 어구 취사도구 항해 장비 이외의 것이 발견되지 않았다. 어래호 나포는 정보 가치가 낮은 사건으로 분류되었다. 이춘개 일행은 억류 육 개월 만에 송환되었다. 선원들은 공해상에서 남북 경비정 간에 인계되었다. 배는 증거물로 압수되었다. 송환되던 날 이춘개 일행은 항일포 선착장에서 합동조사단에 인계되어 도청 소재지 경찰서로 끌려갔다. 경찰뿐 아니라 여러 정보기관의 수사관들이 번갈아서 심문했다. 수사관들은 월경 경위와 해상 조건, 선박 상태, 그리고 북쪽에서 무슨 내용을 조사받았고 거기에 뭐라고 진술했는지를 반복해서 물었다. 선원들의 말이 엇갈릴 때 반복하고 대질해서 차이를 규명했다. 갑자기 조류가 거꾸로 돌아서면서 거세어졌고 엔진이 약해서 밀렸고 달빛 속에서 방향을 잃었고 육지가 보여서 항일포인 줄 알았더니 어래진 앞바다였다고, 이춘개는 북쪽에서의 진술을 반복했다. 조사는 닷새가 걸렸다. 풀려난 뒤 한 달 동안 이춘개는 뱃일을 하지 않았다. 이춘개는 마루에 앉아서 바다 쪽을 오랫동안 바라보았다. 포구에 묶인 배들 사이로 새똥섬이 보였다. 여기가 향일포로구나. 어래진이 아니야……

어래호는 끝내 돌아오지 않았다. 배 없이 살기 시작한 지 얼마 되지 않아 이춘개의 가족들은 가난에 익숙해졌다. 이춘개는 일당을 받고 남의 배를 타거나 남의 배가 잡아온 생선을 받아 손질해서 되팔았다. 명태나 오징어는 말려놓으면 값을 두 배쯤 더 받을 수 있었다. 이춘개는 바다에 나가지 않는 날에는 위판장에서 오징어를 궤짝으로 사왔다. 집 마당에 오징어를 부려놓고 배를 갈라서 내장을 발라내고 스무 마리씩 줄에 꿰었다. 이춘개가 아내와 마주앉아 늦도록 일할 때 중학교에 다니는 딸이 돌아왔다. 딸은 책가방을 툇마루에 내려놓고 마당으로 내려와 오징어 내장 따는 일을 거들었다.

—배 안 고프냐. 들어가서 저녁 먹어라.

—오다 찐빵 사 먹었어. 괜찮아.

덜 죽은 오징어가 물을 찍찍 토해냈고 딸은 칼등으로 오징어 대가리를 때려서 재웠다.

—아빠, 이 오징어 얼마에 사왔어?

딸은 물오징어와 마른오징어의 값 차이를 계산해서 그날 하루의 벌이를 헤아리고 있었다. 마당 빨랫줄에 매단 백열전구 불빛에 세 식구의 머리통 그림자가 오징어 위에서 흔들렸다.

아들은 그림 그리기를 좋아했다. 배와 바다를 그렸다. 돛배에서 군함까지, 어선에서 상선, 해적선, 콜럼버스의 산타마리아호까지 온갖 배들이 아들의 공책에서 항해하고 있었다. 아들은 크레용이 다 떨어지면 연필로 그림을 그리고 오징어 먹물로 검은 칠을 했다. 아내가 크레용을 새로 사주었다. 아들은 학교에 가서 크레용을 잃어버렸다. 힘센 아이가 집어간 것 같은데 확실하지는 않고 무서워서 물어보지 못했다. 아들은 크레용을 잃어버리고 돌아온 날 엄마에게

—때리지 마, 엄마.

라고 말했다.

다음날은 일요일이었다. 아이는 아침에 나가서 저녁때 돌아왔다. 아이에게서 비린내가 났다. 아이는 명태 배를 갈라서 창난을 추리는 작업장에 가서 일했다고 말했다. 하루종일 했는데 아

직 한 통을 다 채우지 못해서 저녁을 먹고 다시 가겠다고 했다. 그러면서 창난 한 통을 추려서 돈을 받으면 그 돈으로 크레용을 살 테니 때리지 말라는 것이었다. 이춘개의 아내는 아무 말도 하지 못했다. 이춘개의 아내는 밥을 차려서 아이에게 먹였다. 점심을 굶었는지 아이는 게걸스럽게 먹었다. 이춘개의 아내는 딸에게 동생을 따라가서 마저 해주고 오라고 일렀다. 딸이 동생을 데리고 창난 추리는 작업장에 가서 일을 마저 해주고 돈을 받아왔다. 다음날 아이는 크레용을 사 들고 왔다.

—엄마, 크레용 샀어. 이제 됐지? 때리지 마.

이춘개의 아내는 아이를 끌어안고 꺽꺽 울었다. 바다에서 돌아온 이춘개는 벽 쪽으로 돌아누워 있었다.

송환된 지 육 년 후에 이춘개는 다시 체포되었다. 그날 이춘개는 오징어잡이 배의 일당 선원으로 일했다. 야간 조업에서 돌아온 배가 새벽에 항일포 선착장에 닿았을 때, 기다리고 있던 형사들이 이춘개의 팔을 비틀어 수갑을 채웠다. 이춘개는 도청 소재지 경찰서를 거쳐서 서울로 압송되었다. 여러 수사기관을 거치면서 같은 내용을 반복해서 심문받았다. 이춘개는 자신이 어디에 와 있는지 알 수 없었다. 이춘개에게 걸린 혐의는 간첩죄, 보안법 위반, 수산업법 위반이었다. 심문을 받는 과정에서 이춘개는 자신에게 혐의가 걸리게 된 사유를 짐작할 수 있었다.

몇 달 전에 내륙에서 간첩 두 명이 잡혔다. 첩보보다는 파괴, 교란의 임무를 띠고 온 공작원이었다. 심문 과정에서 공작원들의 침투 경로가 밝혀졌다. 공작원들은 잠수정을 타고 향일포 인근 해저까지 와서 거기서부터 물밑을 헤엄치고 더듬어서 향일포로 상륙했다. 새똥섬과 그 주변에 갈지자로 흩어진 미역바위가 그들의 중간 거점이었다. 공작원들은 바위에 붙어서 숨어 있다가, 날이 어두워지기를 기다려 그다음 바위로 이동했다. 잠수정에서 해안까지 이동하는 데 하루가 넘게 걸렸다.

공작원들은 어래진에서 출발했다. 공작원들은 이춘개가 어래진에서 심문받을 때 그린 향일포 해안의 약도를 들여다보면서 새똥섬과 바위들의 위치를 숙지했다고 심문 과정에서 진술했다. 공작원들의 소지품에서 비닐 코팅한 약도의 사본이 나왔다. 수사관들이 약도를 들고 향일포에 와서 현장과 대조했다. 모든 시설물들이 약도와 같았고, 새똥섬과 그 주변 바위들의 위치도 틀리지 않았다. 이춘개는 송환 후 남쪽에서 조사받을 때, 북쪽에서 약도를 그린 사실을 진술하지 않았다. 수사관들이 약도를 그렸나? 라고 묻지 않았을 뿐 아니라, 다 똑같은 어촌마을의 생김새를 그려 냈다고 여겼다. 수사기관은 이춘개가 지령을 받고 내려와서 공작원의 상륙을 인도한 것이라고 혐의를 설정했다. 이춘개는 체포된 지 한참 후에야 자신에게 다가오는 혐의를 감지할 수 있었다. 혐의는 굳어져갔고, 마련된 결론을 향해 심문은 진행되었다.

—너, 표류가 시작됐다는 해점海点을 대봐.

—해점……

—이 자식, 뱃놈이 해점을 몰라? 너 그때 시속 오 마일이었잖냐. 포구에서 그렇게 두 시간 갔으면 거기가 북위 38도 43분 10초, 동경 128도 37분 아니냐?

—그게 해점이오?

수사관들이 이춘개의 팔다리를 밧줄로 묶고 그 사이에 봉을 끼웠다. 수사관들은 봉을 들어서 물탱크에 걸쳐놓았다. 이춘개는 물속에서 퍼덕거리다가 실신했다. 깨어나자 심문이 계속되었다.

—너, 해점 모르면 여기서 배워. 그게 니 해점이다. 알겠냐?

이춘개는 아무 말도 알아듣지 못했다.

—인마, 그럼 넌 표류 시작하기 전에 벌써 니 엔진 힘으로 저지선을 넘은 거야. 그렇지?

—해점까지 간 겁니까, 내가?

—너, 육 년 전에 심문받을 때, 북쪽에다 약도 그려준 거 왜 말 안 했어?

—묻지 않길래…… 별거 아니라서……

—이 새끼, 너, 내려올 때 무슨 임무 받았어?

재판은 빠르게 진행되었다. 내륙에서 검거된 공작원이 소지했던 약도가 증거로 채택되었다. 이춘개는 북쪽에서 약도를 그려준 사실을 인정했다. 이춘개가 약도를 그려준 사실을 능동적으로 진술하지 않았던 점이 약도의 증거능력을 제고한다는 검사의 주장에 판사는 동의했다.

이춘개는 복역 십삼 년 동안에 세 번 이감되었다. 경북 내륙의 깊은 산속 교도소에서 삼 년, 서해안의 섬에 새로 지은 교도소에서 오 년을 지냈다. 감방의 구조와 규칙은 다 똑같았다. 이춘개는 이리저리 옮겨가며 갇히는 이유를 알지 못했다. 감방에서, 시간은 달수나 햇수로 구획되지 않았다. 시간은 통째로 들러붙어서 흐름을 느낄 수 없었다. 십사 년이 얼마큼의 시간인지 짐작할 수 없었고 십사 년 이후의 시간은 기다려지지 않았다. 약도로 그린 항일포는 흘러가지 않는 시간 너머에 떠 있었다. 안개가 끼었는지 달빛에 풀렸는지, 항일포는 이춘개의 기억 속에서 늘 희뿌옜다. 거기는 실제로 이 세상의 바닷가에 존재하는 마을이 아니라 수천 년 전에 소멸한 마을의 흔적처럼 느껴지기도 했는데, 디젤연료가 타는 냄새와 생선 비린내, 갈매기 울음소리는 바람에 실려서 감방 안까지 끼쳐오는 것이어서, 그 마을은 이 세상에 실제로 존재하는 마을이었다.

서해안 교도소에서 복역할 때는 일주일에 두 번씩 교도소에 딸린 염전에서 노역했다. 총을 멘 경찰관이 염전 네 귀퉁이를 지켰고, 기결수들은 염전 바닥에 내린 소금을 삽으로 긁어모았다. 저녁 썰물에 갯벌은 수평선에 닿았다. 바다가 비고, 섬 너머에 또다른 섬이 떠 있었다. 멀고 가까운 것이 포개져서 아득했고, 기우는 석양이 먼 것과 가까운 것들을 포개서 더 멀리 데려갔다. 소금은 그 아득히 빈 공간을 건너오는 시간의 앙금으로 염전 바닥에 내려앉았다. 그 너머에서 향일포의 기억은 안개로 풀려서 흘러다녔다. 향일포는, 거기서 몸을 갈아서 살았지만 이제는 다가설 수 없고 만질 수 없는 저승의 마을로 시간과 공간 밖을 떠다녔다. 해가 먼 섬의 뒤쪽으로 내려앉으면 염전 위로 기결수들의 그림자가 길게 늘어졌고 석양에 젖은 소금이 붉어졌다. 기결수들은 붉은 소금을 창고에 쌓아놓고 교도소로 돌아갔다.

복역 십 년째 되던 해 분류 심사에서 이춘개는 모범수로 분류되었다. 복역 기간이 너무 길어서 교도소 밖을 생각할 수 없고, 교도소의 규칙에 스스로를 맞추어 수감 생활을 일상으로 받아들이고 있다고 이춘개는 심사관에게 말했다.

모범수에게 베푸는 교양 프로그램으로 이춘개는 서예반에 들어갔다. 동양 미술을 공부한 천주교 신부가 일주일에 두 번씩 실기를 지도했다. 화선지가 없어서 신문지에 한일자 쓰는 법부터 시작했다. 신부는 직선과 한일자가 어떻게 다른지를 설명했다.

—직선은 생각이 뻗어간 흔적이고 한일자는 빈 것 위로 밀고

나가는 사람의 몸입니다.

그래서 빈 종이 위에 최초의 한 획을 그을 때, 무인지경의 화폭은 사람의 편으로 돌아서는 것이라고 신부는 말했다. 글씨의 기초를 배운 뒤에 이춘개는 가는 붓으로 해안마을 풍경을 그렸다. 바다에서 육지 쪽을 바라보는 구도였다. 해안선을 바싹 조이는 산줄기 아래로 포구마을의 집들이 생선 비늘처럼 붙어 있고 작은 배들이 선착장에 묶여 있었다. 멀고, 시야가 넓어서 마을의 세부는 보이지 않았다. 방파제와 등대는 보는 사람이 알아볼 수 있었지만 위판장, 얼음공장, 수협 사무실, 경찰지서, 건조장은 너무 작아서 그린 사람만 알 수 있었다. 마을 앞바다에 새똥섬을 그렸고 그 주위에 흩어진 미역바위 다섯 개도 그려넣었다. 신부가 말했다.

—너무 멀어서 실물감이 모자랍니다.

—가까이 다가가면 힘들어서 그리기가 어렵지요.

—늘 같은 그림만 그리시는군요.

—내 살던 마을입니다. 아주 오래전에요. 아주 오래전.

이춘개는 출감해서 항일포에 온 지 두 달 뒤에 죽었다. 선착장에 묶인 배와 배 사이의 물에 빠져 죽었다. 폐유가 엉긴 시커먼 물이었다. 이춘개의 사체는 부패가 시작됐고, 입항하던 어선의 스크루에 말려서 찢어졌다. 스크루에 말리기 전에 이춘개는 이미 죽어 있었다. 스크루에 말린 상처는 직접사인이 아니었다. 경찰은 이춘개의 죽음을 추락에 의한 익사로 처리했다. 물에 떨어져 죽었다는 말이었다. '추락에 의한 익사' 이외에 밝혀진 것은 없었다. 추락 순간의 목격자는 나타나지 않았다.

향일포에서 보낸 두 달 동안 이춘개는 여인숙에 머물렀다. 어래호에 동승했다가 함께 송환된 선원들은 자신들의 항로와 방위를 전혀 몰랐고 선장인 이춘개가 북쪽을 향해 배를 몰아갔다고 진술했다. 선원들은 말을 맞춘 듯이 똑같이 진술했다. 대질심문 때 이춘개는 표류의 사실을 힘주어 말했지만 선원들은 숫자가 많았고 진술이 일치했다. 선원들은 조사를 받은 뒤 풀려났다. 그때의 선원들은 모두 향일포에서 늙어가고 있었다. 어촌계장이 되거나 수협 이사가 된 사람도 있었고 여전히 어선에서 일당을 받는 사람도 있었다. 그들은 돌아온 이춘개를 만나지 않았고 이춘개도 그들을 찾지 않았다. 이춘개의 가족들은 흩어졌고, 이춘개는 그 행방을 찾기 전에 죽었다. 딸이 삼 년 전에 도청 소재지 예식장에서 결혼식을 했고, 남편을 따라서 남해안으로 갔다는 소식을 여인숙 주인 여자한테서 들었다.

이춘개는 여인숙에서 그림을 여러 점 그렸다. 긴 두루마리 화선지를 가로로 놓고 거기에 산과 바다와 포구, 새똥섬과 미역바위를 그렸다. 이춘개는 교도소에서 받은 돈으로 수협회관에 사용료를 지불하고 일층 복도를 빌렸다. 이춘개는 그 복도에 그림 열 점을 전시했다. 표구하지 않은 그림을 도배지처럼 벽에 붙였다. 가로로 긴 그림 한 점을 가운데로 하고 나머지 작은 그림들이 좌우로 붙었다. 그림 열 점의 제목은 모두가 '바다와 마을'이었다. 가로로 긴 그림 속에서, 봉우리들이 일어서고 잦는 산맥 아래로 포구의 시설물들이 일출의 빛을 받고 있었다. 흰 겨울 산맥이 뼈를 드러내며 이춘개의 화폭 위쪽으로 흘러갔다. 아침 바다는 빛과 어둠이 섞여서 출렁거렸다. 빛 한 가닥이 향일천 물줄기를 거슬러서 상류로 올라가며 고래 그림이 새겨진 바위 쪽을 향했다. 화폭에 보이지 않지만, 바위 속의 고래들이 깨어나고 있을 것이었다. 이춘개의 화폭 가장자리에서, 작살을 쥔 사내가 고래 등 위에 올라서서 일출의 바다로 나아갔다. 작살은 사내의 키보다 크게, 길게 그려져 있었다. 고래떼의 항적이 빛의 궤적을 그리며 길게 이어졌고, 마을이 시간 위로 말갛게 떠오르고 있었다.

수협회관을 드나드는 선원들과 부두 노동자들이 무심한 시선으로 그림을 바라보았다. 전시 기간은 일주일이었는데, 이춘개는 전시회가 끝나는 날 사체로 발견되었다. 이춘개는 여인숙 주인에게 두 달 치 숙박비를 미리 지불했고, 포구 안 음식점에 외상값은 없었다. 이춘개가 쓰던 방에서는 붓 한 자루와 벼루, 그림을 그리다 만 화선지 몇 장, 현금 삼천원과 옷가지 몇 점이 나왔다. 유서는 없었고 죽음의 배경을 유추할 만한 단서도 나오지 않았다. 경찰은 유류품에 정보 가치는 없다고 판단했다. 이춘개의 사체는 도립 병원 냉동실에 한 달 동안 유치되어 있다가 연고자가 나타나지 않아서 무연고 변사체로 도립 화장장에서 화장되었다. 경찰은 이춘개가 죽었으므로 정기관찰대상에서 해제했다. 이춘개의 사인은 '추락에 의한 익사'였다. 이춘개는 물에 떨어져서 죽었다.

이춘개가 죽은 해 겨울에 명태가 많이 잡혔다. 명태는 물결처럼 밀려내려왔다. 먼바다에서 고래들이 솟구치며 연안으로 다가왔다.

* 크레용을 잃어버린 아이의 이야기는 해양수산부가 2002년 발행한 『한국의 해양문화 4—동해 해역』 273쪽에서 옮겨왔다.

손

경찰서 현관에서 소독약 냄새가 났다. 지린내가 건물에 절어 있었다. 경찰서에 끌려오는 사람들의 오줌은 훨씬 더 독한 모양이었다. 현관 왼쪽이 화장실이었다. 경찰서 건물 안으로 들어와보기는 처음이었다. 경찰은 철호의 입대 전 범죄를 군 수사기관으로 이첩하고 나서 철호의 생모인 나를 참고인으로 불렀다. 면담 요청서에 수사과 강력계 담당 형사 이름과 날짜가 적혀 있었다. 철호의 범죄는 특수강간이었다. 다른 죄목도 있었다. 나는 경찰이 철호의 주변을 들쑤시기 전까지는 아무것도 알지 못했다.

나는 경찰서로 가기 전에 담당 형사에게 전화를 걸어서 나를 만나자는 용건이 뭐냐고 따졌다. 철호의 범죄 사실과 직접 관련된 사항을 물으려는 것이 아니라 성장 과정이나 환경에 대한 철호의 진술을 검증하려는 것이라고 형사는 말했다.

—수사는 끝났습니다. 공범들도 다 잡았습니다. 어머니는 참고인으로 모시는 겁니다. 부담 갖지 마시고 오십시오.

강력계 형사를 만나면 철호가 무슨 짓을 했는지를 듣게 될 것이었다. 요실금이 도질 것처럼 아랫도리가 불안했다. 덥고 끈끈한 날이었다. 시간이 겨드랑에 들러붙어 있었다. 아침에 찬물로 세수하고 기초만을 눌러서 발랐는데, 그마저 먹지 않고 땀에 떠서 겉돌았다. 형사실로 가기 전에 나는 경찰서 화장실로 들어가서 거울 앞에서 화장을 고쳤다. 칸막이 안에서 여자 울음소리가 들렸다. 인연으로 얽힌 누군가가 경찰에 구속되자 면회 온 여자일 것이었다. 울음소리는 스스로를 억누르려는 힘으로 비틀려 있었다. 여자는 물을 내려서 소리를 섞어가며 울었다.

왼쪽 귀밑 피부가 들떠서 느낌이 버석거렸다. 로션을 바르고 콤팩트로 눌렀다. 피부는 여전히 남의 껍질처럼 들떠 있었다. 목뒤가 불안해서 올려 묶었던 머리를 풀어내렸다. 형사를 만나려고 화장을 고치는 것이 아니라 형사를 만나기가 겁나서 머뭇거리며 시간을 끌려고 이러는 것이지 싶었다. 거울 속의 나는 나이보다 늙어 보였다. 아주 오래 산 느낌이었다. 마흔아홉 살이면 적은 나이는 아니다. 칸막이 안에서 울던 여자가 코를 푸는 소리가 들렸고, 여자가 화장실 밖으로 나가는 모습이 거울에 비쳤다.

나보다 젊은 여자였다. 머리카락에서 빛이 흘러내렸다. 나는 거울 속의 여자를 불러 세워서 무슨 사연인지 묻고 싶은 충동을 억눌렀다. 울음에도 각자의 몫이 따로 있을 터였고, 그 여자에게 말을 걸고 싶은 충동에는 강력계 형사 앞으로 가고 싶지 않은 나의 두려움이 숨어 있을 것이었다.

강력계 형사실은 일층 복도 맨 끝이었다. 담당 형사는 피부색이 검고 어깨가 다부졌다. 목이 굵고 주먹이 컸다. 강력계 형사라면 무술 솜씨도 대단할 것이었다. 그에게 잡히던 순간의 철호의 모습이 떠올려지지 않았다.

—와주셔서 고맙습니다. 이런 일로 뵙게 되어서 유감입니다만, 경찰관의 직무를 이해해주십시오.

나는 형사와 마주앉았다. 내키지 않으면 답변하지 않아도 좋다고 형사는 나에게 일러주었다. 나의 진술은 철호의 범죄 사건 기록에 첨부되는 것이 아니라, 범인의 배경과 범죄의 성격을 파악하기 위한 자료로서 형사정책연구원에 제출된다고 형사는 말했다.

철호는 열 살 때 부모가 이혼하고, 오토바이 폭주에 빠져서 고등학교를 중퇴한 일들을 조사 과정에서 진술한 모양이었다. 형사는 나에게 철호의 진술이 맞는지를 조목조목 물었다. 나는 맞다고 대답했다. 형사는 철호가 강간을 저지르던 즈음의 행적과 컴퓨터게임 중독은 아닌지, 밤과 낮이 뒤바뀌지는 않았는지를 물었으나 철호가 밖에 나가서 무슨 짓을 해왔는지 나는 잘 알지 못했다.

—무슨 병은 없었나요? 불면증이라든가 우울증 같은……

—없었습니다. 건강한 아이였지요. 좀 내성적이기는 했지만……

형사는 수사가 마무리된 사건의 곁다리 작업을 하고 있었다. 형사는 건성으로 묻고 나는 건성으로 대답했다.

그때 개를 데리고 온 사내가 형사실 안으로 들어왔다. 내 나이 또래의 사내였다. 어깨가 오랜 노동의 세월에 눌려 있었고, 머리카락에는 먼지가 낀 듯했다. 개는 작은 잡종견이었다. 하얀 몸통에 새카만 두 눈과 새카만 코가 박혀 있었다. 까만 점 세 개가 반짝거렸고 분홍색 혀를 날름거렸다. 영롱한 생명이었다. 사내의 인상과 개의 인상이 양극단에서 맞서 있었다. 형사가 전화기를 들었다.

—야, 정문. 니네들 근무 서는 거냐? 개를 통과시키면 어쩌자는 거야. 여기가 놀이터냐. 와서 끌고 나가.

정복에 이파리 한 개를 붙인 젊은 경찰관이 달려와서 개의 목줄을 당겼다. 개는 뒷발을 엉버티며 끌려나갔다. 형사가 사내에게 말했다.

—피해자 아버지 되시지요? 잘 오셨습니다. 개는 마당에 묶어놓을 테니까 가실 때 데려가십시오.

사내는 내 옆자리에 앉았다. 형사가 말했다.

—아 참, 이렇게 마주치게 해드려서 어떨는지 모르겠습니다. 사건은 기왕 벌어진 거니까, 우선 두 분이 인사를 하시지요.

나는 사내에게 목례를 보냈다. 사내의 눈은 겁에 질려 있었다. 크고 흐린 눈이 뒤로 물러서는 듯하면서 나를 찬찬히 들여다보았다. 내 눈도 겁에 질려 있을 것이었다. 나는 얼굴의 화장이 들뜨는 느낌이었다. 사내는 철호가 강간한 여자아이의 아버지였다. 그 사내도 나처럼 참고인으로 불려온 참이었다. 나는 두시까지, 그리고 그 사내는 세시까지 출두해서 강간범의 어머니와 피해자의 아버지가 경찰서에서 마주치지 않도록 형사는 시간을 배려했는데, 내가 화장을 고치느라고 늦고, 그 사내는 조금 일찍 도착해서 결국은 형사 앞에서 마주치게 되었다. 형사는 나에게 했던 것처럼, 내키지 않으면 대답하지 않아도 좋다고 사내에게 미리 말해주고 피해자의 신상에 관해서 물었다.

사내는 형사에게 자신의 이름을 말했는데, 나는 그 이름을 곧 잊어버렸다. 사내는 학력이 고졸이고 직업은 목수라고 말했다. 형사가 물었다.

—목수라면?

—한옥이오. 주로 대패를 잡소.

나는 그를 목수라고 이름 붙였다. 일을 하다가 왔는지, 목수에게서는 시큼한 땀냄새가 났다. 일에 절여진 사내의 냄새였다.

형사가 목수에게 물었다.

—연옥이는 고1 때 가출한 적이 있지요?

—가출이 아니오. 친구네 집에 며칠 가 있었는데, 행선지를 알리고 갔소.

연옥이는 피해자의 이름이었다. 목수는 고개를 돌려서 나를 외면했다. 연옥이에 관해서 진술할 때 목수의 목소리에 울음이 섞여들었다. 목수는 손수건을 꺼내어 눈가를 찍어냈다. 반팔 소매 아래로, 눈물을 닦는 팔뚝에 근육과 핏줄이 도드라졌다. 검은 핏줄이 피로해 보였다. 그가 대패로 밀어낸 나뭇결들의 질감이 그 근육 속에 기억되어 있을 것이었다. 나는 목수에게 아무 말도 할 수 없었다. 무어라 할말이, 하지 않으면 안 될 다급한 말이 몸 속에 들어 있는 것 같은데, 그 응어리가 말이 되어 나오지 않았다. 무슨 말을 해도, 아무 말도 아닌 말이 될 것 같았다. 목수는 가끔씩 먼 곳을 바라보는 시선으로 나를 쳐다보았지만 그 역시 아무 말도 하지 않았다.

연옥이는 작년에 고등학교를 졸업한 재수생이었는데, 철호에게 강간당하고 나서 정신과 치료를 받다가 두어 달 후에 한강 다리에서 뛰어내려 자살했다는 것을 나는 그날 경찰서에서 알았다. 목수는 연옥이가 한강 다리에서 뛰어내린 것은 사실이지만 자살은 아니라고 주장하면서, 119 수상구조대원에게서 얻어온 자료를 경찰에 제출했다. 나는 목수보다 먼저 형사실을 나왔다. 경찰서 마당가에 목수가 끌고 온 개가 묶여 있었다. 개는 눈과 코, 분홍빛 혓바닥을 현관 쪽으로 향하고 주인을 기다리고 있었다.

집으로 돌아오는 택시 안에서 나는 철호의 몸 밑에서 짓뭉개지던 여자아이를 생각했다. 대교 밑의 그 넓고 큰 강물로 몸을 던지던 연옥이를 생각했다. 생각은 무서웠지만 버려지지 않았다. 나는 목수가 왜 개를 데리고 경찰서에 왔는지를 생각했다. 집에서부터 데리고 온 것일까. 아니면 일터에서 개를 기르는 것일까. 죽은 연옥이가 기르던 개인가. 나는 개의 새카만 눈과 새카만 코, 분홍빛 혓바닥을 떠올려서 무서운 생각을 누르려 했다. 생각은 내 마음대로 되지 않았다.

철호는 군사재판에서 십 년 형을 선고받고 육군교도소에 수감되었다. 7월 초에 법무감실에서 재판 결과를 우편으로 통지해주었다. 통지를 받던 날, 철호의 범죄에는 십여 년 전에 이혼한 전남편과 나 자신의 죄가 섞여 있을 것을 생각하면서 나는 혼자서 소리 내어 울었다. 이혼한 남편은 전남편이지만 교도소에 간 아들은 전 아들이 아니었다. 아들이 전 아들이 아니므로 이혼한 남편도 전남편이 아닐 것이었다. 칼로 치듯이 잘라낼 수 있는 과거는 없다. 지워지지가 않고 아니라고 우겨지지가 않는다.

철호는 2월에 사병으로 입대해서 동부전선 GOP에 배치되었는데, 입대 전에 저지른 성폭행 범죄가 입대 후에 발각되었다. 경찰이 수사를 거의 마무리하고 증거자료와 피해자 진술을 첨부해서 사건을 사단 헌병대로 이첩했다. 철호는 다 자란 뒤에도 어깨에 시퍼런 몽고반점이 남아 있었다. 피해자 두 명이 모두 범인의 몽고반점을 기억하고 있었고, 체격과 인상에 대한 진술이 일치했다. 헌병대는 혐의를 확정하고 철호를 구속했다. 수사 과정에서 노상강도 2건과 오토바이로 사람을 치어서 부상을 입히고 뺑소니친 범죄 1건이 더 드러났다. 철호는 여자아이들을 미분양 아파트에 끌고 가서 가두었고, 옷을 벗기기 전에 주먹으로 때렸고, 쇠파이프로 위협했다. 철호의 혐의는 특수강간 특수감금에 특정범죄가중처벌법 위반(도주 치상)이었다. 특特이 세 개 겹쳐서 철호는 형기를 감면받기 어려웠고, 십 년을 교도소에서 복역해야 했다. 철호가 복역을 마치고 어느 날 불쑥 내 앞에 나타나기를 나는 기다리고 있는 것일까. 아마 그렇지는 않을 것이다. 내가 기다리지 않아도, 그날은 다가오고 있는 것일까. 나는 그날을 상상할 수 없었다. 철호가 며칠씩 연락 없이 집에 들어오지 않는 밤에 나는 철호가 이 세상의 지지고 볶는 일상 속에 끼어들지 못하고 먼 변방의 무인지경을 떠도는 몰골을 떠올렸지만, 철호의 범죄 소행에 대해서는 아무것도 몰랐다. 철호의 형기가 확정되자, 철호가 입대하기 전에 살던 방의 냄새와 물건들의 표정을 나는 견딜 수 없었다. 나는 시세보다 싼 값에 아파트를 내놓았다.

살던 아파트 단지 안에서 평수만 줄여서 가는 이사였지만 3동에서 10동까지는 멀게 느껴졌다. 경로당을 지나고 근린공원을 지나서 10동까지 가는 사백 미터 정도의 거리가 유목민의 이동처럼 아득하게 느껴졌다. 아파트 관리비 정산 기준일은 매월 말일이었다. 나는 8월 20일에 이사했는데, 열흘 치 관리비를 빼주지 않았다. 관리사무실에 가서 따졌더니 규정을 들이댔다.

이사하는 날, 회사 상무한테 전화해서 몸이 아프다고 둘러대고 이틀 휴가를 얻었다. 상무는 알았다고 말하고 전화를 끊었다. 옷 장사는 환절기가 대목이었다. 브랜드 관리자인 나의 결근을 상무는 못마땅히 여기고 있었다. 덥고 습한 날이었다.

이삿짐센터 직원이 철호가 살던 방에서 옷장과 침대, 책상을 거실로 끌어냈다. 칠층 베란다 밖에 짐을 내리는 고가 사다리가 닿아 있었다. 철호가 쓰던 물건들은 이사갈 집으로 옮기지 말고 모두 버려달라고 직원에게 부탁했다. 철호의 물건을 들여다보면서 버릴 것과 챙길 것을 구분할 힘이 나에게는 없었다. 침대와 책상은 소각장으로, 철제 캐비닛은 고철상으로 가져가야 하므로 처리비 삼만원을 별도로 달라고 직원은 요구했다. 직원이 옷장 문을 열고 철호가 입던 옷가지를 꺼냈다. 겨울 외투, 스웨터, 여자아이를 강간한 철호의 성기가 닿았을 내복들, 그리고 오토바이 탈 때 입던 스포츠웨어들이 쏟아져나왔다. 여름내 빨지 않고 넣어둔 옷가지에서 철호의 몸냄새가 났다. 냄새는 습기에 절어서 누리고 무거웠다. 그 냄새는 내가 낳은 가엾은 수컷의 존재를, 뜨거운 물을 끼얹듯이 나에게 덮어씌웠다.

—아줌마, 옷이 멀쩡한데, 버리십니까?

직원이 내 얼굴을 쳐다보았다.

—버려주세요. 입을 사람이 없어요.

—아깝군요. 어디 불우 시설에라도 보내시지요. 절 주셔도 좋구요.

그렇게 되면 철호의 옷은 내가 알지 못하는 누군가에게 입혀져서 세상의 거리를 돌아다니게 될 것이었다.

—태워버리십시오, 그냥.

직원이 옷가지를 보자기에 쌌다. 나는 신발장에서 철호가 신던 구두와 운동화를 꺼내서 버려지는 옷가지 위에 던졌다. 구두에서도 철호의 발냄새와 철호가 밟고 돌아다닌 땅의 흙냄새가 났다. 싱크대 배수관이 막혔거나 에어컨, 냉장고가 고장나서 수리공을 부를 때, 새로 산 세탁기를 배달시킬 때, 나는 여자 혼자 사는 집안으로 낯선 남자를 들이기가 무서워서 철호의 구두를 꺼내 현관에 놓고 집에 남자가 있는 것처럼 위장했다. 나는 성폭행범의 구두를 나 자신을 보호하는 위장물로 쓰고 있었다. 싱크대 수리공이 파이프를 풀다 말고 현관 바닥에 놓인 남자 구두를 유심히 바라보던 눈길을 나는 기억하고 있었다. 새로 이사가는 집에서도 가끔씩 남자 구두가 필요할 테니까, 싼 것으로 한 켤레 사와야겠다고 생각했다. 전남편의 구두도 아니고 아들의 구두도 아닌, 아무도 신지 않았고 앞으로 아무도 신지 않을 무인칭의 구두, 태어나지 않은 남자의 구두를 말이다.

마지막 짐이 고가 사다리에 실려서 내려갔다. 짐이 내려가는 아래쪽이 까마득했다. 오래 쓴 가구들이 그토록 멀어 보일 수가 있을까. 며칠 전에 옆집 노인이 잠자다가 죽어서 집안에 빈소가 차려졌다. 발인을 하려는데 엘리베이터 폭이 좁아서 관을 실으려면 세울 수밖에 없었다. 유족들이 죽은 사람을 세울 수는 없다고 해서, 관을 베란다 밖으로 빼서 고가 사다리로 내렸다. 이삿짐센터가 관을 운반했다. 나는 내 집 베란다에서 옆집 노인의 관이 까마득한 아래쪽으로 내려가는 걸 보았다. 죽어서 떠나가는 것이 저러하구나 싶었다. 철호가 쓰던 책상과 캐비닛이 내려갈 때 옆집 노인의 관이 떠올랐다. 일상에 들러붙어 있던 것들이 물이 새듯이 빠져나가는 때가 일상의 시간 속에 들어 있었다.

짐이 모두 나가자 집안은 도배지뿐이었다. 공간이 비어서 기침 소리가 울렸다. 가구가 놓여 있던 자리에 도배지가 얼룩져 있었다.

장롱을 들어낸 자리에 바퀴벌레들이 죽어 있었다. 바퀴벌레의 주검은 말라서 바스러졌다. 바퀴벌레의 주검에는 지질시대를 살아온 듯한 늙음이 있었고, 그 늙음의 전리품처럼 날개가 돋쳐 있었다. 시멘트 벽 틈새를 기어다닌 한 생애에 날개가 돋쳐야 할 까닭이 있었던 모양이었다. 얼마나 기어야 날개가 돋치는 것인지, 날개는 고생대에 이미 사라진 비행 기능의 흔적 같기도 했고, 수억 년 세월이 지난 후에 돋아날 기능과 조직의 그림자 같기도 했다. 삭아서 바스러진 날개에 가는 핏줄 같은 맥이 어른거렸다.

바퀴벌레의 주검에서 바늘 끝 같은 날벌레들이 날아올랐다. 주검을 자양분으로 해서 산 것들이 빚어지고 있었다. 장롱 밑에 숨어 있던 날벌레들은 난데없는 햇빛 속에서 몸 둘 곳 없어했다. 날벌레들은 갈팡질팡했다. 그 모습이 빛의 가루처럼 반짝거렸다. 나는 얼굴로 달려드는 날벌레들을 손사래로 쫓았다.

철호는 내 몸에 붙은 두번째 아이였다. 나는 첫아이를 임신 삼 개월 만에 낙태 수술로 지웠다. 초음파검사 결과, 아이는 두 다리가 제대로 생겨나지 않은 상태였다. 임신 초기에 임신인 줄 모르고 계속 수면제를 먹고 잠들었는데, 아마도 약물의 독성이 태아의 신경계통에 스며들어 발육 장애가 생긴 것 같다고 의사는 말했다.

—이 아이를 낳아서 기르시려면 고생이 많으실 겁니다.

나는 그 아이가 아들인지 딸인지 모른다. 철호가 집에 들어오지 않는 밤에 나는 가끔씩, 살았으면 철호의 형이나 누나가 되었을 그 아이를 생각했는데, 이름이 없어서 부를 수가 없었다. 그 아이는 불구라는 이유로 이 세상에 발을 들여놓을 수가 없었다. 햇빛 속을 떠도는 날벌레들이 아이를 지우고 아이를 낳던 기억들을 끌어당겼다. 자궁벽을 긁어서 지워버린 아이의 생명이 바늘 끝같이 작은 날벌레로 환생해서 내 방 장롱 밑에 서식하고 있는 환영이 떠올랐다. 나는 빗자루로 바퀴벌레들의 주검을 쓸어냈다. 날벌레들은 더욱 어지럽게 날아올랐다. 철호는 그로부터 이 년 뒤에 내 몸에 붙었다. 철호는 젖 빠는 힘이 셌다. 젖 빠는 동작이 호흡에 실려서 리듬이 편안했다. 볼이 옴폭 들어가도록 빨아서 꼴깍꼴깍 넘겼다. 잇몸으로 젖꼭지 언저리를 지그시 깨물어서 젖을 짜냈다. 나는 내 몸에서 아이의 몸으로 흘러가는 체액의 흐름을 느꼈다. 나의 온몸이 아이의 몸속으로 빨려들어가는 느낌이었다. 철호 어깨의 몽고반점은 마린 블루색이었는데, 자랄수록 색이 짙어지고 넓어졌다. 젖을 빨 때, 마린 블루의 몽고반점은 조용히 오르내렸다. 그 몽고반점은 내가 낳은 생명이라는 징표처럼 보였다. 철호가 미아가 되더라도 나는 금방 찾을 수 있을 것이었다. 그때의 느낌이 지금의 내 젖 속에 기억되어 있었다. 쓰레질을 하다 말고, 나는 젖이 울렁거리고 근지러워서 팔짱을 끼고 젖을 눌렀다. 특수강간, 특수감금, 특정범죄가중처벌법 위반(도주 치상)의 범인 한철호가 다시는 내 앞에 나타나지 않을 수도 있고, 나타난다 하더라도 내가 그의 존재를 감당해

낼 수 없겠지만, 그 입질의 느낌은 내 젖 언저리에 남아 있었다.

……철호야, 어딨니? 들리니, 들려? 라고 소리 내어 말하려는 충동을 겨우 눌렀다. 쓰레질을 마치고 나가려는데 초인종이 울렸다. 3동 경비원이었다. 경비원이 나에게 거수경례를 보냈다. 그의 경례 동작이 너무나도 군대식이어서 나는 무안했다.

—이사가시는군요. 인사드리러 왔습니다.

경비원은 가끔씩 내 장바구니나 짐보따리를 옮겨준 적이 있었다.

—단지 안으로 갑니다.

—그래도 섭섭하지요. 10동으로 가신다구요. 10동 경비원에게 잘 돌봐드리라고 부탁해놨습니다.

경비원은 송별금을 바라고 온 것이 분명했다. 만원짜리 지폐 두 장을 주었다. 경비원은 또 거수경례를 보냈다.

—아드님 군대 갔다고 얘기를 들었습니다. 휴가 나올 때 안 됐나요?

교도소에 수감된 죄수들에게는 휴가를 주지 않는 것이 다행스럽게 느껴졌다. 철호가 구속돼서 재판을 받는 동안 나는 한 번도 면회를 가지 않았고, 편지도 쓰지 않았다. 철호의 생애에 어떻게 개입해야 하는지, 나는 그럴 방법이 없었다. 부동산 중개업소에 들러서 아파트 열쇠를 맡기고 이사올 사람에게 전해달라고 부탁했다. 철호와 살았던 시간과 공간이 이것으로 끝나게 되는 것인지는 알 수 없었다. 이삿짐을 실은 트럭은 10동으로 떠나서 보이지 않았다. 나는 10동을 향해서 걸었다. 걸으면서, 철호의 일을 전남편에게 알려야 할지를 생각했다. 그의 연락처는 수소문하면 알 수는 있었지만, 그가 아직도 철호의 아버지라는 혈연 의식을 가지고 있는지 알 수 없었고, 알려봐야 무의미한 고통을 가중시키는 결과가 될 것이었다. 교도소 안의 철호는, 태어나지 않은 존재처럼 모든 인연으로부터 단절되어 있는 것이 모두에게 편할 것이었다. 철호의 형기가 종신이었으면 하는 바람이 내 마음의 먼 곳에 숨어 있었다. 3동에서 10동까지의 사백 미터는 아득히 멀었다.

신혼 때 나는 남해안의 작은 항구도시에서 살았다. 방위산업단지와 수출산업공단 사이에 낀 무역항이었다. 해안선을 제외한 삼 면이 산으로 빙 둘러싸여서 도시는 바다를 끼고 있어도 답답했다. 산을 뚫고 나가는 터널 한 줄기가 도시와 외부를 육로로 연결하고 있었다. 외곽에 산이 높아서 적기가 급강하폭격을 할 수 없는 지형이기 때문에 이 도시에 방위산업단지가 들어선 것이라고 시청 공무원은 설명했다. 공단의 굴뚝들이 구름 같은 매연을 내뿜었고, 연기는 오목한 분지에 갇혀서 도시 상공을 뒤덮고 있다가 비에 섞여서 땅속으로 스몄다. 여름에는 뜨겁게 달아오른 화물선과 부두에 야적된 철강재들의 쇠비린내가 해풍에 실려왔다. 공단 노동자와 외항 선원, 공무원과 바이어, 그들을 접대하는 상사 주재원 들이 도심지 유흥가에서 술 마시고 노래하고 싸우고, 새벽에는 여관으로 갔다. 그 항구도시의 경찰서 마약반은 검거 실적이 좋아서 경찰의 날에 장관 표창을 받고 일 계급씩 특진했는데, 마약반 경찰들이 밤무대 악사들을 동원해서 압수한 마약을 유흥가에 유통시키고 그 마약을 다시 단속한 사실이 드러났다. 검거된 대학생 마약 복용자가 자신의 죄질이 가벼움에도 불구하고 구속되자 검찰에 가서 불었다. 마약반은 표창이 취소되고 책임자는 해임되었는데, 그 사건이 TV에 크게 보도되면서 그 작은 항구도시는 마약으로 악명이 높아졌다.

거기가 나와 전남편의 고향이었다. 두 집안이 증조 이래로 삼대를 그 도시에서 살았다는데, 그 도시에서는 삼대나 신석기 이후나 세월의 질감이 똑같았다. 나와 전남편은 거기서 태어나서 자랐고 같은 지방대학을 나왔고 그 도시에서 결혼해서 신접살림을 차렸다. 지방마다 그곳의 기후와 토양에 순치된 토착종 동식물이 서식하고 있다는 걸 중학교 생물 시간에 배웠는데, 배우지 않아도 이미 알고 있었던 것 같았다. 그 성장과 결혼의 유형은 내 여고 동창생들의 생애와 다르지 않았다. 다들 그렇게 자라고 결혼해서 고향에 주저앉아 삼십 평쯤 되는 아파트를 장만하고 선후배와 친목회나 학부모의 인연으로 얽혀서 중년을 넘기고 있었다.

나의 전남편은 나와 이혼한 지 일 년이 지나지 않아 생선회 식당을 경영하는 여자와 재혼했다. '새벽바다횟집'이라는 그 식당은 부두 안 목 좋은 자리에 있었다. 식당은 장사가 잘돼서, 전남편은 바다낚시와 술로 소일하면서 가끔씩 큰 횟감을 낚으면 식당에 대주는 것으로 밥값을 한다는 소문을, 그 식당에 다녀온 동창생한테서 들었다. 송전탑 건설 반대 운동, 해안 매립 반대 운동, 발전소 반대 운동, 무허가주택 철거 반대 운동에 전남편은 빠짐없이 친구들과 함께 나가서 앞장섰고, 그의 활동이 지역 신문에 나기도 했다.

전남편이 재혼한 여자는 내 고등학교 삼 년 선배였다. 학교 다닐 때 나와는 안면이 없었다. 결혼 전에 전남편과 어울려 다녔던 여자라는 것은 결혼 후에 알았다. 그 작은 도시에서는 애정이고 치정이고 불륜이고 간에 들통나지 않는 관계는 없었다. 그러나 전남편이 결혼 후에도 그 여자를 만나고 있었다는 걸 나는 알지 못했다. 아마 남들은 다 알았을 것이다. 나는 그 남녀관계에 개입하거나 간여하고 싶지는 않았다. 애정이 식은 증거라고 해도 할말은 없었다. 그 작은 도시에서 치정이 생활로 자리잡는 경우는 흔했다. 가르치던 여고생과 결혼해서 사는 남자 교사들도 있었다.

사춘기를 지날 때, 나는 새로운 세상은 항구에 정박한 외항선을 따라서 지구 반대쪽으로 가면 열리는 것이라고 믿었다. 나는 종이에 온갖 환상적인 옷을 입은 남자와 여자의 그림을 그리면서 바다 건너의 세상을 몽상했다. 사람은 빼버리고, 걸어다니거나 날아다니거나 춤추는 옷, 바람에 나부끼는 옷을 그렸다.

내가 지방대학 의상디자인학과에 입학했을 때, 내 전남편은 같은 학교의 철학과 4학년이었다. 전남편은 명석하고 기발한 리포트로 교수들을 놀라게 했다. 교수들은 그에게 박사과정을 거쳐서 학교에 남기를 권유했지만, 그는 명석한 만큼 비과학적이고 불의한 세상에서 겉돌았다. 그는 늘 현실을 괴로워했고, 그를 따르는 친구, 후배들을 거느리고 소도시의 여러 가지 개발계획이나 행정 조치에 반대하는 시위를 벌였다. 그는 그것이 현실에 개입하는 일이라고 믿고 있었으나, 내가 보기에 그는 점점 현실에서 유리되어 멀어지고 있었다. 결혼 후에도 생활비는 늘 내가 벌어서 썼다. 그는 지방대학에 시간강사로 나가면서 선후배들을 만나고 소일했는데, 강사료 수입은 모두 용돈으로 썼다. 부부간에 어느 쪽에서 돈을 벌어와야 하는가를 따지는 것은 치사하고 야만적이라는 생각을 그는 가지고 있는 듯했다. 그의 생각이 문명적일 수도 있겠지만, 그가 돈 잘 버는 생선횟집 여주인과 재혼한 것은 그다운 일이었다. 나는 그의 재혼을 축복까지는 아니라 하더라도 다행으로 여기고 있었다. 그의 새 여자가 내 고등학교 선배라는, 이 작은 도시의 손바닥 안 같은 치정은 빼고 말이다.

이혼한 후에도 전남편과 나는 한동안 고향에서 살았다. 나는 전남편의 지인들에게 포위되어 있었다. 전남편이 여고 선후배 두 명을 차례로 데리고 산다는 것이 동창회의 입방아에 올랐다. 버스터미널이나 커피숍에서 마주치는 전남편의 선후배들이 야릇한 웃음을 띠며 나에게 인사했다. 어떤 자들은 내가 이혼한 걸 모르는 척하면서,

—상규도 잘 있지요? 본 지 오래됐네. 안부 전해줘요.

라고 간롱을 떨었다.

재래시장에 가서 푸성귀를 고르다가 전남편의 어머니, 그러니까 전 시어머니를 만나기도 했다. 전 시어머니는 나이가 팔십인데 걸음걸이가 날아다니는 듯했고 목소리가 우렁찼다. 전 시어머니는 시장 골목 멀리서 나를 보고 큰 소리로 말했다.

—아가, 찬거리 사러 나왔구나. 니 재혼했나? 신랑 먹일라꼬?

장 보러 나온 여자들이 나를 쳐다보았다. 나는 얼굴이 붉어져서 전 시어머니를 피했다. 전 시어머니가 또 소리질렀다.

—니 재혼했으면 딴 데 가서 살그래이. 상규도 여기서 사는데, 남세스럽다 아이가.

그 늙은 여자의 말이 아주 틀리지는 않았다. 재혼을 하지 않더라도 고향은 남세스러웠다.

바람이 사나운 도시였다. 겨울에는 해풍이 도시 북쪽을 둘러

싼 산줄기에 부딪혀서 도심지에서 회오리쳤다. 강보다는 작고 개천보다는 큰 물줄기 하나가 공단 외곽을 돌아서 바다로 흘렀다. 지방 2급 하천인데 물줄기 이름이 수월천水月川이었다. 달이 세상의 모든 강물 위에 비치어서 월인천강月印千江을 이룰 때처럼 물과 달이 서로 마주보는 청정한 지복을 기원하는 이름이었다. 수월천은 공장폐수로 번들거렸다. 물이 썩는 여름에는 악취가 풍기고 벌레가 들끓어서 천변 아파트는 창문을 열지 못했지만, 기름 더께가 낀 물위에도 달이 비치었다. 수월천이 틀린 이름은 아니었다.

겨울에 큰 개 한 마리가 수월천 얼음 위를 건너다가 얼음이 떠내려갔다. 개는 땅에 닿지 못했다. 개는 저녁 불빛이 돋아나는 마을을 향해 울부짖으면서 바다 쪽으로 떠내려갔다. 나는 빨래를 걷으러 베란다에 나갔다가 얼음조각에 실려서 떠내려가는 개를 보았다. 하늘에는 초저녁 반달이 떠 있었다. 개의 비명은 물과 달 사이에 가득찼는데, 아무런 응답도 없었다. 개는 천지간에 홀로 울부짖었다. 몸통이 커서 울림이 멀리 갔다. 개는 목울대를 세워서 높이 울었고, 호흡이 다하면 숨을 죽였다가 다시 울었다. 개는 한사코 사람 사는 마을 쪽을 향해 울부짖었다. 개의 비명은 구조를 애원하면서도 응답 없는 세상을 저주하고 있었다. 얼음조각이 공단을 돌아나가자 개는 보이지 않고 비명만 들렸다. 비명은 멀어져서 희미했다. 개가 떠내려가는 하구 쪽 바다는 어두웠다.

이혼에 이르기까지의 사유를 이루 다 말할 수 없고, 말하여질 수 없는 부분이 더 많을 테지만, 그날 저녁 수월천의 얼음에 실려 떠내려가는 개를 바라보면서 나는 전남편과 전 시어머니, 그리고 고향에 얽힌 사람들이 그렇게 비명을 지르며 멀어져가는 환영을 느꼈다. 이혼율이 해마다 늘어난다는 통계 숫자를 신문에서 읽으면서 나는 나의 생애가 숫자 속에 매몰되기를 바랐다.

전남편의 집안은 5대조를 불천위로 모셨고, 증조가 구한말에 정삼품 내직에 올랐다. 그 집안은 이혼한 나에게 아들의 핏줄을 맡길 수가 없었다. 내가 재혼이라도 하게 되면 외간남자가 철호의 아버지가 되는 꼴을 볼 수가 없었다. 내가 서울 본사로 전근되어 떠나기 며칠 전에 전 시어머니는 퇴근 시간에 회사 문 앞에서 나를 기다리고 있었다. 전 시어머니는 작은 보따리 한 개를 내밀었다.

—가져가라. 여편네가 혼자 살자면 이게 도움이 된다.

보자기 속에는 담배가 들어 있었다.

—담배요?

—그래, 가져가라. 나도 오십에 혼자되고 나서부터 피운 거다. 그리구 니 서울 가면 여긴 얼씬하지 마라. 철호 앞날에도 도움이 안 될 끼다.

그때 철호는 열 살이었다. 철호는 부모의 이혼을 내색하지 않았고, 어느 쪽에 가서 살 것인지 끝내 입 다물었지만 그 아이의 침묵은 혼자 살아야 하는 긴 성장기를 예비하고 있는 듯했다. 철호는 전남편을 친권자로 해서 그 집안에 맡겨졌고, 나는 고향을 떠나서 서울로 이주했다.

지구온난화의 영향으로 여름의 더위와 겨울의 추위가 양극화되는 추세는 종말적 재앙이라지만, 의류업계의 매출은 해마다 늘어났다. 겨울에는 실내 난방 온도가 높아지고 야외 기온이 낮아져서 새로운 외출복과 방한복의 수요가 늘어났고, 여름에도 마찬가지였다. 혹한기와 혹서기의 아웃도어 용품이 도시의 일상 속에 자리잡았고 겨울 내복이 불티나게 팔렸다. 기획관리실은 분기마다 기후 양극화에 편승하는 낙관적 영업 전망을 제출했다. 사장은 새로운 소재, 새로운 디자인의 브랜드를 개발해서 천지개벽하듯이 열리는 시장을 선점해야 한다고 영업 조직을 다그쳤다. 사장의 경영 슬로건은 '보다 가까이'와 '보다 멀리'였다. '보다 가까이'는 상품을 소비자의 일상생활과 미의식 속에 밀착시켜서 실용성, 아름다움, 힐링, 프라이드, 개별성이 모두 충족된 브랜드를 개발하자는 것이었고, '보다 멀리'는 기업이 이윤을 추구하고 있다는 인상을 소비자에게 주지 않으면서 브랜드를 장기적으로 고객의 전 생애 속에 안착시킬 수 있는 전략을 확보하라는 것이었다. 기업의 규모와 조직을 키우고 투자를 늘리면 이윤과 생산성이 증대된다는 것은 지나간 시대의 아둔한 생각이다. 의류 산업은 인간의 미의식에 호소하는 예술 산업이므로, 민첩하고 정확한 의사결정과 소비자에 대한 예민한 감수성만이 사업의 성패를 좌우한다고 사장은 회의 때마다 강조했다.

내가 이혼한 후에 서울 본사로 전근할 수 있었던 것은 기후 양극화에 따른 시장 팽창의 덕택이었다. 본사는 개별 브랜드에 대한 영업 지원을 강화했고, 전국 매장의 브랜드 관리자 중 우수 실적자들을 서울 본사로 끌어모았다. 나는 여성 의류와 아동복의 수입 브랜드 세 개를 관리했다. 날마다 매장이 문을 닫는 저녁 아홉시가 되면 본사 기획관리실은 전국 매장에서 팔린 상품을 집계해서 그 내역을 브랜드 관리자들에게 핸드폰으로 전송해왔다. 매출 내역은 브랜드별, 관리자 개인별, 매장별, 지역별로 분류되어 있고 시간대에 따른 변동 추이도 그래프로 나타나 있었다. 매출이 저조한 브랜드에 대해서는 매장을 다시 점검하고 소비자 분석을 거쳐서 대책 보고서를 제출해야 했다.

내 브랜드의 한 달 매출 총액은 가장 나쁠 때가 사억, 혹한기 혹서기에 육억, 환절기에는 팔억, 추석이나 구정이 낀 때는 십억 정도였다. 그 정도면 관리자들 중에서 상위 실적이었다. 퇴근 후의 저녁 시간에도 매출액은 내 덜미를 쥐고 놓아주지 않았다. 회사는 월급을 성과제로 지급했다. 나는 계절마다 재고 처리되는 옷을 공짜로 가져다가 입었다. 돈 쓸 일이 별로 없어서 통장에 예금액이 쌓여갔다. 지구온난화 덕분이었다.

이혼하면서 철호를 남편 집안에 맡길 때 철호의 양육비를 반씩 부담하기로 합의했다. 나는 이혼 절차를 오래 끌고 싶지 않았다. 나는 전남편이 하자는 대로 따랐다. 내가 양육비를 송금해야 하는 날은 매월 25일이었다. 매월 25일은 회사의 매출을 총결산해서 개인별, 브랜드별로 순위를 매기고 판매 동향에 대한 보고서를 작성하는 날이기도 했다. 그 일이 끝나면 나는 핸드폰의 키패드를 눌러서 철호의 양육비를 전남편의 계좌로 보냈다. 새 학기가 되어서 팔다 남은 아동복 한 벌과 백화점에서 산 란도셀을 철호에게 보냈는데, 전 시어머니가 우편으로 돌려보냈다. 편지가 들어 있었는데,

—물건은 보내지 마라. 철호 마음 산란해진다. 애를 낳은 여자가 어찌 그만한 걸 모르느냐. 보내려거든 돈으로 보내라.

라고 적혀 있었다.

철호는 그해 11월 25일 밤에 나타났다. 갑자기 추워진 날이었다. 월말 일거리를 집으로 가져와서 컴퓨터 앞에 앉아 있는데 벨소리가 났다. 철호였다.

—아니, 니가 여길……

나는 철호를 끌어안았다. 철호는 내 품에서 울먹였다. 철호의 몸에서 찬 바람 냄새가 났다. 열 살 난 아이가 어떻게 그 먼 남쪽

항구도시에서 서울 외곽의 이 아파트까지 찾아올 수가 있었을까. 시내버스, 고속버스 또는 열차, 그리고 다시 버스나 지하철을 바꿔 타고 여기까지 올 수가 있었을까.

—얘, 말 좀 해봐. 철호야. 어떻게 된 거야.

철호는 한참 만에 울음을 추슬렀다.

—아빠하고 안 살기로 했어.

나는 철호가 그 집에서 어떤 대접을 받고 살았는지를 그때도 그후에도 묻지 않았고, 철호도 말하지 않았다. 그것을 묻는다면 아무런 위안도 없이 상처를 들쑤시는 결과가 될 것이었다. 그 남쪽 항구도시에서 서울 외곽까지는 열 살 난 아이가 혼자서 감당할 여행 코스는 아니었다. 혼자서, 아무런 짐도 없이, 물병도 없이, 고속버스를 기다리고 고속터미널에서 지하철역으로, 전철에서 내려서 다시 시내버스 정류장으로 두리번거리며 길을 묻고 다녔을 철호의 모습을 생각하면서 나는 목구멍이 뜨거웠다. 그 목적지가 나였다.

나는 철호를 목욕시키고 먹였다. 철호는 뭇국에 말아서 밥을 두 그릇을 먹었다. 철호는 소파에 앉아서 아무 말도 하지 않았다. 내가 그 아이의 생모이며 그 아이가 내가 낳은 아들이라는 것은 나도 그 아이도 아니라고 할 수 없었다. 아니라고 할 수 없다는 것을, 우리는 침묵 속에서 알고 있었다. 나는 아이가 겪어낸 긴 여정보다도 아이의 침묵이 더 견딜 수 없었다.

—철호야, 너 어떻게 여길 왔어? 여길 어떻게 알았어? 말해봐.

철호는 대답했다.

—지도 보고.

철호의 소행은 계획적인 것이었다. 지도 보고, 라는 말이 그 아이의 집념을 드러내고 있었다. 철호는 서울과 지방의 교통 안내도를 구해 들여다보며 코스를 더듬어서 여기까지 온 것이었다. 내가 철호에게 보낸 아동복과 란도셀의 포장지를 전 시어머니가 찢어서 쓰레기통에 버렸는데, 철호는 그 포장지에 적힌 내 주소를 적어놓았다고 더듬거리며 말했다.

—너, 아빠한테 말하고 왔니?

나는 하나 마나 한 말을 묻고 있었다. 철호가 말하고 왔을 리는 없었다. 아니, 철호는 고개를 가로저었다.

철호가 없어졌으니 전남편한테서 철호가 혹시 찾아가지 않았느냐고 묻는 전화가 올 법도 했지만, 밤늦도록 아무 연락이 없었다. 철호가 잠든 후에 내가 먼저 전화를 걸었다. 나는 전남편의 바뀐 핸드폰 번호를 알지 못했다. 나는 유선전화로 걸었다. 전남편의 새 부인이나 전 시어머니가 받지 않을까 해서 조마조마했다. 전 시어머니가 전화를 받았다. 나는 철호가 예고 없이 갑자기 나에게 왔다는 소식을 전했다.

—니가 자꾸 갸한테 물건을 보내싸니까 갸가 맘이 들떠서 그 지랄 하는 거 아이가. 갸가 돈 십만원 훔쳐갖고 나갔어. 낼 다시

돌려보내라. 갸 애비 없는 자식 만들지 말거래이.

―당분간은 돌려보내기 어려울 거예요.

―뭐라고? 갸를 데리고 있을라면 너 시집갈 생각 말거라. 애비 둘 있는 자식이 세상에 어디 있노.

철호는 그렇게 나한테 왔다. 전남편에게 맡긴 지 팔 개월 만이었다. 철호가 눈앞에서 사라진 후에도 전남편은 한 번도 전화하지 않았다. 나는 전남편의 핸드폰 번호를 알아내 철호가 나에게 왔으므로 양육비 송금을 중단하겠다는 뜻을 문자로 전했다. 전남편은 '알았다'라는 세 글자를 보내왔다. 양육비는 반씩 부담하기로 했는데, 철호가 내게 온 뒤로 전남편은 자신의 몫을 나에게 송금하지 않았고 나는 요구하지 않았다. 철호가 중학교에 다닐 때 전남편과 시어머니가 무슨 생각을 했는지 다시 철호를 데려가려 했는데, 철호는 낌새를 알아채고 일주일 동안 가출했었다. 철호는 돌려보내지지 않았다. 고등학교를 중퇴하고 오토바이 폭주 사고를 내고, 여자아이를 강간하고 육군에 입대할 때까지 철호는 내 옆에서 자랐다. 지금 철호는 육군교도소에 있다.

새로 이사온 아파트는 산 밑이어서 먼저 집보다 어두웠고 공기가 맑았다. 저녁에는 산의 야기夜氣가 방안으로 스몄는데, 낮에도 어두워서 저녁 무렵 같았다. 흐린 시간과 공간이 견디기에 덜 무거웠다. 아파트는 방 두 개에 거실 하나였다. 먼저 집보다

평수가 열 평 이상 줄었다. 나는 큰방을 썼고 작은방에는 옷가지와 잡동사니를 몰아넣었다. 십 년 후까지 이 집에서 살게 될는지 모르겠지만 철호가 만기 출소해서 나타나더라도 철호에게 내줄 방은 없었다. 사진도 모두 버렸다. 결혼식 사진이며 백일 날 찍은 사진, 시댁 식구들과 찍은 사진들이 그때까지도 앨범에 붙어 있었다. 약속과 맹세로 맺어진 인연이나 정액과 난자가 엉겨서 빚어지는 인연보다도 사진이 더 무서웠다. 주말에는 흐리고 서늘한 방에 누워서 그것들과 헤어질 수 있을 것인지를 생각했다. 헤어질 수는 있어도 없었던 것으로 돌이켜놓을 수는 없지 싶었는데, 경찰서에 다녀온 후에는 헤어진다거나 돌이킨다는 것이 모두 발음만 있고 실체가 없는 말의 껍데기처럼 느껴졌다. 군대의 감방은 어떤 구조인지가 상상되지 않았다.

철호는 말을 늦게 배웠다. 두 돌이 지나서도 엄마 소리를 하지 못했고 말을 겨우 배운 후에도 한동안 말을 더듬었다. 속에서 말을 거꾸로 끌어당기는 것처럼 철호는 하려던 말을 삼켰고, 말을 하다가도 중간에 멈추어버려서 무슨 말을 하려는 것인지 알아듣기 어려웠다. 더 자라면서 말더듬증은 없어졌지만, 철호는 늘 말이 적었다. 철호는 말로 표현되거나 말로 구성되는 자리가 아닌, 다른 감각의 세계에서 사는 아이 같았다. 철호는 후각과 청각이 짐승처럼 날카로웠고, 감각의 영역이 넓었다. 중학교 때 철호는 어슴푸레한 새벽에 일어나서 공원과 야산을 쏘다니다가 돌아오곤 했다. 돌아와 다시 잠들어서 학교에 자주 지각했다.

—넌 왜 자다 말고 일어나서 돌아다니니?

—새벽 냄새 맡으러.

새벽의 냄새가 따로 있을까. 사람마다 과일마다 음식마다 냄새가 다르듯이, 철호의 후각은 새벽의 냄새와 저녁의 냄새, 흐린 시간의 냄새와 맑은 시간의 냄새를 다르게 감지하는 모양이었다. 철호는 중학교 때부터 불면증이 있었다. 자정이 넘도록 MP3 플레이어를 귀에 꽂고 음악을 들으며 누워 있었다. 나는 잠 못 이루는 아이가 음악의 선율에 실려서 세상의 실물감으로부터 멀어지는 것이 가엽기도 했고 편안하기도 했다. 철호의 MP3를 켜보니까 대금으로 부는 청성곡淸聲曲도 있었다. 대금은 높은 옥타브의 음을 가물가물 이어가면서 가까운 것을 아득히 밀쳐내고 까마득한 것을 가까이 불러들이고 있었다. 대금은 그 음색에 이미 세상을 놓고 돌아서는 늙음이 스며 있었다. 아이가 어떻게 그런 음악을 골라서 들을 수가 있었을까. 철호는 아득히 소멸하는 선율 그 너머의 소리를 들을 수 있고, 저물고 또 밝아오는 시간의 냄새를 맡을 수 있는 아이였다. 그 감각이 대금의 선율처럼 철호를 세상 밖으로 끌고 나갔을 것이다. 젖을 먹을 때 내 젖꼭지 언저리를 훑어서 짜내던 잇몸의 움직임이나, 자라서 여자아이를 강간한 범행도 그 동물적 감각에 이끌린 것이라고 나는 짐작하고 있었다. 내가 먼 곳으로 이사를 가더라도, 십 년 뒤에 출소한 철호가 후각과 청각으로 더듬어서 나를 찾아올 수도 있을 것이다. 철호는 열 살 때도 혼자서 남해안 항구도시에서 서울까지 나를 찾아왔었다.

한강 다리에서 강은 넓어지면서 하구로 나아갔다. 흐린 날에는 물에서 바다 냄새가 났고 밀물이 드는 시간에 강물은 도심 쪽으로 역류했다. 거기까지 날아온 바다의 새들이 가로등 위에 앉아서 자동차의 대열을 내려다보았다. 먼 산들이 잔영殘映으로 잦아들면서 바다 쪽으로 밀려났고 물이 산과 산 사이에 가득차서 하늘에 닿았다. 재수생이었다는 그 여자아이는 이 막막한 끝을 향해 어떻게 몸을 던질 수 있었을까. 내가 시큼한 몸냄새만 알고 이름은 모르는 그 목수는 딸이 몸을 던진 이 자리에 와서 강물을 내려다보았을까.

평소에 나는 그 다리를 건너서 출퇴근했다. 그 다리는 다른 다리보다 차들이 덜 붐볐다. 연옥이의 죽음을 알고 난 후로는 그곳을 피해서 도심 쪽 다리로 건너다녔다. 아침 여덟시에 판매전략회의가 있는 월요일과 목요일, 일이 늦게 끝난 저녁에는 어쩔 수 없이 그 다리를 건넜다. 다리 위에서 나는 물 쪽을 보지 않으려고 앞차의 꼬리등만을 노려보면서 운전했지만, 강물은 내 좌우로 펼쳐져서 끝이 없었다. 강물에 떨어진 연옥이의 몸이 하구 쪽으로 떠내려가는 환영이 물위에서 보였다. 환영 속에서 연옥이의 긴 머리카락이 물결에 너울거렸다. 나는 연옥이가 숨이 끊어지지 않은 채, 살아서 물에 떠내려가고 있는 것이라고 여겼는데, 그런 생각이 드는 까닭을 알 수 없었다. 내 망상 속에서 철호의 정자도 죽지 않고 연옥이의 몸에 들러붙어서 함께 떠내려가고 있었다. 남쪽 항구도시에서 살 때 수월천의 얼음조각에 실려서 바다로 떠내려가던 개의 비명소리가 대교 밑의 물길에서 들리는 듯했다. 그때 수월천에 달이 비치었고, 물과 달 사이에는 개의 비명소리뿐이었다. 저녁 아홉시가 넘은 퇴근길에 대교의 교통 체증에 갇혀 있을 때도 일일 매출 내역은 브랜드별, 관리자별, 매장별, 지역별로 분류되어 핸드폰으로 전송되어왔다.

그날 경찰서에 갔을 때 나는 간단한 참고인 진술 조서만을 작성하고 지장을 찍었지만, 철호의 소행에 대해서 윤곽 정도를 알게 되었다. 형사가 나에게 해준 말도 있었지만, 형사와 목수 간에 오고간 말을 듣고 나는 철호의 소행을 짐작할 수 있었다.

철호는 검거된 후 공범 두 명과의 연고선을 자백했다. 붙잡힌 두 명은 강간에 가담한 아이들은 아니었고, 노상강도의 공범들이었다. 한 아이는 번듯한 중소기업 대표의 아들이었다. 다른 한 명은 부모가 이혼하고 할아버지에게 맡겨진 아이였는데, 동생과 가출해서 다른 아이들과 함께 빈 아파트에서 먹고 잤다. 아이들은 오토바이를 타고 인도 가까이 달리다가 여자들의 핸드백을 낚아채서 달아났다. 핸드백을 잡아채는 순간 여자들은 땅에 쓰러져서 머리가 깨졌다. 그런 범행이 두 건이었다. 훔친 돈은 오토바이 부속품을 사거나 연료비로 쓰고 여자아이들에게 화장품이나 생리대, 목걸이를 사주었다고 공범들은 경찰에 진술했다.

아이들은 중국 음식점이나 피자 가게에서 배달 아르바이트를 하고 있었다. 자기 소유의 오토바이가 있어야 취직할 수 있었다. 아이들은 먼 동네 음식점에서 오토바이를 훔쳐왔다. 배기량 칠십 시시짜리인데, 전조등이 깨지거나 머플러가 떨어져 있었다. 월정 급여는 없었고, 배달을 한 번 다녀오고 빈 그릇까지 찾아오면 배달비 삼백원을 주었다. 눈비가 내리는 날은 배달 주문이 많았으나 길이 미끄러워서 속도가 나지 않았다. 짬뽕이 식거나 짜장면이 불어서 고객이 전화로 항의하면, 주인은 음식을 새로 만들어 보내면서 음식값의 오 퍼센트를 배달비에서 제했다. 항의받고 다시 가는 배달에는 배달비가 없었다. 배달통을 들고 오피스텔이나 아파트로 들어갈 때 경비원들과 실랑이를 벌이느라고 늦어질 때도 있었고, 서너 곳을 한꺼번에 배달하다가 한 곳에서 늦어지면 다른 곳도 차례로 늦어져서 하루 벌이가 모두 날아가는 날도 있었다. 아이들은 자리에 앉자마자 액셀을 당겨서, 칠십 시시 오토바이는 튀듯이 달렸다. 아이들은 그 오토바이를 타고 이 세상을 벗어날 수 있는 끝까지 달리는 것이 소원이었고, 그 외의 바람은 없었다고 했다. 가게가 문을 닫는 주말에 아이들은 칠십 시시 오토바이를 시속 백 킬로미터 이상으로 몰아서 국도를 질주했다. 부모가 이혼하고 할아버지에게 맡겨졌던 아이의 동생은 길에서 오토바이 사고로 죽었다. 자정이 넘은 시간에 동서 간선국도를 달리다가 뒤쫓는 경찰에게서 벗어나기 위해 더욱 속도를 높였다. 길바닥에 작은 돌멩이가 놓여 있었다. 앞바퀴가 돌멩이를 밟는 순간 오토바이는 공중으로 날아올라 뒤집혔고, 아이의 몸은 튕겨나가서 가드레일에 으깨졌다. 가로등이 없는 커브 구간이었다. 지방 시립 병원이 아이의 흩어진 시신을 수습해서 화장했다. 철호와 공범들은 그때 화장장에 갔었다고 진술했다. 죽은 아이가 탈 때, 화장장 굴뚝에서 푸른 연기가 올랐다고 했다. 그다음 해, 그 아이가 죽은 날 철호와 공범들은 그 화장장에 가서 마당 한 귀퉁이에 소주와 오징어를 차려놓고 굴뚝을 향해 울면서 절했다고 진술했다.

연옥이는 철호 밑에 깔려서 강간당할 때 겁에 질려서 똥을 쌌다고 여자 수사관에게 진술했다. 어둠 속에서 죽음을 받아들이는 자세가 되었는데, 아랫도리가 풀려서 똥이 쏟아져나왔다고 했다. 그때 빈 아파트 옆방에서는 나중에 잡힌 공범 한 명이 소주를 마시고 있었는데, 그 아이도 똥냄새가 났다고 진술했다. 똥냄새에 대한 진술은 범인과 피해자와 공범이 일치했다. 철호는 똥에 뒤엉킨 연옥이의 가랑이 속에 사정했다. 연옥이의 질 속에서 똥이 검출되었고, 파열상이 남아 있었다.

—너 이거 범죄라는 거 알았지?

라고 형사가 묻자 철호는,

—이쁜데, 만질 수가 없어서요……

라고 대답한 것으로 기록되어 있었다.

내가 경찰서에서 그런 이야기들을 한 조각씩 주워듣고 있을 때, 목수는 나에게 등을 돌리고 앉아 있었다. 목수의 등은 마르고 얇았다. 대패를 밀고 당기기에는 힘겨워 보였다. 목이 가늘었고 목뒤가 햇볕에 그을려서 새카맸다. 대패질을 할 때 늘 고개를 숙이는 모양이었다.

그날 목수는 자기 딸 연옥이가 강물에 뛰어든 것은 사실이지만, 자살한 것은 아니라고 주장했다. 그 말을 할 때 목수의 목소리는 떨렸다.

목수가 그 근거로 제출한 것은 강물에 뛰어든 연옥이를 건져 올린 119 수상구조대원이 상부에 올린 구조출동일지의 사본이었다. 그 구조대원은 임용된 지 일 년이 안 된 신참이었다. 저녁 일곱시 무렵에 한강 다리 남쪽 5번 교각 쪽에서 여자 한 명이 강물로 투신했다는 행인의 신고가 있었다. 대원 세 명이 고무보트로 출동했다. 여자는 하류 쪽으로 떠내려가서 물속으로 가라앉고 있었다. 신참 대원이 보트에서 뛰어내려 물속으로 들어가서 여자의 머리채를 움켜잡았다. 신참 대원은 여자를 등에 업고 물

위로 올라와 보트 손잡이를 잡았다. 등에 눕힌 여자의 가슴에는 온기가 있었다. 여자는 오른팔로 대원의 목을 끌어안고 왼손으로 대원의 겨드랑 밑을 움켜쥐고 있었다. 여자의 아귀힘은 강했다. 신참 대원이 여자의 움켜쥔 손을 폈다. 손금에 물이 고여 있었고 손가락은 무언가를 자꾸만 잡으려고 버둥거렸다. 대원들이 고무보트에서 여자에게 인공호흡을 했으나, 여자는 보트가 접안하기 전에 숨졌다. 신참 대원은 구조출동일지의 마지막에

—내가 119에 들어와서 처음 구조한 인명이다. 건질 때 살아 있었는데, 보트 안에서 죽었다. 아깝다. 여자의 손을 펴보니까 살려고 무얼 자꾸 잡으려 했다. 여자가 죽었지만, 나의 인명 구조 실적으로 인정해주었으면 좋겠다.

라고 적었다.

—이보시오, 손으로 잡으려 했다니까 자살이 아니지 않소. 손으로 말이오.

라고 목수가 형사에게 말했다. 목수의 목소리는 낮고 조용해서 자신에게 말하는 것처럼 들렸다. 그의 얼굴에서 오래된 삶의 무늬가 어른거렸다. 나는 문득 그가 이 세상 목수의 원조처럼 보였다. 범인이 이미 기소되었으므로 피해자의 죽음은 자살이든 사고사든 간에 사건과 무관한 것이고 강간과 자살 사이의 법률적 인과관계는 성립되지 않는다고 형사는 말했다. 다만 피해자가 강간당한 정신적 후유증으로 자살한 것이 증명된다면 판사가

형량을 가중할 수는 있을 것이라고 형사는 또 설명했다.

—아, 내 말은 그게 아니고, 자살이 아니라는…… 손으로 잡으려 했다니까……

목수는 무슨 말을 더 하려 했으나 말을 잇지는 못했다. 목수가 무슨 말을 하려는지 알 수 있을 듯했지만 나 역시 아무 말도 하지 못했다.

목수는 또 119에서 얻어온 사진 한 장을 제출했다. 투신 현장으로 접근하면서 보트에서 찍은 사진이었다. 연옥이는 사진에 잡혀 있지 않았고, 사진 아래쪽에 날짜와 시간이 찍혀 있었다. 9월 하순의 저녁 무렵이었다.

대교 너머로, 강변의 고층 아파트에 불이 켜져 있고 퇴근 정체가 시작된 한강 다리 위에 뜬 달이 강물 위에 풀어져 있었다. 강폭이 넓어서 강 저편의 불빛은 가루처럼 보였다. 강물이 검고 깊어서 사진 속의 도심 풍경은 병풍의 그림처럼 고요했다. 목수는 또 말했다.

—여자아이가 어떻게 이런 물 위로 뛰어내릴 수가 있겠소? 자살이 아니오. 손으로 구조대원을 잡았다는 거 아니오. 손으로……

목수는 시종 나를 외면한 채 형사를 보며 말했다. 무슨 말을 해도 말이 아닐 것 같아서 나는 목수에게 아무 말도 하지 못했다.

초가을부터 이른 추위가 왔다. 이번 겨울 추위는 길고 모질 것이라는 장기예보가 나왔다. 10월 초순부터 겨울옷이 불티나게 팔렸다. 사장은 날마다 '보다 가까이'와 '보다 멀리'를 역설했다. 일주일에 두 번 있던 판매전략회의가 매일 아침 열렸다. 나는 시간이 좀 덜 걸리는 그 다리를 건너서 출근했다. 하구 쪽 강물 위에서 흰 손이 올라와 허공을 움켜잡는 환영이 자동차 백미러에 떴다. 일일 매출 총액은 날마다 올랐다.

11월 초부터 아침 기온이 영하로 떨어졌다. 육군교도소의 겨울이 상상되지 않았다. 철호에게서는 편지가 오지 않았고 교도소 당국도 아무런 소식이 없었다. 추위가 사방에서 몸을 옥죄어 왔다. 그 다리를 건널 때마다 강물로 몸을 던지던 연옥이처럼, 아직 죽지 않아서 구조대원의 겨드랑 밑을 손으로 움켜쥐던 연옥이처럼, 그리고 이 세상을 벗어날 수 있는 맨 끝 쪽으로 오토바이를 타고 질주하던 철호의 그 공범들처럼, 죽은 연옥이의 아버지인 그 목수에게 말을 걸고 싶었다. 말이 되어질 수 없는 말이라 하더라도. 무슨 말이든지 우선 던지고 싶었다.

나는 경찰서에 전화를 걸어서 강력계 형사에게 목수의 연락처를 물었다. 형사는 무슨 일이냐고 물었다. 나는, 그저 연말이 되어서 선물이라도 주려고 한다고 대답했다. 형사는 목수가 한 달쯤 전에 경기도 북쪽의 산속에 있는 사찰 공사장에 일하러 간다며 떠났다고 말했다. 형사는 사찰 이름을 가르쳐주었고, 목수의 전화번호는 본인의 요청이라며 가르쳐주지 않았다. 목수가 아직도 그 공사장에서 일하고 있는지 떠났는지는 알 수 없다고 형사는 말했다.

회사 남성 의류 창고에서 두꺼운 소재로 만든 카고 작업복 한 세트와 방한복 점퍼를 골랐다. 목수의 체격은 라지와 미들 중간쯤일 것으로 내 기억에 남아 있었다. 목수를 찾아가기 전날 밤에 전남편에게 전화를 걸어서 철호에게 벌어진 일을 말했다. 말하기 힘들어서 미리 메모를 해두었다가 책을 읽듯이 요점만 말했다. 전남편은 한동안 말이 없더니,

—알았다. 십 년이라…… 하……

라며 전화를 끊었다.

사찰은 북한강 유역의 산 밑이었다. 살얼음이 잡힌 강가에 인기척이 없었다. 나는 자동차를 일주문 밖 주차장에 세웠다. '지장전 신축 공사중'이라는 현수막이 걸려 있었다. 목수는 그 공사장에 있든지 아니면 떠났을 것이었다. 목수를 만나면 뭐라고 해야 하나? 이름을 물어볼 수는 없을 것이다. 연옥이의 죽음은 자살이 아니라는 당신의 말이 맞다고 말해줄까. 아마 그럴 수도 없을 것이다. 목수는 아직도 그 하얀 개를 데리고 있을까. 개가 예쁘네요. 눈코가 새카매서 멀리서도 또렷하군요. 연옥이가 기르던 개인가요? 아무래도 개에 관한 얘기를 꺼내는 것이 좋지 싶었다. 나는 목수를 만나면 개의 눈과 코에 대해서 말하기로 정

했다. 그리고 내가 옷 장수라고 밝히면서 팔던 옷 몇 점을 가져왔다고 말하자. 그 편이 가장 무난할 것이었다. 목수는 왜 아내를 보내지 않고 자기가 경찰서에 왔을까. 딸의 강간 사건에 대해서 경찰에 진술할 때는 아버지보다는 어머니가 오는 쪽이 온당할 것이었다. 목수는 나처럼 이혼을 했든지 아니면 목수의 아내가 세상을 떠났을 것이라고 나는 생각했다. 나는 차 안에 앉아서 화장을 고쳤다. 형사를 만나기 전처럼 무서워서 머뭇거리느라고 그랬을 것이다. 나는 콤팩트를 꺼내서 두 볼과 눈 밑을 누르고 립스틱을 새로 발랐다.

나는 차에서 내려 일주문을 지나서 대웅전 쪽으로 걸어갔다. 차갑고 메마른 날이었다. 공사장 쪽에서 전기톱으로 나무 써는 소리가 들렸다. 그의 대패가 지나간 자리에서 나무의 무늬들이 피어나고 있을 것이었다.

저녁 내기 장기

1

이춘갑李春甲은 작년 가을부터 갑자기 시력이 떨어졌다. 눈앞이 뿌옇고, 건물이나 신호등의 윤곽이 풀어져서 흔들렸다. 사물은 보이는 곳 옆에 비켜서 있었다. 눈이 메말라서 동자가 움직일 때 쓰렸고 눈이 아플 때는 뒷골까지 쑤셨다. 안과에 가서 한쪽 눈을 가리고 숫자판을 읽었는데, 셋째 줄 아래로는 삼인지 팔인지 구별할 수 없었다. 숫자는 뒤집히고 엎어져서 버둥거렸다. 느리게 진행되는 백내장에 안구건조증이 겹쳤다고 의사는 말했다.

—사십칠년생이면 예순여덟 살이시군요. 그 연세에 흔히들

그렇지요. 자연스런 겁니다.

백내장은 뚜렷한 이유가 없이 증세만 있는 병증이고, 안구건조증은 세포가 늙어서 눈물 분비가 줄고 수분 증발을 막아줄 기름기가 돌지 않기 때문이라고 의사는 설명했다.

—피지선을 뚫어드리겠습니다. 이쪽으로 누우십시오.

의사는 이춘갑의 눈꺼풀을 면봉으로 여러 차례 닦았다.

—꽉 막힌 걸 뚫어놓았는데, 오래가지는 못할 겁니다. 불편하시면 또 오세요. 눈에 눈물이 마르면 사물이 뒤틀려 보입니다. 약을 드리지요.

이춘갑은 수납 창구에서 진료비를 내고 처방전을 받았다. 약국은 안과 건물 일층이었다. 젊은 여자 약사가 처방전을 살폈다.

—아버님, 안약이 모두 네 종류입니다.

젊은 약사는 이춘갑을 '아버님'이라고 불렀다. '아버님' 소리를 듣는 순간 이춘갑은 시야가 흔들렸고 시간이 뒤섞였다. 눈앞의 것들이 멀어지고 뿌연 공간 안에서 먼 것들이 돋아났다. '아버님'이라니…… 이춘갑의 시야는 자신의 생명이 아버지의 정충이었던 시절까지 거꾸로 더듬어갔으나 아무것도 걸리는 것은 없었다. '아버님'이라니……

이춘갑은 외환위기 때 이혼했다. 정부는 외국은행에서 달러를 꾸어다가 구제금융을 풀었지만 중소기업들은 부도의 쓰나미에 쓸려나갔다. 연매출 십육억 정도를 올리던 이춘갑의 구두공장은 초기에 무너졌다. 어음은 연쇄부도로 꽝이 되었고 유통업자들이 잠적하자 물건은 묶였고 판매 대금은 증발했다. 영업 이윤은 전망이 전무했는데 은행은 신규 대출을 중단했다.

김영삼 대통령의 임기가 끝나고 김대중 정부가 들어섰다. 개표하던 새벽에 당선자의 지지자들이 세종로 네거리로 몰려와서 끌어안고 울면서 〈목포의 눈물〉을 불렀다. 〈남행열차〉도 불렀다. 애국적 시민들이 금을 모아서 나라를 살리자고 금붙이를 들고 거리로 나와서 긴 줄을 이루었다. 이춘갑은 그때 공장을 팔아서 은행 빚과 밀린 임금을 정리하고 사업을 접었다. 생산 설비는 값을 쳐주지 않았고 부지만 팔렸는데, 땅을 산 사람은 설비를 철거하는 비용을 땅값에서 제했다. 그렇게 다 털어넣고도 못 준 퇴직금과 자잿값이 이억이 넘었다. 채권단은 민형사 양쪽으로 소송했다. 이춘갑은 살던 아파트 한 채를 위자료 명목으로 아내 앞으로 명의 이전해주고 합의이혼했다. 금슬이 좋다고 할 것은 없었지만 법률적 이혼 사유는 없었다. 합의이혼 말이 나왔을 때 아내는 며칠 동안 침묵하더니 동의했다. 마지막 남은 아파트 한 채를 채권단에 넘겨주지 않으려면 그 수밖에 없기도 했지만, 이혼합의서에 도장을 찍어서 법원 창구에 내미는 일은 결혼의 본질과 별 관련이 없으며, 도장의 힘으로 사는 것이 아닐진대, 서류는 제출하고 계속 같이 살면 이러나저러나 마찬가지라고 아내는 생각했다. 아내가 생각했다, 라기보다는 아내가 그렇게 생각하고 있으리라고 이춘갑은 생각했는데, 이춘갑도 그렇게 생각하고 있으리라고 아내는 생각했다. 도장을 찍던 날 아내는 아홉 살 난 아들을 끌어안고 울면서

—괜찮아. 집만 있으면…… 도장으로 사는 게 아니니깐. 그렇지, 영수야?

라고 말했다. 채권단은 이춘갑 부부가 정말로 이혼했는지 확인하려고 집 주변을 살폈다. 이춘갑 부부는 채권단의 눈을 피하느라고 별거를 시작했다. 그게 십육 년 전의 일이었다. 그뒤로 법률적 이혼과 사실적 별거가 굳어져버려서, '마찬가지'라던 아내의 말은 거꾸로 마찬가지가 되었다.

—아버님, 약 나왔습니다. 흔들어서 넣으세요.

젊은 약사가 안약이 담긴 비닐 백을 내밀면서 또 '아버님'을 불렀다. '아버님'이라니…… 이춘갑의 허벅지에서 힘이 빠져나갔다. 아버지의 정충이 떠올랐고, 아내와 아들의 환영이 합쳐지면서 흔들렸다. 내가 그 환영들의 남편이고 아버지였던가 싶었다. 멀어져간 것들이 그토록 쉽게, 그 무의미한 '아버님……' 세 음절에 이끌려서 갑자기 눈앞으로 다가올 수가 있을까. 눈에 눈물이 마르면 사물이 뒤틀려 보인다던 의사의 말이 맞는 모양이었다.

안약은 백내장 약, 염증 약, 인공 눈물, 안구 영양제였는데 십오 분 간격으로 한 개씩, 하루 네 번 넣게 되어 있었다.

이춘갑은 약이 바뀌지 않도록 약병에 1, 2, 3, 4로 번호를 매기고 약 넣을 시간표를 짰다. 이춘갑은 그 시간표를 지키지 못하리라고 스스로 알았다.

노인복지회관 안의 게이트볼장과 노래방 이용 순번을 놓고 영호남 간에 다툼이 벌어져서 어느 쪽에도 끼지 못한 사람들은 공원으로 밀려났다. 신도시 공원은 강의 하구에 잇닿아 있었다. 공원 구역 너머로 습지가 펼쳐졌고 그 너머가 서해였다. 바다는 보이지 않았지만 저녁에는 바다 쪽에서 노을이 번져왔다. 초봄부터 황사의 입자들이 노을 속을 흘렀고 풍매하는 꽃가루 속에 미세먼지가 섞였다.

공원 매점 옆 소나무 그늘 아래서 장기판이 벌어졌다. 구경꾼들이 빙 둘러섰고 담배 연기가 피어올랐다. 장기판은 여름에는 그늘을, 겨울에는 햇볕을 따라갔고 비 오는 날에는 정자 안으로 들어갔다. 사람들은 아무나 짝을 지어 장기를 두었고, 며칠씩 함께 장기를 두던 사람이 보이지 않아도 아무도 행방을 묻지 않았다.

이춘갑은 오개남吳開南과 사흘째 장기를 두고 있었다. 오개남은 겨우내 오리털 파카에 등산화를 신고 귀덮개가 달린 털모자를 쓰고 있었는데, 장기판에 모이는 사람들의 옷차림은 대개 비슷했다. 이춘갑은 오개남과 통성명했지만 이름은 기억하지 못했고, 오개남도 마찬가지였다. 오개남은 늘 흰 개를 데리고 있었다. 오개남은 손가락이 줄담배에 절어서 누렜고 담배꽁초를 버릴 때마다 침을 뱉고 신발 바닥으로 뭉갰다.

오개남에게서는 시큼한 몸냄새가 났다. 그 냄새는 잘 삭아서 몸에 깊이 배어 있었다. 눈비가 오는 날에는 겨드랑이와 사타구니에서 냄새가 물씬거렸다. 개는 밥을 먹듯이 오개남의 몸에 코를 박고 킁킁거렸다. 오개남의 개는 이십 킬로그램쯤 되는 중형견이었는데, 표정이나 몸매에 아무런 긴장이 없어서 개라기보다는 장기 구경꾼처럼 보였다.

이춘갑은 오개남을 처음 보았을 때 자신과 별로 다르지 않은 생애를 살아온 사람일 것이라고 생각했다. 왜 그런 생각이 들었는지. 아마도 오개남의 그 시큼한 몸냄새 때문인 것도 같았다. 자신의 코로는 맡을 수 없겠지만 구두공장으로 오래 밥 벌어먹고 살아온 자신의 몸에도 말가죽, 소가죽의 냄새가 배어 있을 것이라고, 이춘갑은 생각했다.

오개남 역시 식당이나 동사무소에서 젊은 직원들에게 '아버님'이라는 난데없는 호칭으로 불리는 사람일 터인데, '아버님'이라는 말은 아무런 경로심을 포함하지 않는, 무인칭의 늙은이를 부르는 호칭이라는 것을 오개남을 보면 알 수 있었다. 오개남의 개는 장기를 둘 줄 아는 것처럼 장기판을 골똘히 들여다보면서 고개를 갸우뚱거렸다. 이춘갑이 늘 한漢을 잡았고 오개남이 초楚

를 잡았다. 오개남은 매 수마다 장고했고, 수가 막히면 개를 쓰다듬었다.

저녁 내기 판이 길어져서 이춘갑은 시장했다. 차車, 마馬가 모두 죽은 들판에서 초상楚象이 포包의 엄호를 받으며 좌변을 치고 들어왔고, 한병漢兵이 힘겹게 상 길을 끊어내고 있었다. 오개남이 졸卒을 옆으로 밀자 초포楚包가 한궁漢宮을 바로 겨누었다. 사士를 올려서 포 길을 막으면 초마楚馬가 달려들 것이었고, 왕을 모서리로 옮기면 두어 수를 더 버틸 수는 있겠지만 마가 입궁해서 사직의 모양새는 허물어질 것이었다. 모양새가 반듯해도 사직이 무너지는 수가 있지만 모양새가 비틀리면 사직은 반드시 무너진다. 이춘갑은 왕을 움직여서 죽음을 미루었다.

멀리서부터 한 걸음씩 다가오는 초졸楚卒들을 이춘갑은 빤히 들여다보면서도 막을 수가 없었다. 졸들은 한 칸씩 기어붙었고 좁은 길을 뚫어서 복병을 불러들였다. 장기판에서는 갈 수 없는 길들이 빤히 보였다. 갈 길은 못 갈 길 뒤에 숨어 있다가 빼도 박도 못하게 되면 비로소 보였고 보이면 갈 수 없었다. 그렇게 하루하루가 한 칸씩 다가와서 흘러가고 또 흩어지는 것들이 쌓여서 아내와 헤어진 십육 년이 지나갔을 것이었다. 잔전殘戰은 썰렁했다. 수手들은 말로가 드러났고 중원은 비어 있었는데, 거기에는 아무런 힘도 작동시킬 수 없었다.

—끝났구만. 좀 무서운 줄 알아야지.

구경꾼들이 꽁초를 버리고 돌아갔다. 오개남이 장기말을 쓸어담았다. 이춘갑은 고개를 젖히고 4번 안약을 넣었다. 저녁 밥값은 이춘갑이 내야 했다.

—뭘 하실라우?

—짬뽕으로…… 고추 빼고.

이춘갑이 핸드폰으로 길 건너 중국 식당에 짬뽕 두 개를 주문했다.

—면을 가져오면 불을 텐데…… 볶음밥으로 바꿔주슈. 천원 차이지만.

이춘갑은 다시 식당에 전화를 걸어서 짬뽕 한 개를 볶음밥으로 바꾸었다. 십오 분쯤 뒤에 배달원이 음식을 가져왔다. 짬뽕은 육천원, 볶음밥은 칠천원이었다. 이춘갑은 배달원에게 만삼천원을 주었다. 음식은 일회용 그릇에 담겨 있었다. 오개남이 볶음밥 그릇을 들고 자리에서 일어섰다.

—자, 그럼 잘 먹겠소. 담엔 꼭 이기시오.

오개남은 맞은편 벤치로 건너갔다. 개가 따라갔다. 오개남은 버려진 라면 포장지에 볶음밥을 덜어서 개에게 주었다. 라면 포장지가 콧구멍을 막아서 개는 재채기를 했고 밥알이 흩어졌다. 오개남은 밥을 손바닥에 모아서 개 입에 대주었다. 개는 오개남의 손가락 사이를 핥았다. 오개남은 페트병의 남은 물로 손을 씻었다.

이춘갑은 비닐 랩을 벗기고 나무젓가락으로 짬뽕 국물을 휘저었다. 오개남의 말대로 짬뽕 면발은 불어서 엉겨 있었다. 이춘갑은 그릇에 입을 대고 국물을 먼저 들이켰다. 지난겨울 짬뽕값이 오천원에서 육천원으로 오른 뒤에 주꾸미가 조금 더 들어가기는 했지만, 국물 맛은 그대로였다. 이춘갑이 아내와 헤어지기 전, 십육 년 전의 맛과 똑같았다. 식재료를 우려낸 국물이 아니라 맹물에 인공 조미료를 풀어서 끓인 국물이었다. 국물 맛은 사나웠고, 목구멍이 불을 지른 듯이 화끈거렸다. 그 맛에 인이 박여서 이제는 익숙해졌다고 생각했는데, 국물을 한 모금 넘길 때마다 지나간 모든 이물감이 되살아났다. 석양에 그림자가 늘어졌다. 이춘갑의 그림자가 이춘갑을 따라서 먹었다. 이춘갑은 먹는 그림자를 들여다보면서 먹었다. 그림자에도 젓가락이 있었고 움직이는 입이 있었다.

2

오개남의 개는 이름이 없었다. 오개남은 개를 '야'라고 불렀는데 개는 '야' 소리에 다가왔다.

사 년 전에 오개남이 손수레를 끌면서 쓰레기 수거 작업을 할 때 개가 손수레를 따라왔다. 떠도는 개치고는 때깔이 말끔했고 처신이 점잖았다. 흰 털에 윤기가 흘렀고 시선이 깊고 멀었다. 개가 한곳을 오랫동안 바라볼 때 그 눈은 개가 세상을 빨아들이는 창구처럼 보였다.

산비탈 동네는 도로가 좁아서 쓰레기차가 올라갈 수 없었다. 구청은 손수레를 끄는 청소부를 고용해서 산동네의 쓰레기 수거 작업을 맡겼다. 오개남은 구청 청소과에 임시직으로 채용되었다. 오 년 전 일이었다. 쌀 한 가마니를 지고 경사 삼십 도의 비탈길을 달려서 올라가는 체력 측정 시험에서 오개남은 최고령자로 합격했다. 오개남은 일주일에 닷새 동안, 새벽 다섯시부터 여덟시까지 산동네 쓰레기를 손수레에 싣고 내려와서 적환장에 모았다. 적재량이 많으면 내리막길에서 속도 제어가 안 되므로 0.5톤 미만으로 실어서 여러 번 운반하라고 구역반장이 아침마다 말했다. 겨울에 연탄재와 김장 쓰레기를 싣고 빙판길을 내려오던 수레가 속도를 줄이지 못해서 어린아이를 친 사고가 있었다. 구역반장은 과적 금지를 강조했다. 이 년째 되던 겨울에 오개남은 연탄재를 싣고 얼어붙은 내리막길을 내려오다가 사고를 냈다. 아이 업은 여자가 양손에 짐을 들고서 빙판길에서 어기적거리고 있었다. 손수레는 제동장치가 없었다. 빙판에서 가속도가 붙은 수레는 마구 내달렸다. 흰 개가 오개남의 수레를 따라왔다. 오개남은 수레 손잡이를 위로 들어올려서 손수레 꽁무니로 땅바닥을 긁었다. 속도는 줄어들지 않았다. 오개남은 두 다리를 앞으로 내밀어 엉버텼지만 수레가 내달리는 힘을 감당할 수 없었다. 비켜, 비켜, 소리를 지르면서 오개남은 수레를 왼쪽으로 틀어서 아이 업은 여자를 피했다. 손수레가 담에 부딪쳐서 뒤집혔고 쓰레기가 쏟아졌다. 오개남은 쓰레기를 뒤집어쓰고 쓰러졌다. 오개남은 이마가 깨지고 눈시울이 찢어졌다. 개가 하늘을 향해 목울대를 세우고 우우 울었다. 그 사고로 오개남은 해고되었다. 구역반장은 오개남이 적재정량을 초과했고 안전 수칙을 위반했으며, 고령으로 체력이 미달하고 위급시 판단력이 떨어진다고 보고했다. 개인 귀책사유로 판정되어서 오개남의 상해 보상금은 반으로 줄었다. 며칠 뒤에 구청 주사보가 오개남을 데리고 사고 현장을 조사하기 위해 그 비탈길에 왔을 때, 흰 개는 여전히 그 골목 어디선가 달려나와 오개남에게 다가왔다. 오개남은 머리 전체에 붕대를 감고 눈과 입만 내놓고 있었는데, 개는 오개남을 알아보았다. 개는 오개남의 몸냄새를 맡더니 목울대를 세우고 우우 울었다.

오개남은 신도시 북쪽의 시유지에 들어선 주거용 비닐하우스에 세 들어 살았다. 그날 개는 오개남의 집까지 따라왔다. 개는 주변을 살피더니 이 구석 저 구석을 냄새 맡고 오줌을 질금거렸다.

구청 청소과 임시직에서 해고된 후에도 오개남은 쓰레기 처리 계통에서 일했다. 오개남은 신도시 공원 옆 휴먼타운 오피스텔 쓰레기장의 폐지와 유리병을 손수레에 실어서 재생공장에 넘겼다. 오개남은 구청에서 받은 상해 보상금을 폐지와 유리병을 줍는 권리금으로 오피스텔 관리사무실에 납부했다. 수입은 구청 임시직이나 별 차이가 없었지만 고단한 날에는 쉴 수 있었고 겨울에 쓰레기 수레를 끌고 얼어붙은 비탈길을 오르내리는 고생은 면했다. 권리 기간은 삼 년이었고, 삼 년이 지나면 권리금을 다시 내거나 쓰레기장에서 손을 떼야 했다. 오개남이 아침에 빈 수레를 끌고 일을 나갈 때 야, 하고 부르면 개가 빈 수레에 올라탔고 부르지 않으면 개는 하루종일 비닐하우스 앞마당에서 세상을 두리번거렸다.

오개남은 개가 타거나 말거나 내버려두었다. '야'는 개의 이름이 아니지만 이름이 없어서 오히려 부르기에 편했다.

오개남은 1·4후퇴 이후에 거제도 포로수용소에서 태어났다. 남쪽에서 태어났으므로 남쪽을 열어젖히라고 이름을 개남開南이라고 했다는데, 뜬구름 같은 소리였다. '개남'은 '야'와 마찬가지였다. 일이 없는 날 공원에서 장기를 둘 때도 장기판 사람들은 다들 이름이 없었지만 장기를 두는 데는 지장이 없었다.

수레에 짐이 실려 있을 때 개는 올라타지 않고 뒤에서 따라왔다. 오개남이 빈 수레로 돌아올 때, 개는 '야'라고 부르지 않아도 적재함에 올라탔다. 개는 수레에 실렸던 모든 쓰레기의 종류를 알아내려는 듯이 적재함 구석구석을 냄새 맡았고, 냄새 맡기가 끝나면 저무는 거리의 불빛을 바라보았다. 개의 코에 감지되는 냄새가 어떤 것인지, 개의 눈에 비치는 거리의 풍경은 어떤 것인지를 오개남은 생각했는데, 생각이 되어지지 않았다.

휴먼타운 오피스텔 쓰레기장 권리 기간은 세 달이 남아 있었다. 아파트 경비원이 오개남에게 예고장을 전했다.

—여름 대목은 챙기겠구려.

라고 경비원은 말했다. 유리병은 여름에 많이 나오는데, 남은 세 달이 여름 기간이라는 뜻이었다. 무허가주택 양성화는 구청장의 공약이었다. 양성화되면 등기는 안 돼도 강제철거를 면할 수 있었고 주거의 기득권을 양도할 수 있었다. 양성화 통고를 받자 비닐하우스 집주인은 세 달 말미로 전세금을 올렸다. 그 세 달도 여름 기간이었다. 가을에는 쓰레기장 권리금을 새로 내야 하고, 오른 집세를 내든지 떠나야 하는데, 이사를 한다 해도 빈병과 폐지를 주워서 살려면 멀리 갈 수는 없을 것이었다.

졸이 한 칸씩 달려들 때, 오개남은 얼어붙은 비탈길에서 가속도를 받아서 내달리던 쓰레기 수레를 생각했다. 졸들은 한 칸씩, 빼도 박도 못할 공간을 조여가면서 다가왔다. 졸들은 그 한 걸음 안에 내리막의 가속도를 감추고 있었고, 거침없이 막무가내로 달려들었다. 졸들이 달려들 때, 오개남은 손수레 손잡이를 치켜 올려 꽁무니로 땅바닥을 긁던 마찰의 질감을 생각했고, 무게와 가속도를 이기지 못하고 주저앉던 다리의 무력감을 생각했다. 땅바닥은 수레 타이어 밑에 닿아 있었지만, 땅바닥의 질감은 멀리서 가물거렸고 엉버티고 있던 두 다리는 힘이 풀려 무너졌다. 마를 옆으로 틀어서 졸의 공세를 피했을 때 오개남은 그 비탈길에서 쓰레기 수레를 옆으로 틀어서 담에 부딪치던 순간을 생각했다. 그것으로 손수레와 오개남의 싸움은 끝났고, 오개남은 쓰레기 위로 쓰러졌고 개가 따라와서 우우우 울었다. 오개남이 상반신을 일으켰을 때, 내달리는 쓰레기 수레 앞에서 아이를 업고 어기적거리던 여자는 보이지 않았다. 오개남은 그 비탈길에 그 여자가 처음부터 없었던 것이 아닌가 싶었다.

장기를 이긴 것은, 손수레가 제어력을 벗어나서 내달릴 때 거기에 저항하지 않고 미리 방향을 벽 쪽으로 틀어서 싸움을 끝내버린 것처럼, 달려드는 졸 앞에서 마를 미리 변두리로 빼냈기 때문이 아닐까……

오개남은 볶음밥을 다 먹고 국물을 마셨다. 국물은 짬뽕 국물이었다. 기억 속에서 이어져내려오는 사나운 맛이었다. 맞은편에서 짬뽕을 먹는 이춘갑에게도 같은 맛일 것인지를 오개남은 생각했다. 오개남은 단무지 한쪽을 개에게 던져주었다. 개가 단무지를 먹었다. 개가 단무지를 먹는구나.

남은 세 달이 졸처럼 달려들 것임을 오개남은 알았다.

3

이춘갑은 부도난 지 이 년 만에 채무를 면책받았다. 부도난 어음으로는 만기가 다가오는 어음을 막을 수가 없었다. 닥쳐오는 부도는 지나간 부도 속에 잠복해 있었고 영남의 부도가 호남의 부도에 포개져서 부도는 파도로 밀려왔는데, 법원은 잇단 부도들의 상관관계를 접수하지 않았다.

법원은 이춘갑의 채무 변제 과정이 신의 성실의 원칙에 부합된다고 인정하고 면책을 허가했다. 채권단은 이춘갑이 부도 직전에 이혼 위자료 명목으로 전처에게 명의 이전해준 아파트에 대해 양도 소송을 제기했다. 원고는 패소했다. 법원은 이춘갑에게 잔여 재산이 없고, 부도 사후 처리 과정에서 추가 변제 능력이 소멸했음을 인정했다. 능력이 소멸됨으로써 채무가 소멸되었고, 채무가 소멸됨으로써 채권이 소멸되었다. 이춘갑은 회생했다. 회생할 때 이춘갑은 신도시 공원 옆 휴먼타운 오피스텔 십층의 월세 오십만원짜리 아홉 평 원룸에 들어왔다. 면책 결정문은 그 원룸으로 송부되었다. 법원이 발행한 문서가 변호사를 경유해서 등기로 왔다. 변호사가 전화를 걸어와서 면책의 의미를 설명해주었다. 파산과 관련된 모든 민형사상의 책임이 소멸되었다, 앞으로 경제활동을 통해서 얻는 수익은 차압의 대상이 아니다, 회생을 축하한다, 노력해서 삶을 재건하기 바란다, 고 변호사는 말했다.

법원의 직인이 찍힌 문서를 읽으면서 이춘갑은 한 생애의 모든 일상이 소멸된 자리에서 갯벌처럼 드러나는 공터를 느꼈다.

이춘갑은 경남 해안의 여러 소읍과 포구를 옮겨다니며 자랐다. 이춘갑은 아버지의 생업이 무엇이었는지 뚜렷이 기억이 나지 않았지만, 아버지는 밥이라는 천형을 복역하기 위해 이 세상에 태어난 것 같았고, 태어났을 때부터 무기징역을 받은 것 같았다. 이춘갑의 아버지는 바다에 떠다니는 폐목을 주워서 팔거나 부두 하역 노동자, 연안 어선의 일용직 선원, 해군 창고 경비원을 했는데, 이것저것을 동시에 했고 나중에는 해군에서 버린 군화를 모아서 재생 처리했다.

이춘갑은 아버지의 가내수공업을 도우며 가죽 일을 배웠다. 가죽을 빨아낸 화공약품의 찌꺼기를 드럼통에 담고 손수레에 실어서 밤중에 바다에 몰래 버리는 것이 하루 일과의 끝이었다. 찌꺼기를 쏟으면 바닷물 위로 시커먼 기름 막이 펼쳐져서 번들거렸고, 그 위에 먼 선박의 불빛이 비쳤다. 불빛들은 기름 막의 안쪽에서 돋아난 별처럼 보여서, 드럼통에 별을 싣고 온 것이 아닌가 싶었다.

여러 소읍과 포구들은 풍경이 비슷하기도 했지만, 기억들은 뒤섞이고 풀어져서 형태는 없고 종이 냄새만 남은 그림 한 장이거나, 흐름으로 연결되지 않는 시간의 파편으로 남아 있었다. 대개의 소읍들이 비산비야非山非野이며 반농반어半農半漁였다. 생선 쓰레기가 썩는 비린내와 디젤 어선의 매연과 폐유 냄새, 과수원과 논밭의 농약 냄새, 항공 방제한 산맥에서 흘러내리는 개울물의 소독약 냄새, 술 취한 군인과 민간인들이 골목에 싸지른 오줌의 지린내가 지층과 세월 속에 절여져서 냄새는 장마에도 씻겨 내리지 않았다. 이춘갑의 기억 속에서 지나간 일상의 풍경은 몸속 깊이 스민 그 먼 냄새로 남아 있었다.

고등학교 때 이춘갑이 3학년으로 올라가면서 헌 교복을 내다 버렸는데 이웃집 농부가 그 교복을 허수아비에게 입혀서 논에 세워놓았다. 교복에는 이춘갑의 이름표가 붙어 있었다. 밤이 오고 아침이 오고, 추수가 끝나고 눈이 쌓인 후에도 허수아비는 빈 논에 서 있었다.

아이들이 학교를 오가는 길에 허수아비를 향해

—춘갑아, 학교 가자.

—춘갑아, 춥다, 집에 가라.

라고 소리쳤다.

농부는 해토 무렵에 허수아비를 뽑아서 불태웠지만, 밤중에 화공약품 쓰레기를 실은 손수레를 끌고 그 논둑길을 지날 때마다 이춘갑은 허수아비가 그 자리에 서서 빈 들을 바라보고 있는 것 같았다. 채무 면책을 통보하는 법원의 문서를 읽으면서, 이춘갑은 교복을 입은 허수아비가 서 있던 빈 들과 분류할 수 없는 여러 냄새로 남아 있는 소읍들의 풍경이 한 장의 몽롱한 그림으로 떠오르는 것을 느꼈다. 이춘갑은 수임료 잔액 오십만원을 텔레뱅킹으로 변호사에게 송금했다.

4

오개남은 개의 생애에 대하여 아는 것이 없었다. 눈꼬리가 늘어져서 늙어 보였지만 그것이 나이는 아니었다. 개는 어깨가 넓고 발목이 굵었다. 개는 달리는 일이 거의 없었다. 몸을 흔들지 않고, 땅바닥을 어려워하듯이 조용히 걸었다. 더워도 혀를 내밀지 않았고 혀로 제 몸을 핥지 않았다. 개는 다른 개와 마주치면 피했다. 개는 적개심을 드러내는 일이 없었고, 집중된 시선으로 먼 곳을 응시할 때는 말을 감추고 있는 것처럼 보였다. 개는 짖지 않았고, 못 견딜 일이 있으면 목울대를 세워서 우우, 울었는데 빈 나무통을 지나가는 바람소리가 났다. 그럴 때 오개남은 개를 좀 알 듯했지만 그때뿐이었고 개는 곧 조용해졌다.

개의 몸속에서 그처럼 육질肉質이 없는 소리가 나온다는 것이 믿기지 않았는데, 그 소리는 개의 소리가 아니라 개의 마음을 스치고 지나가는 어떤 기억이나 환영이 질러대는 소리처럼 들렸다.

영하 칠 도의 겨울 아침에 오개남이 비탈길에서 사고를 냈을 때도 개가 따라와서 우우 울었다. 그것이 개와의 첫 대면이었다. 우우 울 때 개는 하늘을 향해 몸을 세웠다. 개는 가끔씩 밤중에도 우우 울었다. 개의 울음소리를 들으면서 오개남은 개가 비탈길 사고를 떠올렸거나, 아니면 오개남이 알 수 없는 어떤 기억에 끄달리고 있는 것이라고 여겼다.

개도 자신의 생애를 온전히 기억하지는 못했다. 개는 성견이 된 뒤 맹도견 학교에서 훈련받았다. 훈련장에는 도시의 인도, 차도, 육교, 건널목, 도로 턱의 모형물이 설치되어 있었다. 개는 조련사에게 이끌려서 그 모형물들 사이를 하루종일 뱅뱅 돌았다. 개는 정확한 시간에 먹고 정확한 시간에 배설했고 남이 던져주는 먹이를 먹지 않았다. 이백 마리가 훈련을 받았는데 육십 마리가 맹도 기능을 인정받았다. 억압이 생리처럼 배어들었을 때 개는 학교를 졸업하고 늙은 맹인 여자에게 분양되었다. 개는 맹인 여자를 이끌고 복지관, 미용실, 해금 강습 학원을 다녔다. 맹인 여자는 실명한 지 삼 년째로, 보이지 않게 되자 보이는 세상에 대한 기억이 더욱 선명해져서 두 세상을 구분하지 못했다. 개는 차들의 흐름을 살피다가 다른 사람들이 건널 때 길을 건넜다. 건너는 사람이 없을 때는 차의 흐름이 끊겨도 건너가지 않고 사람이 오기를 기다렸다. 개는 여름날의 아스팔트 냄새와 자동차 배기가스 냄새, 먹자골목의 음식 냄새, 여자들의 몸냄새에 익숙해졌고, 그 모든 냄새와 맹인 여자의 몸냄새를 구별할 수 있었다. 도시의 소음 속에서 개는 늘 고요히 긴장했고, 천천히 걸었다.

분양된 다음해 봄에 개는 맹인 여자를 이끌고 저녁 산책을 나갔다가 보도블록 틈새로 뚫고 올라오는 풀냄새를 맡았다. 그 냄새는 제 몸의 깊은 곳에서 스며나오는 듯싶었다. 개는 걸음을 멈추고 앞발로 보도블록 틈새를 파헤치고 거기다 코를 박았다. 개의 모든 감각이 뒤집혔다. 개는 머리를 하늘로 향하고 우우, 울었다. 건널목과 육교와 계단, 자동차와 행인들이 모두 뒤엉켜서 위치가 가늠되지 않았다. 맹인 여자가 목줄을 당겼으나 개는 움직이지 않았다. 맹인 여자가 지팡이로 개를 때렸다. 개는 지팡이를 피하지 않았다. 그날 맹인 여자는 도로 턱에서 넘어져 무릎이 깨졌다. 맹인 여자는 개를 협회에 반납했다. 협회는 개의 맹도 자격을 박탈했고, 늙은 퇴역 장군에게 입양 보냈다. 퇴역 장군은 말기 암환자였는데 병원에서 가망 없다는 판정을 받고 집으로 돌아와 누워 있었다. 퇴역 장군은 개를 방에 불러들여서 개의 겨드랑이와 사타구니의 체온을 쓰다듬었고 개의 콧바람을 뺨에 쏘였다. 개는 죽어가는 퇴역 장군의 몸냄새와 대소변에 섞인 항암제 냄새를 맡으며 몸을 대주었다. 개는 본래 주인이 없다.

퇴역 장군이 죽자 미국에 사는 아들이 와서 장사를 치르고 부의금을 거두어서 돌아갔고, 개는 거리에 유기되었다. 그후의 일들을 개는 거의 기억하지 못했고, 여러 거리들과 여러 계절, 밤과 낮, 눈과 비, 달과 별이 개의 마음속에 뒤섞여 있었다. 개는 가끔씩 훈련소 시절의 모형 시가지를 떠올리면서 우우, 울었다. 훈련소에서 조련사는 목줄을 당겨서 개의 동작과 관심을 통제했다. 코앞에 먹이를 던져놓고 목줄을 당겼고 모형 시가지의 길목과 모퉁이마다 목줄을 당겼다.

맹도의 기능이 끝나자, 개는 헐거워진 몸으로 더 무거워진 세상의 무게를 느꼈다. 훈련소의 모형 시가지와 사람이 살아가는 거리 사이에서 개는 어리둥절했다. 개는 그 모형 시가지의 기억에서 벗어나려고 사람 사는 거리의 모든 배출물과 토사물의 냄새를 깊이 들이마셨다. 유기된 후에 개는 급속히 늙어갔는데, 사람들은 개의 늙음을 알지 못했다. 개가 한밤중에 갑자기 우우, 울 때 오개남은 자리에서 뒤척이며 자신이 개의 주인이 아님을 알았다.

5

회생한 뒤에도 이춘갑은 구두 일을 계속했다. 이춘갑은 휴먼타운 오피스텔 일층 상가에 일곱 평짜리 점포를 얻어서 구두 수선 가게를 열었다. 뒤축을 갈아내고 새 굽을 박고, 왁스로 구두에 광을 냈다. 가죽 재봉틀을 들여놓고 찢어진 구두를 꿰맸고, 가끔씩 부도난 공장의 가죽 원단을 사다가 수제 구두를 만들어 보기도 했으나 모양이 나지 않았다.

젊은이들은 대개 운동화를 신고 다녔고, 구두 고치러 오는 손님은 모두 늙은이들이었다. 이춘갑은 오피스텔 십층 원룸에서 먹고 자면서 일층 가게로 출퇴근했다. 일이 손에 익자 이춘갑은 책가방, 핸드백, 배낭, 텐트까지 수선했다. 작년 가을부터 갑자기 시력이 떨어지고 손아귀의 감각이 무디어져서 구두 뒤축을 끌로 깎아내다가 자주 손을 다쳤다.

일거리를 줄여야 한다면, 십층 원룸을 빼서 월세를 줄이고 일층 가게에 간이침대를 들여놓고 지낼 작정이었지만 본드 냄새와 거리의 자동차 소음 때문에 일층 가게에서 잠을 잘 수 있을는지 걱정이었다. 일이 없는 날에 이춘갑은 안과에 인공 눈물을 받으러 가거나 길 건너 공원에 가서 장기를 두었다.

휴먼타운 오피스텔 일층에 점포를 계약할 때 이춘갑은 권리금 일억을 깔았다. 모아둔 돈이 있어서 가게를 얻은 것이 아니라, 돈이 갑자기 생겨서 가게를 얻을 생각을 했다. '갑자기'라기보다는 저절로 그렇게 되어지는구나 싶었다.

전 아내가 이혼 위자료 명목으로 받은 아파트를 처분해서 매매가의 반액을 온라인으로 보내왔다. 이혼한 지 오 년이 지났는데도 전 아내는 전에 쓰던 통장 번호를 알고 있었다.

—집을 삼억에 팔았어요. 반을 보냅니다. 김영자.

라는 문자가 핸드폰에 찍혀 있었다. 전 아내의 이름은 '김영자'였는데, '김영자'는 전 아내의 이름 같지 않았다. '김영자'는 누구의 이름도 아닌 것 같았다. '전 아내'라는 호칭은 성립될 수 없을 것이었다. '전 아들'이니 '전 딸'도 마찬가지일 것이었다. 김영자는 닷새 후에 아파트 매매 계약서 사본을 우편으로 보내왔다. 매매가격이 삼억이라는 사실을 계약서가 증명하고 있었다. 그러므로 이춘갑에게 송금된 일억오천이 정확히 반이라는 것을 김영자는 서류상으로 통지한 것인데, 부동산 중개료와 세금의 반액을 제하지 않았으므로 반액보다 더 우호적인 배분이었다. 그 계약서에도 매도인 이름은 '김영자'라고 적혀 있었다. 병원에서 간호사나 약사한테 '아버님'이라는 호칭으로 불릴 때 이춘갑은 문득 '김영자'라는 이름을 떠올렸다. '아버님'이 왜 김영자를 떠올리게 하는 것인지는 모호했는데, 이춘갑은 그것도 눈에 눈물이 말라서 사물의 윤곽이 흔들려 보이는 병증 같은 것이라고 여겼다.

이춘갑은 김영자의 아파트에 대한 소유권 지분이 없었다. 김영자는 오래전에 합의이혼한 남이었다. 김영자가 아파트 판 돈 반을 보내온 것은 법률적으로 남일 뿐 아니라, 이로써 심정적으로나 인륜적으로나 삼인칭 타자가 되었다는 통고였을 것이다. 이춘갑은 그 뜻을 즉각 이해했다. 이춘갑은 핸드폰 문자로 회신했다.

—반을 잘 받았소. 영수증이 필요하오? 이춘갑.

김영자가 문자로 응답했다.

—필요 없어요. 이건 거래가 아니니까요. 온라인 송금 증서는 있어요. 김영자.

돈을 받은 지 일 년쯤 뒤에 이춘갑은 김영자가 재혼했다는 소식을 들었다. 이춘갑은 재료를 사러 도매상에 갔다가 도매상 주인한테서 그 말을 들었다. 그 소식은 정보라기보다는, 날이 저물어서 어두워지고 어두워지면서 다가오는 저녁처럼 느껴졌다. 김영자는 가죽 원단 수입업자와 재혼했다는데, 가죽업계에는 두 사람의 결혼 소식이 알려져 있었고, 결혼식에 다녀왔다는 사람도 있었다. 가죽 원단 수입업자라면 업계에서 마주친 일이 있을 법한데, 기억이 나지 않았다. 기억이 나지 않더라도 마주친 적이 있을 수는 있었다. 이춘갑은 김영자에게 성적 에너지가 남아 있다는 사실이 낯설게 느껴졌다.

이혼할 때 아홉 살이던 아들은 엄마와 살았다. 중학교에 입학하면서, 고등학교에 입학하면서, 아들은 사진을 찍어서 이춘갑의 핸드폰으로 보내왔다. 혼자서 찍은 사진이었다. 이춘갑은 아들의 사진을 들여다보았다. 아들은 자라면서 점점 얼굴의 윤곽이 뚜렷해졌다. 눈언저리와 코는 이춘갑을 닮았고 입과 턱 쪽은 김영자를 닮았는데, 그 반대인 것도 같았다.

6

오개남이 초를 잡고 이춘갑이 한을 잡았다. 구경꾼들이 빙 둘러섰고, 오개남의 개가 장기판을 들여다보았다. 한졸이 멀리서부터 조여들어왔다. 한마가 한졸을 엄호했다. 초포가 사직의 정문을 지키고 있었으나 앞다리가 없는 포는 중원에 닿을 수 없었다. 중원은 비어서 휑했고 상 길은 멀고 어두워서 한졸을 겨눌 수 없었다. 오개남은 땅바닥에 침을 뱉고, 개 대가리를 쓰다듬었다. 개가 오개남의 손등을 핥았다. 개는 맹도의 기능을 잃은 뒤부터 버릇이 바뀌어 사람을 핥았다.

—장기 두는 사람 어디 갔나.

구경꾼이 오개남을 재촉했다. 오개남은 초사를 올려서 한마를 막았으나 한차를 피할 수는 없었다. 앞다리가 없는 포가 중원에 닿지 못하고 허당에서 막막할 때 오개남은 얼어붙은 비탈길에서 뒤집히던 손수레와 우우 울던 개의 울음소리를 떠올렸다.

빈 중원에서 우우 개의 울음소리가 들리는데, 오개남은 그 울음소리 쪽으로 건너갈 수 없을 듯했다.

—포나 상이나, 있으나 마나로구만.

구경꾼 한 명이 궁시렁거렸다. 저녁 내기 장기였지만 저녁 먹기에는 이른 시간이었다. 오후 네시 삼십분이었다.

—밥때가 일러서 돈으로 드리리다.

오개남이 짬뽕값 육천원을 이춘갑에게 주었다. 천원짜리 지폐 다섯 장과 오백원짜리 동전 두 개였다. 이춘갑은 오개남의 말씨 어디엔가 자신이 자라난 경남 해안 지방 억양의 그림자가 섞여 있다고 생각했다. 동향이거나 아니면 그 언저리 해안마을 사람일 것 같았지만 물어보지는 않았다.

오개남은 개를 끌고 육교를 지나서 공원 앞 광장으로 걸어갔다. 이춘갑은 오개남의 뒷모습을 바라보았다. 뒷모습은 흐리고 멀어 보였고 윤곽선이 희미했다. 남쪽 해안 지방에 저런 뒷모습이 많았지 싶었다. 오개남은 개를 목줄로 묶어서 데리고 갔다. 구릿빛 목줄이었는데, 개의 동작에 따라서 자동으로 풀리고 감기는 장치가 부착되어 있었다. 목줄은 개 주인에 어울리지 않게 호사스러워 보였다.

오개남은 비닐하우스 전세금 인상분을 감당할 수 없었다. 오개남은 근처 삼층 건물의 옥탑방을 계약했다. 휴먼타운 오피스텔에서 멀지 않아서 하던 일을 계속 할 수 있었다. 보증금 차액을 오피스텔 관리사무실에 권리금으로 내고 쓰레기장 권리 기간을 연장했다. 옥탑방에서는 개를 데리고 있을 수 없었다. 개는 급속히 늙었고 눈이 어두워졌는지 도로 턱 앞에서 머뭇거렸다. 사람이 개를 인도해야 할 지경이었다. 개는 오개남에게 올 때 유기견이었으므로 유기견의 자리로 보내는 것은 개에게 가혹한

일이 아닐 것이었다. 오개남은 그렇게 마음먹었다.

며칠 전 옥탑방 계약금을 치르고 나서 공원 벤치에 혼자 앉아 있을 때, 오개남은 옆자리에 앉은 애견가들이 목줄을 자랑하는 말을 들었다. 애견가들은 초로의 사내들이었는데 명품 로고가 박힌 야외복을 입고 있었다. 북유럽의 애견 협회에서 추천한 목줄은 개가 스스로 끈의 길이와 당기는 강도를 조절하게 되어 있어서 개에게 압박감을 주지 않는다고, 한 사내가 목줄의 기능을 설명했다. 네덜란드에서 만들었다는 목줄에는 북유럽 애견 협회의 문양이 찍혀 있었다.

—이 상표가 플란다스라네. 동화에 나오는 이름이지. 육만원 주고 샀어. 요 앞 동물병원에서 팔아. 개가 진짜 편안해하더군. 표정을 보면 알 수 있잖아.

라고 사내는 자랑했다. 옥탑방 전세 중도금을 치르던 날 오개남은 동물병원에 가서 육만원을 주고 플란다스 목줄을 샀다. 육만원을 낼 때 오개남은 짬뽕 열 그릇이 생각났다. 플란다스 목줄이 요즘 애견가들 사이에서 인기가 높고, 개에게 품위를 갖추어주려면 선진화된 목줄이 필수적이라고 동물병원 직원은 말했다.

구청에서 운영하는 유기견 센터는 공원 앞 광장 오른쪽 구석에 있었다. 유기된 개들을 모아서 철망 안에 가두어놓고 데려가기를 원하는 사람들을 기다리고 있었다. 오개남은 플란다스 목줄로 개를 끌고 유기견 센터로 갔다. 철망 안에서 개들은 서로

핥고 냄새 맡고 으르렁거렸다. 동물 애호 완장을 찬 직원이 철망을 지키고 있었다. 길에 버리는 것보다 유기견 센터에 맡기는 것이 개에게나 사람에게나, 좀더 마음 편할 것이었다.

—길에 돌아다니는 개를 데려왔소. 맡아주시오.

오개남이 유기견 센터 직원에게 말했다.

—좋은 개로군요. 일 많이 한 갭니다. 목줄도 명품이구요.

—그렇소? 난 그런 건 모르오. 개가 끈을 달고 돌아다닙디다. 좋은 주인 찾아서…… 목줄도 딸려 보내주시오.

직원이 개를 철망 안으로 몰아넣었다. 개는 낯선 개들에게 등을 돌리며 바닥에 앉았다. 개는 철망 밖을 향해 우우 울었다. 오개남은 비닐하우스로 돌아와 이삿짐을 꾸렸다. 오개남은 버리고 갈 옷가지와 파목을 얹어서 만든 개집과 개집 깔개를 비닐하우스 마당에서 태웠다. 개집 깔개에 개털이 흩어져 있었다.

7

이춘갑은 장기판에서 일어나면서 시계를 보았다. 네시 삼십분이었다. 저녁을 먹기에는 이르고 문상을 가기에도 이른 시간이었지만, 문상객이 드문 시간에 다녀오는 것이 덜 거북할 것도 같았다. 김영자가 죽었다는 소식은 아들한테서 핸드폰 문자로 왔다. 아들은 대학에 들어간 뒤 캐나다에서 어학연수중이었다.

—엄마가 어제 돌아가셨어요. 저는 발인 날 도착합니다. 빈소는 제생병원 영안실 101호.

라고 핸드폰에 찍혀 있었다. 김영자의 부음을 김영자의 새 남편이 캐나다의 아들에게로 보냈고, 그 아들이 다시 이춘갑에게 보낸 것이었다. 김영자가 만성 신부전증을 앓고 있다는 소문은 가죽업계에서 들어 알고 있었지만, 죽음은 갑작스러웠다. 같이 살 때 김영자는 여름날의 긴 하루가 힘들어서 저녁이면 어깨가 결리고 장마 때는 공기가 무거워서 가슴이 답답하다면서 숨을 몰아쉬었는데, 그때 이미 신부전 증세의 싹이 몸안에 잠복해 있었던 것이 아니었을까.

이춘갑은 문상을 가야 할 것인지 잠시 망설였다. 아내가 죽었다면 문상은 성립될 수 없었다. 전 아내는 남이므로 문상은 더욱 성립되기 어려운 것이었다. 죽은 자는 위로받지 못할 것이므로, 문상이 망자가 아니라 망자의 가족을 위로하는 행위라면 김영자의 새 남편을 위로할 수도 없었고, 아들을 위로할 수도 없었다. 그런 망설임의 결론이 아니라 멀리서 조여오는 졸의 공세에 무너지듯이 그렇게 문상을 가는 것이겠거니, 하고 이춘갑은 생각했다.

이춘갑은 다섯시 삼십분에 제생병원 영안실에 도착했다. 시간이 일러서 영안실은 썰렁했다. 영정 사진 속의 전 아내는 앞머리 한 가닥이 이마 위로 흘러내려와 있고, 시선은 사진틀 밖 세상을 내다보고 있었다. 머리카락이 날려서, 영정 속에 바람이 부는 듯했다. 빈소에 김영자의 새 남편은 보이지 않았고, 아들은 아직 도착하지 못했다. 이춘갑은 흰 봉투에 십만원을 넣고 겉봉에 '왕생, 이춘갑'이라고 썼다. 이춘갑은 봉투를 부의함에 넣고 영정 앞으로 나가서 두 번 절했다. 맞절을 할 상주가 없는 것이 다행으로 여겨졌다. 김영자의 남동생 내외가 이춘갑을 알아보았다.

—아이구, 이런, 여기까지……

라고 김영자의 남동생은 어쩔 줄 몰라했다. 김영자의 남동생이 이춘갑을 식당으로 안내했다. 검은 옷을 입은 여자가 돼지머리 편육과 송편과 육개장 국밥을 가져다주었다. 이춘갑은 혼자서 육개장 국밥을 먹었다.

다음날, 김영자는 화장되었고, 오개남은 옥탑방으로 이사했고, 오개남의 개는 새 주인을 만나지 못하고 공원 앞 유기견 센터 철망 안에 갇혀 있었다. 이춘갑은 오후에 공원 장기판에 나왔다. 오개남은 짐을 정리하느라고 공원에 나오지 않았다. 이춘갑은 손가락으로 눈꺼풀을 비집고 안약을 넣었다.

대장 내시경 검사

대장 내시경 검사를 삼 년에 한 번씩 받고 있는데, 금년이 세 번째다. 금년부터는 검사 규칙이 바뀌어서 칠십 세 이상 고령자가 내시경 검사를 수면으로 하려면 보호자와 함께 와야 한다고 병원에서 핸드폰 문자로 알려왔다. 보호자는 반드시 가족일 필요는 없고, 검사 끝나고 회복실에 머무는 한 시간 정도 침대 옆을 지키고 있다가 귀가할 때 마취가 덜 깨서 어지럼증이 남아 있다면 부축해주라는 것이었다.

누군가를 데리고 간다는 것은 쉬운 일이 아니었다. 두 아이 뒤치다꺼리하면서 직장에 다니는 딸에게 부탁하면 오기는 하겠지만 많은 어려움이 따를 것이었다. 옛 직장 동료나 동창생한테 부탁하기도 어색했다. 노인회관에 나가는 고령자들은 품앗이로

서로 보호자 노릇을 해준다고 하던데, 나는 동네 노인들과 어울린 적이 없다. 오 년 전에 이혼한 전처를 부른다면 어이없어하면서도 응할지도 모르겠다고 생각했는데, 말을 꺼낼 수 있는 일이 아니었다. 아무도 떠오르지 않았다. 아무도 없는데, 아무도 없다는 것이 본래 그러한 것처럼 아무렇지도 않았다.

삼 년 전 검사 때는 용종 세 개를 잘라냈다. 용종이 크지는 않았고 조직검사를 했더니 악성은 아니었다. 그때 의사는 술 먹지 말고 채식 중심으로 식습관을 바꾸고, 가벼운 운동을 꾸준히 하라고 말했다. 또 날마다 똥을 잘 관찰해서, 혈변, 흑변, 변비, 설사가 계속되면 병원에 와서 진찰을 받으라고 했다. 술을 가끔 마시기는 했지만 나는 의사의 지시를 잘 따랐고 고지혈증, 고혈압약도 때맞춰 먹었다. 똥에도 별 이상이 없었다. 굵기나 묽기가 적당한 보통의 똥이었다. 냄새도 날뛰지 않고 안정되어 있었다.

대장 내시경 검사를 받으려니까 삼 년 전 잘라낸 자리에 다시 용종이 돋아나지는 않았을지 싶어서 불안하기도 했는데, 마취에서 깨어나는 한두 시간 동안 나를 '보호'해줄 사람을 찾기는 불가능했다. 나는 병원에 전화해서 내가 일흔 살이 넘기는 했지만 아직도 멀쩡하니까 보호자 없이 검사받게 해달라고 떼를 썼다.

—안 됩니다. 우리 병원 규칙입니다. 그게 뭐가 어렵습니까. 요즘 알바로 그거 하는 사람들 많아요.

라고 병원 직원은 말했다.

나는 일주일에 한 번씩 내 아파트에 와서 청소해주는 도우미 여자에게 '보호자' 역할을 부탁했다. 말을 꺼내기가 힘들었다. 내 아파트는 사십 평이고 청소 한 번 하는 데 네 시간쯤 걸렸다. 나는 청소 한 번에 사만원을 주었고, 내 옷가지를 세탁기로 빨아서 베란다에 널어주는 날에는 만원을 더 주었다. 나는 보호자 역할에 삼만원을 주겠다고 제안했다.

—아유, 그건 사모님이 하는 일이잖아요.

라면서도 그 여자는 보호자 역할을 수락했다. 보호자 역할을 하려면 다른 집 일을 갈 수가 없으므로 사만원을 달라고 그 여자는 말했고, 나는 동의했다.

전처와 살 때는 사소한 일로 자주 다투었다. 삼십 년이 넘는 세월의 다툼을 다 말할 수는 없지만 사소한 것이 사소하지 않았고, 무의미한 것들이 쌓여서 무의미하지 않았다. 화해하려는 노력이 더 큰 싸움을 일으켰다. 그 여자의 결론은 '지겹다'는 것이었고, 나는 나의 지겨움으로 그 여자의 지겨움을 이해할 수 있었다. 재산은 정확히 반씩 나누었고, 합의는 어렵지 않게 이루어졌다. 재산이라야 시가 이십억짜리 아파트 한 채와 현금 사억이 전부였다. 아파트가 팔리지 않았으므로 나는 아파트를 차지하는 대신 아파트를 담보로 대출을 받아서 십억을 그 여자에게 주었고, 현금 이억을 더 주었다. 그것으로 계산은 끝났다. 아파트는 낡아서 값이 오를 전망은 없었고 재건축도 인가가 나오지 않았다. 은행 이자를 생각하면 내가 손해였으나 나는 그걸 문제삼지는 않았다. 그 여자에게도 돈으로 환산할 수 없는 손해는 있을 것이었다.

그 여자는 이혼 후에 서울 근교의 전셋집에 혼자 살면서 길고양이 몇 마리를 돌보고 있고 방안에 화분을 많이 들여놓고 있다고 딸이 말했다. 딸은 제 어머니와 나 사이를 오가며 묻지도 않은 안부를 가끔씩 전했다. 제 어머니가 며칠씩 지방 여행을 가면 주말에 화분에 물을 주러 가기도 했고, 제 어머니가 텃밭에서 기른 것이라면서 상추와 풋고추를 가져다주기도 했다.

—아빠, 이거 월롱동에서 기른 거예요.

월롱동은 서울 서북쪽 농촌 지대의 마을 이름인데, 딸은 나에게 제 어머니를 지칭할 때는 제 어머니가 사는 동네 이름으로 에둘러 말했다. 딸은 그것을 이혼한 아버지에 대한 예절이라고 생각하는 모양인데, 나도 월롱동이 불편하지는 않았다.

도우미 여자와 보호자 문제를 합의한 날 저녁에 딸이 전화를 걸어왔다. 딸은 제 남편이 부장에서 이사로 승진했다면서 어쩌면 뉴욕 지사로 발령이 나서 남편과 함께 삼 년쯤 뉴욕에 가서 살게 될지도 모른다는 소식을 전했다. 딸의 목소리는 들떠 있었고, 아마도 확정된 것을 통고하고 있다는 느낌이 들었다.

—떠날 생각을 하면 아빠가 걱정돼요.

—걱정 마라. 난 혼자서 잘 살아. 가볍고 홀가분해.

이런 하나 마나 한 말을 하고 나서 나는 일주일 후에 대장 내시경 검사를 받게 되었다는 말을 했다. 그것은 나의 실수였다.

—아빠 칠십 넘었으니까 수면으로 하려면 보호자가 있어야 할걸요.

—그래, 알고 있다.

—누굴 정했어요? 엄마한테 말해볼까요?

—아니, 다 정해놨어. 월롱동에는 말하지 마라.

말하고 나니, '월롱동'이라는 말의 쓰임새가 거북하게 느껴졌다. '월롱동'은 딸이 쓰는 말인데, 내 입으로 말하려니까 불편했다.

나은희의 편지는 미국 플로리다에서 발송되어서 나의 전 직장인 오션블루에 도착했고, 비서실 직원이 나의 주소로 우송했다. 꼽아보니 나은희가 미국으로 간 것은 사십 년 전인데, 구석기시대처럼 오래된 과거로 느껴졌다. 시간이 지워진 자리에 세종로, 덕수궁 돌담길의 추위와 그 거리에서 함께 먹던 뜨거운 우동 국물이 떠올랐다.

나은희는 서울에서 종합병원 응급실 간호사로 일하다가 연봉이 더 많은 미국 병원에 취직해서 이민 갔다. 나와 나은희는 남녀공학이던 지방 소읍의 고등학교 선후배 간이었다. 나은희는 나보다 두 학년 아래였으니까, 이제는 일흔 살이 거의 되었다. 미국에 다녀오는 동창생들이 나은희의 소식을 전했는데, 한국인 남자와 결혼해서 아들을 낳았고 플로리다 교외의 그림 같은 전원주택에서 살고 있다고 했다. 나는 나은희가 고생 끝에 미국 중산층에 편입된 것으로 생각했다.

나는 오션블루에서 삼십팔 년을 일했고 상무, 전무를 거쳐 삼 년 전에 퇴직했다. 지금은 명예 부사장이라는 직함을 걸어놓고 가끔씩 회사 술자리에 끼었다. 오션블루는 북태평양에서 잡은 대구나 다랑어를 미국과 캐나다에 파는 원양어업 회사였는데 현지에서 가공하는 통조림 제품은 미국 내에서도 매출이 많았다. 통조림 포장지에서 오션블루의 한국 주소를 알았고, 동창생들 편에 내가 그 회사에 오래 다니고 있다는 걸 알았다고 나은희는 편지에서 말했다. 나은희의 편지 겉봉에는 "김윤수 상무님께 전해주셔요"라고 적혀 있었다. 꼼지락거리는 필체가 사십 년의 세월을 건너와서 꼼지락거렸다.

사십 년 만에 소식을 전하면서 나은희는 아들의 취직을 부탁하고 있었다. 스물아홉 살 난 아들이 한국에 들어가서 살게 되었는데 기댈 곳이 없어서 막막하니 도와달라는 것이었다.

나은희의 편지에는 아들의 이력서가 동봉되어 있었다. 나은희의 아들 이름은 장봉수, 영어명은 찰리 장이었다. 찰리 장은 플로리다에서 중고교 과정을 마치고 웨스트버지니아의 미술대학에서 상업디자인을 전공했다. 졸업 후에는 여러 회사를 자주 옮겨다녔고 경력 사항에 공백이 많았다. 아마도 붙임성이 모자라거나 유색인종으로서 미국 사회에 적응하는 과정에서 장애가 있었던 것이 아닌가 싶었다. 한국에서 취직하기에 경쟁력이 있는 이력은 아니었다. 찰리 장의 이력서에는 서울 주소와 핸드폰 번호가 적혀 있었다. 나은희의 편지가 나에게 도착했을 때 찰리 장은 이미 서울에 들어와 있었다.

—사십 년 만에 처음 편지해서 아들 취직 부탁하는 꼴이 되어서 염치없지만, 오랜 세월이 지났기 때문에 이제 이렇게 떼를 써도 괜찮을 거라고 생각했어요. 사실 그동안 윤수씨나 저나 서로 소식 전하고 살 처지가 아니었지요. 지나고 나니까 편안해지네요.

라고 나은희는 편지에 썼다.

나은희의 편지를 읽고 나서 나의 생애 속에서 흩어진 시간들이 이어지는 것을 느꼈다. 나는 한동안 소파에 멍하니 앉아 있었다. 창밖에 내리는 눈이 바람에 몰려갔다. 기억들이 눈보라에 휩쓸리면서 물러가고 다가왔다.

사랑이라는 말은 이제 낯설고 거북해서 발음이 되어지지 않는다. 감정은 세월의 풍화를 견디지 못하고 세월은 다시 세월을 풍화시켜간다. 그렇기는 하더라도 그때 내 마음속에 자리잡은 나은희의 온도를 사랑이라고 말해도 무방하다. 나은희 쪽도 다르지 않았을 것이다.

나은희가 한국을 떠나던 때의 일들은 늘 추위를 배경으로 떠오른다. 그해 한강이 얼어서 소달구지들이 얼음 위로 강을 건넜고 추위는 시간과 공간 속에 가득차서 피할 수 없었다.

출국 절차가 까다로운 시절이었지만 취업 이민이었으므로 나은희의 비자는 쉽게 나왔다. 출국 날짜는 3월 말로 정해져 있었다. 나은희는 다니던 직장을 정리하고 영어 회화 학원에 다니고 있었다. 학원은 덕수궁 옆 성공회 건물 앞쪽 비탈길에 있었다. 나는 학원 수업이 끝나는 저녁 무렵에 학원 근처 다방에서 나은희를 기다렸다.

—아니, 왜 왔어! 이 추운 데……

하면서도 나은희는 내 어깨에 손을 얹고 눈웃음을 웃었다.

그때 나은희와 주고받은 대화의 몇 토막이 지금도 기억나는 것은 이상하다.

—미국 병원에서 편지가 왔는데 기숙사를 주겠대. 이 년 동안 무료로. 전기, 수도 사용료만 내면 된대.

—잘됐구나. 미국은 방값이 비싸다는데, 큰 혜택이다.

—미국 병원에서 교육 일정이 벌써 잡혔어. 수술실 근무하려면 일과 후에 또 교육받아야 한대.

—월급이 많아지겠구나. 이민 초기에는 자리잡기가 어렵다는데, 넌 잘된 거야. 배운 기술이 있으니까.

아마 이런 말들을 주고받았던 것 같다. 나와 나은희는 헤어짐을 받아들이고 있었고 사랑의 힘으로 거기에 저항해서 돌이켜 놓을 수 없다는 것, 그것이 가능하지 않다는 것을 말하지 않아도 서로 알고 있었고 뒷날을 기약하지도 않았다.

나와 나은희가 태어나고 자란 지방 소읍은 복합영농 하는 마을이었는데 인구 삼만 정도의 산간 향촌에 누구의 탓도 아닌 가난이 세습되고 있었다. 비포장도로에 자동차가 지나갈 때마다 읍내 거리는 먼지를 뒤집어썼고 코를 풀면 시커먼 콧물이 나왔다. 예비군복을 입은 사내들이 밤거리에서 싸웠고 오일장터에서 여자들이 머리채를 잡고 자리싸움을 했다.

내가 서울에 소재하는 하위권 대학에 합격했을 때, 고등학교 정문에 내 이름과 함께 '축 서울 진출'이라는 현수막이 걸렸다. 내 부모 이름도 적혀 있었다. 나은희는 나보다 이 년 뒤에 간호대학에 합격해서 서울로 왔다. 나은희 때도 교문에 현수막이 걸렸다.

—우리 동네 인물 났어. 저 두 녀석은 읍내에 동상을 세워야 해.

하고 경로당 노인들이 말했다.

다방 안에는 영어 회화 수업을 마친 젊은 남녀들이 들어와 있었다. 출국 준비를 하는 사람들이었다. 내 옆자리 남녀들은 웃고 떠들면서 미국 내 연락처를 교환했다.

—영어는 좀 늘었니? 미국 남부는 사투리가 심하다던데……

—생활 영어 배우는 중인데, 일하려면 거기 가서 더 배워야 해. 수술실에서 말 못 알아들으면 큰 사고 나.

—우리 시골 읍내 도로 포장된대. 국회의원 된 사람 공약이래.

—그래, 아유 그 지긋지긋한 먼지……

이런 말들을 주고받았던 기억이 난다. 나와 나은희는 작별에 관해서 말하지 않았고, 나은희가 미국에 간 뒤에도 연락을 이어갈 것인지에 관해서도 말하지 않았는데, 말을 피해갈수록 말은 더 공허하고 쓸쓸했다. 아마 나은희도 그 쓸쓸함을 느끼고 있었을 것이다. 다방은 크리스마스캐럴로 배호와 패티김의 노래를 들려주고 있었다. 노래는 크리스마스카드 속 세상처럼 비현실적이었다.

나은희의 아버지는 6·25 때 하사관으로 전쟁에 나가서 죽었고 어머니가 예비군 훈련장 뒷담에서 우동 장사를 했다. 나은희는 서울에서 벌어서 두 남동생 학비를 보내고 있었다. 나는 초창기 오션블루의 신입사원 월급을 받아서 돌아가신 아버지의 묘짓값 십이 개월 월부금을 십 개월째 갚고 있었다.

그해 겨울은 추웠고 바람이 많이 불었다. 나와 나은희는 덕수궁 돌담길을 따라서 정동 쪽으로 걸었다. 성공회의 로마네스크 건물 지붕에 눈이 쌓여서 여기가 어딘가 싶었다. 내 팔짱을 낀 나은희의 몸은 따듯했는데 따듯한 몸은 따듯하기 때문에 추위 속에서 더욱 추울 것이었다. 나는 나은희의 어깨를 감싸안고 걸었다. 포장마차에서 뜨거운 우동을 불어서 먹을 때, 나은희는

—오늘같이 추운 날엔 우리 엄마 우동 장사 안 했으면 좋겠다.

라고 말했다. 나는 맵고 뜨거운 국물을 들이켰다.

나은희의 출국이 임박한 어느 날, 나와 나은희는 서대문구 현저동 비탈 동네 좁은 골목 끝에 있는 여관에서 하룻밤을 지냈는데 쑥스러운 말이지만 작별의 의식 같은 것이었다. 누가 먼저 가자고 말을 꺼냈는지는 기억에 없다. 춥지? 날 저무니까 점점 추워진다…… 팔짱 끼니까 덜 추워. 플로리다는 추위가 없대. 눈도 안 오고…… 하다가 여관으로 들어갔다.

나은희는 늘 잘 웃었다. 웃을 일이 아닌 일에도 웃었다. 지난 주말에는 어머니 우동 가게에 가서 설거지를 거들어주었다는 말을 하고 나서도 웃었고, 새로 산 립스틱을 꺼내서 손등에 칠해 보이면서도 웃었다. 웃음소리는 시냇물 흘러가는 소리 같았다. 넌, 웃기만 잘 웃으면 다 잘될 거야, 라고 내가 말해주었더니 나은희는 또 웃었다.

그날, 나은희의 몸은 헌신적이고 능동적이었다. 나은희의 가

슴에는 보랏빛 주근깨가 흩어져 있었다. 주근깨는 골짜기를 건너서 양쪽 젖무덤 위로 대열을 이루었다. 주근깨는 젖꼭지 가까이에 모여 있었고, 멀리 겨드랑 쪽에 혼자서 박혀 있는 것도 있었다.

—주근깨가 쫙 깔렸구나.

—왜, 보기 싫어?

—아니, 좋아. 별자리 같아. 푸른색이네.

—봄에는 색이 진해지고 겨울에는 흐려져.

—신기하구나, 니 점은.

—플로리다는 늘 여름이라니까, 진해지겠지.

나은희는 깊은 산속의 개울물이 흐르는 소리로 웃었다. 나은희는 섹스를 치르고 나서도 맑게 웃었다. 새벽에 여관에서 나왔을 때 빈 거리는 더 추웠다. 눈이 얼어서 미끄러운 골목길을 우리는 비척거리면서 걸었다. 나와 나은희는 해장국도 먹지 않고 헤어져서 각자의 직장으로 갔다.

나은희의 편지를 받고 나니까, 구석기 지층에서 돌연장이 나오듯이 지나간 것들의 부스러기들이 내 마음에 떠올랐다. 나은희와 마지막 밤을 보낸 여관의 이름은 남북여관이었다. 현관에 노란 백열등이 켜져 있었고 골목에서 지린내가 났고 불씨가 덜 꺼진 연탄재가 쌓여 있었다. 나은희의 머리카락 냄새와 함께 먹던 우동의 조미료 냄새, 대화의 토막들, 과거에 바탕해서는 살길이 없다는 막막함과 그 막막함의 다급함 같은 것들이 떠올랐다.

—저는 요즘 봉제완구를 만들면서 소일하고 있어요. 곰도 만들고 토끼도 만들지요. 가을에는 이웃 여자들과 함께 전시회를 할 거예요. 이런 일에 무슨 큰 의미가 있는 것은 아닐 테지만 시간의 무게를 잊을 수는 있어요. 저의 아들 취직자리 알아봐주시는 일도 그렇게 가볍게 생각해주셔요.

라고 나은희는 편지에 썼다.

대장 내시경 검사는 일 년에 한 번 하는 종합검진 프로그램의 선택 사항이었다. 종합검진은 매년 12월에 했는데, 검진 때가 다가오면 나는 밀린 일들을 서둘러 처리했다. 검진 결과 암 같은 난치병의 중증 진단을 받게 되는 경우에 대비하려는 심사였는데, 부질없다고 생각하면서도 그렇게 되었다.

검사 날짜는 12월 20일이고, 결과 상담은 12월 27일이었다.

아파트를 담보로 받은 대출금 이자를 갚기가 힘들어서 나는 지금의 아파트를 팔아서 은행 빚을 갚고 이십 평형 정도로 옮겨갈 작정이었다. 돈 내기도 힘들었지만, 헤어진 여자에게 헤어지는 값으로 준 돈의 이자를 헤어진 후에도 한없이 갚아야 한다는 것은 견디기에 우울했다. 집을 팔려고 내놓았는데 일 년째 팔리지 않았고 보러 오는 사람도 없었다. 대장 내시경 검사를 받기 일주일 전에 나는 부동산 중개업소에 가서 사정을 알아보았다. 비슷한 평형의 매물이 여럿 나와 있어서 값을 내리지 않으면 팔기가 어렵고, 재건축 인가는 언제 결정될지 알 수 없고 내년에 이 지구에 신축 아파트 건설이 확정되면 오래된 아파트 값은 더 떨어질 것이라고 부동산 업자는 전망했다.

급히 팔려는 눈치를 보이면 부동산 업자는 값을 더 깎자고 할 터이므로 나는 다른 매물들의 가격 동향을 전화로 알려달라고 말하고 돌아왔다. 아파트를 팔려면 값을 오천만원 정도는 내려야 하지 싶었다. 나는 그 결정을 대장 내시경 검사 이후로 미루었다.

취직자리를 알아봐주려면 한번 만나봐야 할 것 같아서 나는 찰리 장을 호텔 커피숍으로 불러냈다. 찰리 장은 약속 시간보다 십 분 늦게 왔다. 그가 커피숍 문 안으로 들어설 때 나는 그가 나은희의 아들임을 직감하고 손을 흔들어 보였다. 찰리 장은 정장 차림이었고 기름을 바른 머리카락이 번들거렸다. 그의 옷은 모두 명품이라는 느낌을 주었다. 찰리 장은 어색한 동작으로 내 앞자리에 앉았다.

찰리 장의 어머니 나은희는 아랫입술이 도톰해서 입언저리가 독자적인 생물체처럼 육감적이었는데, 찰리 장의 입언저리는 나은희를 닮아 있었다. 어깨의 각도가 둥글게 아래로 처진 것도 나은희를 닮아 있었다. 우뚝한 콧날과 세모꼴 이마가 낯설었는데, 아버지인 장아무개를 닮은 모습일 것이었다. 나는 찰리 장의 얼굴이 불편했다. 찰리 장은 한국어를 더듬거렸다. 머릿속에서 문법을 먼저 정돈한 다음에 작문을 하듯이 말했다. 찰리 장은 나를 아저씨라고 불렀다.

—아저씨는 우리 엄마 친구입니다.

'입니다'라는 말은 받아들이기가 어려웠다. 너네 엄마가 나를 아저씨라고 부르라고 하더냐, 라고 물으려는 충동을 눌렀다. 아저씨라는 말에 나와 나은희 사이에 가로놓인 격절의 시간과 공간이 떠올랐다. '아저씨'는 불편하지만 적절하고 불가피한 호칭이라는 생각이 들었다.

아줌마는 잘 계시냐? 라고 말하려다가

—자네 어머니는 잘 지내시나? 미국 간 뒤에 한 번도 소식이 없었어.

라고 말했다.

—암, 암, 캔서.

—암? 어디?

찰리 장이 손가락으로 제 가슴을 가리켰다.

—가슴. 수술했습니다. 일 년 전에.

나은희는 유방암 수술을 받은 것이었다. 푸른 주근깨가 별자리처럼 깔린 나은희의 가슴이 떠올랐다. 봄여름에는 색깔이 진해지고 겨울에는 흐려진다는 나은희의 주근깨…… 헤어질 무렵에 나은희의 주근깨는 젖꼭지 주변에 모여 있었고, 가슴골을 건너갔고, 겨드랑 밑 오지에까지 몇 개가 흩어져 있었다.

유방암 수술을 했다니까, 주근깨의 별자리는 흩어지고 칼자국이 나 있을 것이었다.

—그랬구나.

나는 나은희의 유방암에 관하여 할말이 없었다.

미국에서 태어나서 교육받은 찰리 장이 왜 연고 없는 한국에 와서 살려고 하는지를 나는 묻지 않았다. 상업디자인을 전공했다니까 나의 인맥의 범위와는 크게 어긋났다.

—자넨 어떤 직종에서 일하고 싶나? 유통이나 현장 관리 같은 것도 할 수 있겠나?

라고 내가 물었다.

—아트를 살릴 수 있으면 좋습니다.

라고 찰리 장이 대답했다.

'아트'란 한국어로 '예술'이니까, 그의 전공인 디자인 솜씨를 발휘할 수 있는 자리를 원한다는 뜻이었다.

—디자인 포트폴리오는 가져왔나?

—회사에서 원한다면 제출하겠습니다.

이자를 취직시키기는 힘들겠구나 싶었다. 찰리 장은 일자리에 대한 다급함이 없었다. 그는 세상 물정 모르는 부잣집 아들처럼 보였다. 한국의 회사 조직이 인간에게 가하는 중압을 감당해낼 수는 없을 것 같았다. 그가 미국으로 다시 돌아가는 게 좋겠다는 생각이 들었다.

—나는 디자인 분야에는 발이 넓지 않네만 알아보기는 하겠네. 자네 어머니에게 안부 전해주게.
라고 말하고 나는 찰리 장과 만난 자리를 끝냈다.

나은희의 부탁을 없던 일로 할 수는 없었다. 나는 찰리 장의 이력서를 이메일로 오션블루 관리이사에게 보내고 '검토해달라'고 부탁했다. 관리이사는 내가 오션블루에 재직할 때 내 밑에서 차장, 부장으로 승진한 사람이어서 말을 건네기가 수월했다. 이메일을 받고 나서 관리이사는 나에게 전화를 걸어왔다.

—선배님, 이 사람하고 어떤 관계십니까?

그의 말투는 추궁하는 듯했다.

—별 관계 아니야. 너무 부담 느끼지 마. 고용자 입장에서 판단해.

찰리 장을 입사 시험을 치르지 않는 경력사원으로 채용한다는 것은 내가 봐도 어려웠다. 다음날, 관리이사는 내 핸드폰으로 문자를 보내 '부적격'이라고 알려왔다. 찰리 장을 오션블루가 아닌 다른 회사에 천거한다는 것은 불가능했다.

찰리 장에게 나만 믿지 말고 달리 방도를 강구하라고 알려주어야 했는데, 그것은 신경 쓰이는 일이었다. 나는 그 일을 대장 내시경 검사 이후로 미루었다.

S교수의 부음 기사를 신문에서 읽으면서, 빈소로 문상 가면 전처와 마주칠 수도 있겠다는 생각이 들었다. S교수는 내 대학 시절의 은사였고 나와 월롱동의 결혼식에서 주례를 맡았었다. 주례 선생의 빈소에서 전처와 마주친다는 것은 차마 못할 일이었지만, 그 마주침을 피해가면서 문상을 다녀올 궁리를 하기도 못할 일이었고, 전처와의 마주침을 피하려고 문상을 가지 않는 것도 속 편한 일은 아니었다.

대학 시절에 S교수는 상법을 가르쳤는데, 학생들의 알바 자리 취직자리를 성심을 다해 알선해주었다. 그의 삶의 스타일은 매우 현실적이고 속물적이었는데, 그 점 때문에 학생들에게 인기가 높았다.

—너네들은 이런 변두리 대학에서 진리 탐구하겠다고 덤비지 마라. 응용문제 하나라도 잘 배워서 취직할 생각 해라. 학문 안 해도 얼마든지 잘살 수 있다. 돈은 기호가 아니고 실체이다.

라고 그는 늘 말했다. 그는 시계나 넥타이를 새로 사면 늘 그 가격을 천원 단위까지 말했다. 나는 대학원에 일 년 동안 적을 두고 있을 때 그의 조교로 일했다. 월롱동은 그의 둘째 딸과 고등학교 동창이었다. 그는 월롱동을 그의 사돈이 경영하는 보석 유통 회사에 취직시켜주었는데, 그때 월롱동은 나보다 월급이 많았다. S교수는 주례사에서

—결혼은 물적 토대 위에서 가능하다. 신랑 신부가 안정된 수입의 바탕을 확보하는 일에 힘쓰기를 바란다. 사랑이 아니라, 연민의 힘으로 살아야 오래 살 수 있다.

라고 말했다. 하객들 중 나이 먹은 사람들은 그 말에 고개를 끄덕였다. 나와 월롱동은 '물적 토대'는 먹고살 만큼은 이루었으나, 날마다 몸과 마음을 부딪치며 살아야 하는 일을 지속시킬 만한 '연민의 힘'을 길러내지는 못했다. '연민의 힘'으로 살아야 오래 살 수 있다던 S교수의 말은 틀린 말이 아니었다. 이 일은 더 이상 말하지 않는다.

S교수의 빈소는 모교의 대학병원 영안실이었다. S교수는 대학에서 퇴직한 후 국제금융 계통 국책 연구소의 차관급 수장을 지냈다. 그의 빈소에는 사람 키보다 높은 조화들이 도열했고 문상객들이 많아서 벗어놓은 구두를 밟고 다녔다.

나는 상주인 두 아들과 맞절을 하고 나서 식당으로 갔다. 나는 먼저 온 대학 동창생들이 앉은 자리에 끼어 앉았다. 동창생들은 돼지 머릿고기를 안주로 소주를 마시고 있었다.

고인은 대장암으로 죽었다. 문상객들은 대장암을 화제로 이야기했다. 내시경 검사에서 별 탈 없는 것으로 진단받고 나서 몇 달 후에 대장암으로 죽은 사례를 들면서 검사는 믿을 수 없다는 사람도 있었고, 대장암은 전이가 빨라서 암세포가 인접 장기에

광범위하게 퍼지므로 특정 부위의 암이 아니라고 말하는 사람도 있었다. 문상 온 사람들은 여러 죽음의 사례를 들면서 대장암의 무서움을 말했고, 죽음과는 관련 없는 문상객으로서 죽음을 문상했다.

장례식장 도우미가 김칫국, 김구이, 시금치나물, 멸치볶음과 흰쌀밥이 차려진 저녁상을 내왔다. 나는 대장 내시경 검사를 사흘 앞두고 있었다. 사흘 동안 깨, 고춧가루, 김, 미역을 먹지 말라고 병원에서 준비 사항을 알려왔다. 나는 장례식장 식당에서 주는 밥을 먹지 않았다.

나는 식당 안을 두리번거렸다. 그럴 필요가 없었는데 저절로 그렇게 되었다.

식당 문 오른쪽 자리에 검은 옷을 입은 여자들이 모여 앉아 있었고, 월롱동은 그 자리에 있었다. 월롱동은 뒷모습만 보였다. 나는 사람들 틈으로 뒷모습만 보고도 나의 전처, 월롱동을 알아볼 수 있었다. 어떤 특징이 그런 식별을 가능케 하는지는 알 수 없었으나, 전처 월롱동은 확실히 그 자리에 앉아 있었다. 지나간 세월의 돌이킬 수 없는 갈등과 불화가 별것도 아니라는 듯이 앉아 있는 그 모습은 익숙한 만큼 낯설었다. 월롱동은 거스를 수 없는 그 시간의 무게를 모두 깔고 앉듯이 문상객들 틈에 앉아 있었다. 남의 뒷모습이 마음속에 새겨진 듯이 익숙하게 느껴지는 사태는 견디기 어려웠다. 나는 월롱동도 내가 이 자리에 와 있다는 걸 알고 있으리라고 생각했다. 내가 아니까, 월롱동도 알 것이었다.

밤 열시가 넘자 문상객들은 돌아가기 시작했고, 월롱동도 돌아갔다. 돌아갈 때 월롱동은 뒤돌아서서 식당 안을 돌아보았다. 눈이 마주치지는 않았다. 나는 월롱동이 돌아간 뒤 십여 분을 더 앉아 있다가 일어섰다.

아침 아홉시에 예약이 되어 있었지만 검사는 삼십 분 이상 지연되었다. 나는 병원에서 주는 가운을 입고 검사실 복도에 앉아서 기다렸다. 가운은 엉덩이 부분이 터진 자리에 커튼처럼 뚜껑이 붙어 있었다. 소변검사를 하는 사람들이 오줌을 받은 컵을 들고 채혈실 앞에 줄을 서 있었고 머리를 깎은 암환자들이 침대에 실려서 지나갔다. 장 청소 약을 먹고 밤새 설사를 하느라고 잠을 설쳤더니 졸음이 왔다. 나는 졸았다. 검사중에 대장에서 용종이 발견되면 바로 제거 수술을 하게 되고 비용이 추가로 발생한다고 간호사가 말했다. 이미 알고 있는 내용이었다. 나는 계속 졸았다. 대장 속에 생각이 닿지 않았다. 수억만 년의 시간 속에서 종유석이 돋아나는 자연 동굴이 내 마음에 떠올랐다. 그 어둠 속에서 물방울 떨어지는 소리가 들리는 듯싶었고 한 오라기의 빛도 없는 암흑 속에서 무안구無眼球가 유전되는 작은 물고기들이 떠올랐다. 졸음 속에서, 종유굴은 나의 대장과 연결되었다. 나와는 사소한 관련도 없는 그 암흑 속에서 용종이 자라나고 있었다.

전광판에 내 접수 번호가 떴다. 나는 화장실에 가서 항문으로 노란 액체를 조금 쏟아내고 검사 대기실로 갔다. 사만원을 받고 보호자 역할을 해주기로 한 도우미 여자가 미리 와 있었다.

—아, 오셨군요. 고맙습니다. 오래 걸리지 않을 거예요.

라고 나는 말했다. 도우미 여자는 손으로 입을 가리고 웃었다. 간호사가 내 침대를 밀어서 검사실 안으로 들어갔다. 나는 간호사의 지시에 따라 엉덩이를 의사 쪽으로 향하고 침대 가장자리에 모로 누웠다. 간호사가 마취약이 흐르는 도관을 내 혈관에 꽂았다. 그다음을 나는 모른다.

회복실 벽시계가 열두시 삼십분을 가리켰다. 시간은 몽롱했다. 나는 내가 살아온 시간의 끄트머리에 겨우 들러붙었다. 마취에서 깨어나는 시간은 흐린 날에 서서히 동이 트는 것 같았다. 동트는 시간은 더디었다. 캄캄한 밤하늘이 망막에 펼쳐지고 거기에 별들이 가득 떠 있었다. 언젠가 TV에서 본 보이저 2호의 항로가 생각났다. 보이저 2호는 해왕성을 지나서 명왕성으로 향하고 있었다. 보이저 2호는 몇 년 후면 명왕성의 권역을 지나서 태양계를 벗어나 우주공간을 영원히 떠돌면서 돌아오지 않는다고 그때 과학자들이 TV에 나와서 설명했었다. 보이저 2호의 배경에서 푸르고 붉은 별들은 주근깨처럼 보였는데 봄여름에는 진해지고 겨울에는 흐려진다고, 내 어두운 의식은 기억하고 있었다. 망막 속의 어둠이 걷히고 나는 마취에서 깨어났다.

검사중에 용종 다섯 개를 잘라냈다고 간호사가 말했다. 간호사는 추가 비용 청구서를 내밀었다.

—용종이 크지 않으니까 너무 걱정 마세요.

나는 침대에서 상반신을 일으켰고 신발을 신고 일어섰다. 몸의 균형을 유지할 수 있었다. 나는 걸어서 대기실로 가서 옷을 입었다. 대기실 밖에 도우미 여자가 기다리고 있었다.

—어지럽지 않으세요?

—괜찮습니다. 고맙습니다.

나는 지갑에서 오만원짜리 지폐를 꺼내 도우미 여자에게 주었다. 여자가 만원을 거슬러 주었다.

—혼자서 갈 수 있으니까, 이만 돌아가세요.

도우미 여자는 눈웃음으로 인사하고 돌아갔다. 나는 내일부터 해야 할 일을 생각하면서 천천히 걸어서 집으로 왔다.

해야 할 일은 아파트 매매가를 얼마나 내려야 할지 정하는 일과, 찰리 장에게 세련된 언사로 취직 알선의 어려움을 알려주는 일이었다.

영자

노량진 고시텔은 십층짜리 주상복합건물에 있었다. 일층은 박리다매형 대형 식당과 편의점, 약국, PC방 등이 세 들었고 이층 삼층은 거의가 9급 행정직, 9급 법원직, 9급 세무직, 9급 경찰직, 9급 소방직, 9급 보건직 시험 학원의 강의실이었다. 사층부터 십층까지는 삼 평이나 사 평짜리 원룸인데, 입주자들은 모두 9급 공무원 시험 준비생들이었다. 노량진에는 대로변이나 뒷골목에 이런 고시텔들이 수십 동 들어서 있어서 끼니때마다 식당 앞에 늘어서는 긴 줄이 노량팔경 중 제1경을 이루었다. 9급의 풍경이었다. 일층 대형 식당에서는 사천원짜리 뚝불과 돈가스, 삼천원짜리 김밥+라면을 팔았다. 사천원짜리 식권 열 장을 사면 삼만오천원을 받았고, 월식月食은 구십 끼니에 육만원을 깎

아줘서 삼십만원을 받았다. 식당 앞 골목에서는 무허가 노점상들이 일회용 컵에 소시지볶음밥, 야채비빔밥, 카레라이스를 담아서 이천원에 팔았다. 식당 옆에 붙은 책방 서가에는 국어, 영어, 국사, 행정법 소방법 공무원법 교재와 최신 판례 해설집, 기출문제 분석집, 최근 십 년간 출제 경향 분석집, 면접 가이드북이 꽂혀 있었다. 기출문제 분석집이 서가의 맨 앞자리를 차지했다. 9급 공무원 시험 준비생들은 원룸에서 잠자고, 트레이닝 바지에 삼선 슬리퍼를 끌고 이층에 내려와서 강의 듣고 일층 식당이나 노점에서 밥을 먹었다.

나는 그 고시텔에서 영자와 일 년 동안 동거했다. 그때 나는 9급 지방 행정직 시험에 재수하고 있었고, 영자는 9급 지방 보건직 시험에 재수하고 있었다. 나는 작년에 합격해서 경상북도 내륙 산골 마장면 면사무소로 내려왔고 영자는 또 떨어졌다. 영자가 지금 노량진에서 삼수하고 있는지, 노량진을 떠났는지 나는 알지 못한다.

내가 영자와 동거하던 고시텔의 이름은 집현전集賢殿이었다. 건물 외벽에 집현전이라고 쓰인 네온사인이 붙어 있었다.

집현전은 지대가 높아서 이층에 위치한 내 방에서 노량진 일대가 내려다보였다. 노량진에서 한강은 유속을 잃고 고여서 기신거렸다. 밤에는 검은 물이 기름처럼 번들거렸고 그 위에 한강 철교의 불빛이 떠 있었다. 도심의 강물은 바다와는 인연이 없어

보였지만, 서해의 갈매기 서너 마리가 거기까지 날아왔다. 갈매기들은 철교의 아치 위에 앉아서 용산전자상가 쪽을 바라보았다. 그것들은 날이 저물어도 바다로 돌아가지 않고 어두운 철교 밑에서 퍼덕거렸다.

한강을 건너온 열차와 한강을 건너려는 열차가 노량진역에서 교차했다. 열차들은 노량진역 구내에서 일렬횡대를 이루었다가 흩어졌다. 열차가 들어올 때 사람들은 안전선 안쪽으로 물러섰고 열차가 떠나면 다시 승강장으로 몰려왔다. 사람들이 쏟아져 나와서 거리에 흘렀고 역사로 흘러들어갔다.

우기에 열차들은 대가리로 빗줄기를 들이받아 안개를 일으켰다. 열차 지붕에서 물보라가 날렸다. 물보라는 집현전 건너편 언덕 사육신死六臣 묘지까지 끼쳐갔다. 열차는 비를 맞아도 젖지 않았다.

쇠바퀴 수천 개가 철로 위를 굴렀다. 열차의 소음은 박자나 고저가 없는 이명 같았는데, 한강을 건널 때는 쿵쾅거리는 소리가 철교와 강물 사이의 공간에서 두 박자로 울렸다. 두 박자는 상행선을 따라서 멀어졌고 하행선을 따라서 다가왔다.

밤에는 열차의 전조등 불빛이 내 방의 어둠을 휘젓고 지나갔다. 지하철 9호선 불빛은 실내 벽의 아래쪽으로 들어와서 한동안 멈추었다가 열차가 출발하면 벽 위쪽으로 사라졌다. KTX 하행선 불빛은 두 박자 소음을 끌고 다가와서 천장을 사선으로 긋고 지나갔다. KTX는 노량진역에서 정차하지 않았다.

섹스가 끝나면 영자는 늘 나보다 먼저 잠들었다. 영자는 씻지도 않고 돌아누웠다.

—어땠어?

라고 어둠 속에서 물으면 영자는

—말해줘도 넌 몰라. 넌 니 꺼만 알게 되어 있잖아.

라고 대답했다. 나는 더이상 할말이 없었다. 나는 무참해서 겨우 중얼거렸다.

—그래. 그렇겠구나. 그렇겠어.

내가 생각해도, 껌 씹는 소리만도 못한 말이었다. 영자가 돌아누우면서 말했다.

—후반이 답답했어. 뭐가 얹힌 것처럼, 팍 터지지가 않았어.

후반이 답답했다는 말은 축구 경기 해설자들이 월드컵 때 TV에서 하는 말인데, 영자의 그 말이 어떤 느낌을 말하려는 것인지를 나는 알 수가 없었다.

말해줘도 넌 몰라, 라던 영자의 말은 틀린 말이 아니었다.

영자는 팬티도 걸치지 않은 채 홑이불로 아랫도리를 덮고 잤다. 영자는 심하게 이를 갈았고, 가끔씩 잠꼬대를 했다. 내가 영자의 윗니와 아랫니 사이에 손수건을 끼워넣으면, 영자는 혀로 손수건을 밀어냈다. 영자의 잠꼬대는 무언가를 다급하게 호소하는 듯했지만 무슨 말인지 깨워서 물어볼 수는 없었다. 열차의 소음이 두 박자로 다가왔다가 멀어졌고, 전조등 불빛이 방안을 훑고 지나갔다. 영자는 깊이 잠들고 나서야 잠꼬대를 그쳤다. 돌이켜지지 않는 것을 돌이킬 수는 없을 것이었다. 돌이킬 수 없는 것들이 저절로 돌아서지도 않을 것이었다. 영자가 잠꼬대하는 어둠 속에서, 나는 때때로 영자와의 동거를 후회했다. 후회라기보다는 돌이켜지지 않는 것이 결국은 무너지듯이 영자와 헤어질 날이 다가오고 있는 것을 느꼈다. 그날이 언제인지는 알 수 없지만 그다지 멀지는 않아 보였다.

흉어가 계속되자 아버지는 4.5톤짜리 연안 자망 어선을 팔아서 수협 빚을 갚았고, 남은 돈으로 나의 서울 이주 비용을 대주었다. 아버지의 포구는 서해안의 작은 섬이었다. 면 단위 큰 섬에 딸린 리里급 섬이었다. 나는 도청 소재지로 나와서 지방 사립대학을 졸업했다. 아버지는 오십대 말까지는 10톤 규모의 어선으로 고기를 잡았는데, 어획량이 줄고 선원 구하기가 힘들어지자 4.5톤으로 배를 줄이고 조수 한 명만 데리고 바다에 나갔다. 고기가 오지 않는 날 아버지는 4.5톤 배를 몰고 육지의 해수욕장으로 가서 하루종일 사람 구경을 하고 돌아왔다.

—내년부터는 다달이 돈을 보내줄 수가 없으니 9급인지 10급인지 빨리 붙어서 너의 두 발로 서는 꼴을 보여다오, 네 아비 등뼈 휘는 꼴이 네 눈에는 안 뵈냐?

라고 아버지는 지난번 편지에 썼다.

집현전에서 두 블록 건너편 언덕이 사육신 묘지였다. 묘역은 공원으로 가꾸어져 있었는데 노량진 고시텔 동네의 유일한 녹지대였다. 밤에 열차가 노량진역에 들어올 때마다 공원 언덕 위에서 키 큰 나무들의 우듬지가 전조등 불빛에 드러났고, 우기에는 젖은 가지들이 비바람에 흔들리면서 무어라고 외쳐댔는데, 집현전 원룸에서는 들리지 않았다.

역적들은 임금의 지근에서 청현淸顯의 요직을 차지했고, 오래전부터 작당해 있었다. 선왕의 총애 속에서 수염이 자라서, 역적들은 금상今上의 위엄을 능멸했고 청대請對할 때도 고개를 돌렸다. 국청 마당에 작형灼刑의 연기가 자욱했는데, 인두가 겨드랑이 밑을 지져서 기름이 튀고 누린내가 퍼질 때 역적들은 오히려 임금의 패악을 꾸짖었다. 꾸짖는 목소리는 묵직하게 안정되어 있었다. 임금은 역적들의 가죽을 벗기고 무릎뼈를 빻고 가랑이를 찢어서 거리에 버렸다. 역적들의 아비와 아들과 형제들의 목을 베고 처첩과 딸과 누이들은 먼 변방 관아에 노비로 주었다. 임금은 경국전의 형률에 따랐고, 지나치거나 모자라지 않았다.

그뒤 춘추대의의 멸절을 한탄하면서 악세惡世의 산야를 표랑

하던 중이 그 흩어진 뼈 토막을 수습해서 도성을 바라보는 노량진 언덕에 묻었다고, 말하는 자들이 말하였다. 말하는 자들은 그 중의 이름이 김시습이라고 말했는데, 보았다는 사람은 없었다.

사육신의 죽음은 조선 세조 2년, 1456년의 일이었고, 노량진에 무덤이 조성된 경위에 관해서는 믿을 만한 기록이나 구전이 없다. 묘역은 서울시의 유형문화재로 지정되었다. 무덤 속에 역적들의 뼈 토막이 정말로 묻혀 있는지는 시험문제가 아니었다. 사육신 중 한 명이 숨이 끊어지기 직전에 남긴 시구의 의미를 묻는 문제가 재작년 9급 지방직 공무원 시험에 출제되었다. 국어 3번 문제였다. 사지가 찢기고 목에 칼이 들어오는 판에 어쩌자고 시를 지은 것일까. 국어 3번 문제는 문항 한 개로 여러 시구의 의미를 동시에 묻고 있었고, 물음의 영역이 국어 과목과 역사 과목을 아우르고 있었다. 통합형 사고 능력을 검증한다는 이 새로운 출제 유형에 노량진 학원가의 9급 시험 준비생들과 학원 강사들은 질겁했다. 문제의 유형이 낯설어서, 기출문제를 중심으로 준비해온 수험생들은 문제가 펼치는 물음의 범위를 감당할 수 없었다. 무엇을 묻고 있는지를 파악하기에만도 많은 학습량이 요구되었다. 국어 문제 스무 개 중에서 이 어려운 문제가 세번째로 배치되어 있어서 수험생들은 처음부터 주눅들었다. 초장에 어퍼컷을 맞은 권투선수가 라운드가 끝날 때까지 스텝을 회복하지 못하는 꼴과 같았다. 재작년에 9급 지방 행정직 공채 경쟁률은 90대 1이었다. 집현전 아래층 학원은 과목마다 수강생이 이백 명 정도인데 그중 두 명 정도가 붙는 꼴이었다. 재작년에는 국어 3번 문제, 사육신에 걸려서 수만 명이 탈락했다. 공무원 공채는 정원이 미리 정해져 있으므로 사육신이 아니더라도 정원 이외에는 모두 탈락했겠지만, 사육신 문제는 출제 유형이 기출문제와 판이했으므로 재작년에 떨어진 9급 시험 준비생들은 다들 사육신 때문에 떨어졌다고 말했다. 헛소리인 줄 알고 있으면서도 노량진에서는 다들 그렇게 말했다. 재작년에 집현전 원룸 입주자 백오십 명 중에서 한 명도 붙지 못했다. 나도 떨어지고 영자도 떨어졌다. 집현전 건너편 광개토廣開土고시텔에서는 세 명이 붙어서 건물 외벽에 축하 현수막을 걸어놓았는데, 그자들이 사육신 문제를 맞혔는지는 알 수 없었다. 사육신 때문에 떨어진 9급 시험 준비생들은 사육신 묘역이 마주 보이는 노량진 집현전에 다시 원룸 계약을 하고 재수에 들어가거나 노량진을 떠났고, 새로 시작하는 수험생들이 노량진으로 몰려왔다. 신림동이나 강남 학원가에서 5급, 7급을 준비하던 수험생들도 몇 년째 계속 떨어지고 나서는 9급으로 낮추어서 노량진으로 왔다. 9급에서 7급이나 5급으로 올려서 지원하는 재수생은 없었다. 노량진에서는 다들 9급 준비생이 되었다. 노량진 말로는 구준생이다.

국사 과목의 최고 인기 강사는 김유사金遺事였다. 김유사는 요점 정리에 뛰어났고, 역사가 어떻게 9급 시험 문제로 바뀌는지를 명석하게 설명했다. 신흥과 쇠망이 부딪치면서 왕조가 바뀌는 시대가 문제의 지뢰밭이라고 김유사는 늘 강조했다. 김유사의 강의를 듣고 있으면 인간의 역사는 9급 시험 문제로 출제되기 위해서 전개되는 것 같았다.

김유사의 강의실은 지정 좌석제였다. 수강료를 먼저 낸 순서대로 원하는 자리를 차지하는 방식이었다. 내 자리는 앞에서 열다섯번째 줄의 왼편이었다.

강의 시간 중에 앞쪽에 앉은 여자들이 머리채를 자주 들어올렸는데 그 까닭을 물어볼 수는 없었다. 핸드백에서 거울을 꺼내 들여다보면서 눈동자를 이리저리 굴리는 여자들도 있었다. 그럴 때 여자들은 강도 높게 집중했다. 여자들이 머리채를 들어올리면 하얀 목이 드러났고 거기에 잔 머리카락이 흩어져 있었다.

정지용의 시 「향수」는 9급 국어 시험 문제에 자주 나온다. 넓은 벌 동쪽 끝으로 옛이야기 지줄대는 실개천이 휘돌아 나가고……로 시작되는 그 시를 서정, 서경, 서사로 쪼개놓고 그 사이마다 파놓은 구덩이에 수험생들을 골려서 빠뜨리는 문제였다. 작년에 그 구덩이에 빠져서 헤어나지 못한 수험생이 오만 명이 넘는다고 학원 강사가 말했다. 그 시에 나오는 '전설 바다에 춤추는 밤물결 같은 검은 귀밑머리……'라는 것이 바로 저 9급 국사 강의실 앞자리 여자들의 터럭인 모양인데, 나는 강의실에서 여자들의 흰 목에 흐르는 파란 핏줄과 그 위에 흩어진 터럭을 보면서 저것은 대체 무엇인가 싶었다. 9급 시험 문제에서 그 터럭은 환상적 서정으로 분류되는 대목이지만, 강의실에서 본 그 터럭들은 서정과는 무관했다. 그 터럭들은 눈을 찌를 듯이 달려들면서도 아득히 멀어 보였다. 그 터럭은 무언가 다급해 보였다. 그 터럭의 맨 끝까지 신진대사가 이루어지고 생로병사의 생리가 작동된다는 말은 믿기지 않았다. 믿기지 않았지만 머리카락 한 올 한 올은 흔들리면서 흩어지는 생명의 연기처럼 느껴졌다. 여자들은 머리채를 들어올려서 고무 밴드로 묶었고, 묶었던 머리채를 풀어내렸고, 머리채를 한쪽으로 몰아서 뺨에 비비기도 했는데, 여자들이 제 머리채를 제 뺨에 비빌 때 그 하얀 목덜미는 전설의 바다가 아니라 결핍의 바다로 보였다. 머리채를 들어올릴 때, 여자들은 뒤에 앉은 남자들을 의식하고 있는 것일까. 아마도 그럴 수 있으리라고 나는 생각한다. 근거가 허술하지만, 한 여자가 머리채를 들어올리면 그에 따라서 기다렸다는 듯이 다른 여자들도 머리채를 들어올리거나 풀어내리는 걸 보면 내 추측이 과히 틀리지는 않을 것이다. 그러지 않고서야 광개토대왕릉비의 동양사적 의미를 기술한 다섯 개 선지 중 틀린 것 하나를 골라내는 대목에서 여자들이 너도나도 머리채를 들어올려야 할 까닭이 있을까. "9급 국사 김유사반 여자들아! 강의 시간 중에 머리채 들어올리지 마라. 헛좆 꼴려서 수업에 지장 있다"라는 글이 학원 홈페이지에 올라오기도 했지만 여자들의 버릇은 여전했다. 수강생 이백 명 중에서 두어 명만 붙게 되어 있는데, 여자들의 흰 목덜미에 헛좆 꼴리기는 다들 마찬가지였다. 다들 마찬가지였지만 다들 붙는 것은 아니었다. 나는 그 뻔한 사태를 이해하기 어려웠다. 그것이 난해한 까닭은 너무나도 뻔했기 때문일 것이다. 경쟁률은 경쟁의 틀에 갇혀 있는 자들을 모두 똑같이 만들면서 차별하는 것인데, 이걸 거꾸로 말해도 말이 된다. 노량진에서는 그렇다.

나는 남녀 동거를 알선해주는 인터넷 카페에서 영자를 만났다. 나는 방이 있었으므로 동거녀를 구하기가 수월했다. 내 방은 집현전 건물 이층이었다. 이층은 거의가 강의실이고 원룸은 다섯 개밖에 없었다. 사층부터는 모두 삼사 평짜리 원룸이었다. 내 방은 집현전에서 가장 좋은 공간이었다. 전용면적 구 평에 싱크대와 욕실이 딸려 있었다. 침대를 쓰지 않고 바닥에서 잔다면 책상 두 개를 들이고도 두 명이 누울 공간이 되었다. 아버지의 어선을 판 돈으로 보증금 육천만원을 깔고 월세 십만원을 다달이 내고 있었다. 나는 재수하는 구준생이므로 당연히 수입이 없었다. 나는 동거녀를 구할 때 추접스런 조건을 제시하지 않았다.

여자의 고향이나 가족관계, 장래희망, 취미, 월수입, 체중, 몸 사이즈, 무슨 대학을 나왔는지, 성형을 했는지, 무슨 직종 지망인지, 몇 수인지를 묻지 않았다. 노량진 구준생들은 대체로 내세울 만한 학벌이나 경력이 없었다. 지방에서 무슨 대학을 나왔건, 노량진에서는 모두 지잡대地雜大로 평준화되었다. 지하철 전조등이 어둠을 훑고 지나가는 밤에 몇 마디 말을 나눌 수 있고 몸을 잘 대주기만 한다면 동거녀가 지잡대건 지잡퇴地雜退건 나는 상관없었다. 나는 생활에 필수적인 것들을 분명히 했다. 내 방의 구조, 욕실, 싱크대, 현관, 베란다를 사진 찍고 도면을 그려서 인터넷 카페에 올렸고, 돈 문제도 구체적으로 제시했다. 나는 동거녀에게 방의 보증금이나 월세를 분담시키지는 않았다. 다만 관리비가 여름에 칠만원 겨울에 십일만원쯤 나오는데 관리비만 동거녀가 내는 조건이었다. 나는 관리비를 절약하고 동거녀는 주거의 문제를 해결할 수 있는 방이었다. 섹스는 공동의 욕구를 충족시키는 방향으로 자연스런 패턴이 이루어질 것이었다. 동거중에도 일방의 의사로 헤어질 수 있도록 동거 기간을 오픈으로 하고, 만나보고 나서 동거가 합의되면 그 밖의 시시콜콜한 것들, 기상 시간, 소등 시간, 책상의 위치 같은 것들을 정하자고 적었다. 섹스 문제는 구체적으로 명기하지 않았다. 동거가 시작되면 저절로 교감이 생길 것이고 맘에 안 들면 일방적으로 동거를 끝낼 수 있기 때문에 문제될 것이 없었다. 되어가는 대로 되어지는 것이 가장 합리적이다. 인터넷 카페에 올린 나의 제안에 '매우 생활적이고 개방적이다. 구준생들의 주거 문제와 성생활을 동시에 해결하는 방안이다. 널리 확산되기를 바란다'는 댓글이 여러 개 달렸다. 여자 세 명이 나의 제안에 응해왔다. 모두 다 노량진 구준생들이었다. 첫번째 만난 여자는 너무 뚱뚱해서 여름을 함께 지낼 수는 없어 보였다. 겨드랑이 밑과 장딴지에 불필요한 살덩어리가 매달려 있었고, 발등에도 살이 쪄서 신발 위로 찐빵처럼 부풀어 있었다. 몸속이 늪처럼 질퍽거릴 여자였다. 두번째 만난 여자는 잘 말라서 바스락거렸는데 턱이 뾰족해서 가난해 보였다. 저녁 아홉시에 밥을 먹고 새벽 두시가 넘어서 잠자리에 눕는다고 해서 동거의 파트너로서는 부적격이었다. 영자는 세번째 만난 여자였다.

저녁 여섯시 무렵에 노량진에서 시간은 시들었다. 시간은 메말라서 푸석거렸고 반죽되지 않은 가루로 흩어졌다. 저녁이 흐르고 또 익어서 밤이 되는 것이 아니라, 시간이 말라죽은 자리를 어둠이 차지했다. 저녁 여섯시 무렵에는 시장기가 몸속에 번졌다. 저녁마다 시장하기는 했는데, 지나간 시장기는 기억 바닥에 매몰되어서 모든 시장기는 처음이었다. 몸이 시장하면 어둠의 가루들 속에 허기가 번져서 눈앞이 시장했다. 저녁의 시장기가 몸에 번지면 몸이 비어서 창자에 바람이 지나가는 느낌이었고, 길 건너편 사육신 묘지의 숲이 멀어 보였다.

저녁 여섯시 무렵에는 시장한 구준생들이 컵밥을 파는 노점 앞에 줄을 섰다.

카레라이스, 제육덮밥, 김치볶음밥은 이천원이었고 그 위에 계란 프라이를 얹은 크라운컵밥은 이천이백원, 계란 프라이 위에 햄버거 패티 한쪽을 더 올린 로열컵밥은 이천육백원이었다. 라면 스프를 푼 국물이 일회용 컵에 담겨 나왔다. 노점마다 '국물 리필'이라는 팻말을 천막 지붕 끝에 매달았다. 인공 조미료와 식용유를 끓이는 냄새가 퍼져서, 거리는 시장했다.

저녁 여섯시 무렵에 노량진에서는 각자, 저마다, 혼자서 시장했는데 다들, 너나없이 골고루 시장했다. 시장기는 개별적이면서 전체적이었고, 보편적이면서 고립무원이었다. 거리 전체가 시장했지만 수많은 시장기들 사이에는 아무런 관련도 없었다. 저녁 여섯시 무렵에 시장한 구준생 백여 명이 컵밥 노점 앞에 줄을 선다고 할 때 그중 1.3명 정도가 9급 시험에 합격했다. 경쟁률로 따지면 그렇다. 다들 시장하다고 해서 경쟁률이 바뀌지는 않는다.

저녁반 완전정복 9급 영어 시간에는 분사구가 길게 늘어지는 영어 문장이 예문으로 나왔다. 동사와 목적어 사이가 멀어서 의미의 전개 방향을 종잡기 어려운 문장을 강사는 기어이 분석해냈다. 억센 문장구조에 짓눌려서 동사는 사물을 장악하지 못했고 먼 목적어에 닿지 못해 허우적거렸다.

저녁반 영어 수업이 끝나고 나서 나는 크라운컵밥으로 저녁을 먹었다. 여섯시 삼십분에 술집 '밀라노'에서 동거 지원한 이영자를 선보기로 되어 있었다. 컵밥을 사 먹는 줄 속에 이영자가 끼어서 나를 쳐다보고 있을까 싶어서 뒤통수가 근지러웠다. 밀라노는 닭튀김 안주에 생맥주나 양주를 잔으로 파는 술집이었다. 커피, 과일주스, 오징어구이, 떡+오를 벽에 써붙였다. 전문성이 없고 어수선한 가게였다. 실내 공기가 닭 튀기는 기름 증기에 절어서 끈끈했다.

나는 구석 자리에 앉아서 여자를 기다렸다. 컵밥 먹을 때 리필 국물을 너무 많이 마셔서 생목이 올라왔다. 트림 뒤끝에 인공조미료 냄새가 치받쳤다. 키가 백육십이 센티미터, 몸무게가 오십 킬로그램쯤 되어 보이고, 찢어진 청바지에 티셔츠 차림의 여자가 술집 안으로 들어왔을 때 나는 그녀가 동거 지원녀라는 걸 직감했다. 나와 눈이 마주치자 이영자도 저것이 동거녀를 구하는, 구 평짜리 원룸 입주자라는 걸 알아차린 눈치였다. 이영자는 쇼핑백에 기출문제집, 요점 정리 9급 보건 교재를 담아서 들고 있었다. 쇼핑백 위로 책 제목이 보여서 나는 이영자가 9급 보건직 지망생이라는 걸 알았다. 아마 이영자와 내가 첫 대면부터 반말을 쓰지는 않았겠지만, 존댓말을 한 기억은 없다. 내가 이영자를 한눈에 알아본 직감의 근거가 무엇이었는지도 기억에 없다.

이영자는 이 세상의 수많은 영자였고, 이영자, 저영자, 그영자 중에서 아무 영자도 아니었다. 그랬기 때문에 내가 첫눈에 이영자를 알아보았는지도 모른다.

이영자는 멈칫거리면서 내 자리로 다가와서 맞은편에 앉았다. 그리고 아마, 제가 이영자예요, 라고 말했던 것 같다. 이영자는 사투리를 쓰지는 않았지만, 얼굴인지 몸매인지 헤어스타일인지, 어디라고 집어서 말할 수 없는 전체적 분위기는 읍 단위 지방 소도시의 질감이었다. 이영자가 아직 저녁을 먹지 않았다고 해서 떡+오를 안주로 정했고 이영자는 오백 시시짜리 생맥주를, 나는 한 잔에 오천원 하는 테킬라를 주문했다. 나는 무엇을 마실 것인지를 생각해보지 않고 있다가 주문을 받으러 온 종업원에게 반사적으로 '테킬라'를 외쳤다. 아마도 이영자의 그 지방 소도시 같은 질감에 대한 저항이었을 것이다. 나는 테킬라라는 이국적 이름의 술을, 말만 들었지 마셔본 적은 없었다. 종업원이 떡+오와 술을 가져왔을 때, 이영자는

—그게 무슨 술이지?

라고 물었다.

—테킬라라고, 멕시코 사막의 선인장 즙을 발효시킨 술이야. 서늘한 술이지.

라고, 나는 테킬라를 늘 마시는 사람처럼, 어디선가 주워들은 대로 대답했다. 나는 노량진과 멕시코 사이의 거리를 생각했다. 테

킬라의 맛은 그 이국적인 이름처럼 달콤하면서도 서늘했는데, 안주로 나온 떡+오와는 어울리지 않았다. 이영자는 말할 때 입 안쪽에 누런 금니가 한 개 보였다. 그 금니가 유년의 가난함을 말해주는 듯했다. 이영자는 왼쪽 귀 밑에 푸른 점이 있었다. 푸른색은 깊었다. 그 점이 이영자를 수많은 영자들 중에서 한 명의 영자로 건져올려주는 듯싶었다. 나는 김유사 국사 강의실에서 머리채를 들어올리던 여자들을 생각했다. 이영자가 내 앞에 앉아서 머리채를 들어올리던 그 여자가 아닐까. 나는 물었다.

—혹시 김유사 국사 강의를 듣나?

—아니, 난 박사기 국사 들어. 작년엔 김유사 들었는데.

그날, 이영자와 무슨 얘기를 했는지 어떤 과정을 거쳐서 동거에 합의했는지는 자세히 기억나지 않지만 이영자의 그 지방 소도시 부락민 같은 질감이, 고기가 오지 않는 날에는 4.5톤짜리 어선을 타고 육지의 해수욕장에 가서 사람 구경을 하는 내 아버지의 생애를 떠오르게 했던 기억은 확실하다. 내가 다섯 살 무렵에 아버지는 할아버지의 배를 타고 바다에 나갔다가 풍랑에 떠밀려서 먼 섬에 표착했었다. 그때 배는 부서져서 쓸 수 없게 되었고 할아버지는 바다에서 죽었다. 아버지는 세 달 만에 돛배에 얹혀 타고 집으로 돌아왔는데, 아버지가 섬에서 원양 선원을 상대하는 술집 작부한테 빠져 있었다는 소문이 돌았다. 이영자를 보는 순간, 아버지와 작부 사이에서 태어난 아이가 바로 이영자가 아닐까 싶었다. 9급인지 10급인지 빨리 붙어서 너의 두 발로 서는 꼴을 보여다오, 라던 아버지의 편지도 생각났다.

금니가 가난을 말해주지 않더라도, 이영자가 이 세상에서 엉덩이를 붙일 땅 한 뼘이 없다는 것은 확실했다. 사람은 서서만은 살 수 없고 엉덩이를 붙여야 살 수 있다는 것을 그날 나는 이영자를 보고서 알았다. 이영자는 나의 먼 혈족 같기도 했고 눈앞을 막아선 절벽 같기도 했다. 아마 그런 느낌들이 이영자와의 동거 쪽으로 내 마음을 몰아갔던 것이지 싶다. 단정할 수는 없지만, 대충 그 언저리일 것이다.

이영자는 9급 보건직 시험에 재수중이었다. 국어 과목을 망쳐서 떨어졌다고, 이영자는 내가 묻지 않았는데 말했다. 나는 사육신 때문에 떨어졌다고 말하려다가 말을 눌렀다. 사육신 문제를 맞혔다 해도 붙을 수는 없었다.

검사, 판사, 도지사는 한자로 쓸 때 일 사事가 맞고 변호사, 계리사, 변리사, 회계사, 운전사는 선비 사士가 맞는 걸로 되어 있는데, 한자를 섞어놓고 틀린 것을 고르는 문제를 이영자는 맞히지 못했다. 나는 묻지 않았는데 이영자가 먼저 말했다. 이영자는 테이블 위에 손가락으로 글자를 쓰면서

—왜 이건 되고 이건 안 되는 거지? 왜 그런 거야? 왜 이건 안 되냐구.

라고 나한테 따지듯이 물었다.

나는 할말이 없어서

—그야, 그냥 본래 그런 거겠지 뭐.

라고, 하나 마나 한 말을 했다.

닭 튀기는 기름 증기와 마늘 냄새 속에서 구준생 서너 팀이 테이블을 차지하고 있었다. 넥타이에 정장 차림은 면접 실기 지도 수업을 받고 나온 구준생들이었고, 반바지에 러닝셔츠 차림은 체력 학원에 다니는 9급 경찰직 소방직 지망생들이었다. 다들 떡+오를 먹고 있었다. 이영자는 어두워진 거리 쪽으로 시선을 돌렸다. 영자의 귀밑머리가 드러났다. 머리카락 끝이 메말라 보였다. 어두워진 거리에 노점들의 불이 켜졌고 늦은 저녁을 먹으려는 몇 명이 불빛에 서성거렸다.

거리 쪽으로 고개를 돌린 영자는 손가락으로 테이블 위에 글씨를 쓰면서

—그게 왜 그런 거지, 왜 이건 되고, 이건 안 되는 거지.

라고 혼잣말을 중얼거렸다. 영자가 다시 내 쪽으로 시선을 돌리면서 말했다.

—인터넷에서 방 사진 봤어. 베란다랑 욕실이 맘에 들었어.

내 이층 방 베란다에는 아래층 식당의 음식 쓰레기 썩는 냄새가 올라왔고, 욕실은 욕조 없이 샤워 꼭지 한 개만 매달려 있었다. 나는

—그래? 실망 안 했으면 좋겠다.

라고 말해주었다. 영자의 눈이 반짝였고 입술 꼬리가 올라갔는데, 울음인지 웃음인지 구분할 수 없었다. 그날 나는 테킬라 세 잔을 마셨고 영자는 생맥주 오백 시시 두 잔을 마셨다.

작년 가을에 나는 마장면사무소에 서기보로 부임했다. 노량진 고시텔 원룸은 9월 30일까지 빼주기로 되어 있었다. 보증금 육천만원을 받아서 아버지에게 돌려보냈다. 나는 마장면에 월세방을 얻었다. 영자에게는 한 달 전에 퇴거 날짜를 통고했다. 영자가 그 한 달 동안 어디에 거처를 구했는지 나는 알지 못했다. 영자는 9월 29일 낮에 내가 외출했을 때 짐을 싸가지고 나갔다. 영자는 9월 치 관리비 구만원을 놓고 갔다. 돈을 흰 봉투에 넣고 겉봉에, 관리비 9월 치/이영자, 라고 썼다. 나는 30일 아침에 고속버스와 군내버스를 갈아타고 마장면으로 내려왔다.

노량진을 떠날 때 영자에게

—나, 간다. 잘해.

라고 문자를 보냈는데 응답이 없었다.

영자가 문자를 봤는지 안 봤는지를 나는 알 수 없었다. 노량진에서 뚝불이라도 함께 먹고 헤어질걸…… 고속버스가 도청 소재지에 닿았을 때 그런 생각이 들었다. 난데없이 떠오르는 그런 생각에 나는 당혹했다. 마장면은 산으로 둘러싸여 하늘이 빼꼼히 뚫려 있었다. 해가 일찍 내려앉아서 낮이 짧았고, 노인들만 마을에 남아서 어두운 방 안에 들어앉아 있었다. 동쪽으로 이차선 도로 한 가닥이 가파른 산자락을 이리저리 피해서 산맥을 넘어가는데, 그 끝이 동해에 닿았다. 조선시대에 짐말을 끌고 산맥을 넘어가는 행상이나 거간꾼들이 묵어가는 마을이라고 해서 이름이 마장면인데, 대낮에도 인기척이 없었고 낮닭 울음소리가 이 집에서 저 집으로 이어졌다. 하천이 짧고 빨라서 논은 없었다. 비탈밭에 고추, 양파를 심었고 자투리땅에는 옥수수나 콩을 심었다. 집집마다 개 돼지 염소를 두어 마리씩 길렀다. 행정용어로는 이 같은 삶의 방식을 산촌복합영농이라고 했다. 산골에서 이것저것 다 한다는 뜻이었다.

나는 면사무소 총무계에 배치되었는데 일이 정해져 있지는 않았다. 이것저것 다 했다. 가축전염병 예방주사를 신청하는 공문을 작성해서 축협으로 보냈고, 오십 시시 오토바이를 타고 마을을 돌면서 공가空家 상태를 점검했고, 출향해서 도회지에서 성공한 사람들의 거주지를 분기별로 확인해서 여당 지구당 사무실에 보고했고, 산불 조심 팻말을 밭두렁에 박았고, 마을 경로잔치 때 면장의 축사를 썼다.

내가 9급에 합격했을 때 아버지의 섬마을 포구에서 늙은 어부들이 푼돈을 모아서 아버지에게 술자리를 차려주었다는 소식을 아버지가 편지로 전해주었다. 아버지의 편지를 받은 지 며칠 후에 마장면 출신의 청년 김장수가 서울에서 국가직 5급 사무관 시험에 합격해서 마장면이 떠들썩했다. 김장수는 마장국민학교를 졸업한 뒤 군청 소재지 중고교를 거쳐 서울의 명문대로 진학했고, 그 부모들도 모두 오래전에 서울로 떠났다. 마장면에는 팔순이 가까운 할머니만 남아 있었다. 그 집에 사흘에 한 번씩 들러서 노인이 무탈한지를 살펴서 군청 복지과에 보고하는 것도 면사무소 총무계 서기보의 일이었다.

국가직 5급 사무관 김장수는 나와 동갑이었다. 김장수가 사무관이 되자 군수가 노인에게 비서를 보내 축하금을 전했고, 김장수가 졸업한 군청 소재지 고등학교 정문에 현수막이 걸렸다. 마장면 면장은 면사무소 입구에도 현수막을 걸라고 지시했다. '경축 마장면 출신 김장수 사무관 출사'라는 문구를 면장이 적어주었다. 나는 군청 소재지에 있는 현수막 제조업체에 전화를 걸어서 일 미터×육 미터짜리 현수막을 한 개 주문했다. 제작비가 만이천원인데, 관급 물품이라고 해서 팔천원으로 깎았지만 배달은 없었다. 오토바이를 타고 군청 소재지에 가서 현수막을 가져다 거는 데 하루가 꼬박 걸렸다. 5급 사무관의 현수막이 바람에 부풀었다. 면장의 직급은 6급 주사였는데, 6급과 5급은 신분이 달라서 세월이 흐르고 호봉이 올라도 6급 면장이 5급으로 올라서기는 어려웠다. 나는 9급이었다. 5급 시험에는 무슨 문제가 출제되는지는 알 수 없었지만, 사육신의 절명시絶命詩들이나 검사事, 변호사士의 사 자보다는 더 어려운 문제들일 것이었다.

9급에서 5급에 이르는 거리는 헤아릴 수 없었다.

월급에서 방세 내고 밥 사 먹고 마을 노인들 환갑 칠순 팔순 구순 잔치에 축의금 내고 초상 때 부의금 내고 경로잔치 때 떡값 보내고 나면 남는 것은 없었지만 아버지의 돈을 받지 않고도 연명할 수 있게 된 것은 다행이었다. 노인들만 남은 산골은 초저녁부터 캄캄했고 개구리들이 울어댔다. 개구리 울음은 여백을 허용하지 않았고, 시간과 공간을 긁어댔다. 새벽에는 개구리 울음이 그친 자리에서 별들이 와글거렸다. 나는 때때로 노량진 집현전 원룸의 어둠을 가르던 지하철 전조등 불빛과 거리에서 짐승처럼 울어대던 버스의 에어브레이크 소리를 생각했다. 섹스가 끝나면 영자는 씻지도 않고 돌아누워서 먼저 잠들었다. 마젤란해협의 고래들은 수심 사천 미터 암흑 속에서 만나 짝짓기를 하고 끝나면 곧 헤어진다는 글을 잡지에서 읽은 적이 있었다.

개구리 울음이 그칠 무렵 나는 그 먼 고래들을 떠올렸다. 노량진과 마장면이 같은 동네처럼 겹쳐졌다. 이런 헛것에 끄달리다가 마장면에서 나는 늘 별이 사위는 새벽에 잠들었다.

처음 합방할 때 영자는 라면 박스보다 좀 큰 냉장고를 가지고 왔다. 영자의 냉장고는 소음이 커서 쓸 수가 없었다. 내 냉장고를 둘이 나누어 쓰기로 했다. 위 칸은 내가, 아래 칸은 영자가,

그리고 중간 칸과 문짝 안쪽은 공동으로 쓰기로 했다. 모든 끼니는 각자 알아서 밖에서 해결하고 실내에서는 컵라면 정도의 취사도 하지 않기로 했다. 샌드위치나 빵, 과자처럼 불을 쓰지 않고도 먹을 수 있는 음식은 실내에 들여올 수 있지만, 먹고 남은 것을 냉장고에 보관할 수는 없도록 했다.

나는 냉장고의 퀴퀴한 냄새를 혐오했다. 김치나 간장, 된장, 생선, 먹던 우유는 넣을 수 없고 병에 담긴 술이나 깡통 음료수, 물, 건조된 식품만을 넣을 수 있도록 영자와 합의했다. 합의라기보다는, 영자는 방 주인인 나의 결정에 이의 없이 따랐다. 이부자리 한 채와 지퍼로 여닫는 옷장 한 개, 책상 한 개, 전기스탠드 한 개, 그리고 트렁크 두 개가 영자가 가져온 짐의 전부였다. 책상 두 개를 양쪽 벽에다 붙여서 등지게 배치했고, 저녁에는 두 책상 사이에 잠자리를 폈다. 영자의 책꽂이에는 9급 시험 문제집, 해설집이 십여 권 꽂혀 있었는데, 나의 책꽂이와 별 차이 없었다. 소등 시간을 밤 열두시로 정했는데 영자가 늦게 돌아와서 나를 성가시게 한 적은 없었다. 아침 여덟시부터 수업이 있었으므로 영자와 나는 일곱시에 일어나서 세수하고 밖으로 나가서 따로 밥 먹고 수업받고 밤에 돌아왔다.

영자는 냉장고에 누룽지를 잔뜩 보관하고 있었다. 누룽지는 집현전 경비실로 배달되었는데 우연히 내 눈에 띄었다. 포장지에 해서읍 남만면이라고, 서남해안 포구마을 주소가 적혀 있는 걸로 봐서 거기가 영자의 고향인 모양이었다.

그날 저녁때 돌아온 영자는 누룽지를 물에 불려서 참치 통조림을 반찬으로 저녁을 먹었다. 나도 한 숟갈 먹어보았는데, 누룽지에 콩이 박혀 있어서 구수했다.

—우리 엄마가 마을버스 차부 옆에서 순댓국집을 하거든. 그래서 누룽지가 매일 나와. 여름엔 콩누룽지고 겨울엔 팥누룽지야.

라고 영자는 말했다.

이영자에게 엄마와 고향이 있다는 사실이 내 마음을 비수처럼 찔렀다. 나는 이영자에게 물고기가 오지 않을 때는 해수욕장으로 사람 구경 가는 내 아버지에 관하여 말하려다 참았다. 자칫하면 발설할 뻔했는데 참기를 잘했지 싶었다. 그 이야기도 영자의 마음을 후볐을 것이었다. 그날은 밤 열한시쯤 소등했다. 전등을 꺼도 거리의 불빛이 방안에 닿았다.

누가 먼저 몸을 들이댔는지, 영자와 나는 엉켰다. 내가 어둠 속에서 말했다.

—요즘 니네 엄마 장사 잘되니?

—무허가 건물에 세 들어 있는데 내년에 철거된대. 그런데 그걸 왜 물어?

—아니, 그냥. 누룽지가 맛있어서.

—그런 거 물어보면 성감이 떨어지잖아.

—니 성감 말야?

—아니, 니 꺼. 넌 니 꺼만 알게 돼 있잖아.

—내 성감이 떨어지는지 니가 어떻게 알아?

—그냥 그렇겠구나 싶어서 물어본 거야.

내가 먼저 말을 꺼낸 것이 잘못이었다. 그날 영자의 섹스는 실무적이었다. 영자는 처음부터 서둘러 끝내려 했고, 나도 영자의 기분을 이해할 수 있었다. 고시원 원룸에서는 거리의 자동차 소음, 옆방의 말소리, 위층에서 변기에 물 내리는 소리가 크게 들려서 방안에서 책을 읽을 때 나는 늘 귀마개를 했다. 일층 편의점에서 폴리우레탄 귀마개를 천원에 팔았다. 귀마개는 쫀득거리면서 귓구멍의 깊은 안쪽에 짝 들러붙었다. 귀마개를 하면 외부 소리는 전혀 들리지 않았고, 피가 내 몸의 혈관 속을 흐르는 소리만 들렸다. 핏소리는 멀리서 웅웅거렸다.

내가 영자와 섹스하면서 영자 엄마의 장사 형편을 물었을 때 나는 아마도 귀마개를 하고 있었던 것 같다. 그날은 저녁 아홉시에 방으로 돌아와서 열한시까지 귀마개를 하고 기출문제집을 들여다보았다. ① 신라 진흥왕의 북한산비 건립 ② 대가야 멸망 ③ 백제 성왕의 전사 ④ 백제의 섬진강변 진출을 시대순으로 배열하는 문제를 오랫동안 들여다보면서 연도를 따져보았는데 해답이 떠오르지 않았다.

그걸 공부라고 할 수 있는지는 모르겠으나 역사적 사실들을 순서대로 배열하는 문제는 9급의 각 직종에서 단골로 출제되었다. 귀마개는 귓구멍 속을 꽉 조였다. 피가 웅웅거리는 소리 속에서 신라 진흥왕과 백제 성왕이 다가오고 물러갔다. 귀마개를 하면 소리가 빠져나가서 세상이 환영처럼 보였다. 영자도 귀마개를 했는지는 알 수 없었다. 그날, 영자와 엉킬 때 내가 귀마개를 하고 있었는지는 확실치 않다. 귀마개를 하고 있었다면 영자와 주고받은 말은 환청이었을까. 환청이라면 그렇게 뚜렷하지는 않았을 것이다. 소리가 들리지 않아도, 영자의 입이 움직이는 모양만 보고도 무슨 말인지 알 수가 있었을까.

그럴 수야 없겠지만, 그날 영자와 주고받은 말은 웅웅거리는 핏소리 속에 섞여 있었다.

영자가 잠꼬대를 할 때 나는 움직이는 입 모양만 보고 영자가 무슨 말을 하는지를 짐작했다. 낮에 구청에서 보낸 용역들이 컵밥을 파는 무허가 노점상들을 철거했다. 노점상들이 핫도그나 오뎅, 순대, 떡볶이 정도의 간식을 팔 때는 고정 매장에 영업 허가증을 가진 식당들과의 다툼이 덜했는데, 이천이백원에 끼니를 때울 수 있는 여러 가지 컵밥으로 메뉴를 넓혀나가자 고정 매장 식당과 노점은 충돌했다. 식당협회가 노점상을 고발했고, 노점상들은 계고장을 붙여놓고 자진 철거 시한을 지나서까지 영업을 계속했다. 내가 광개토고시텔 일층 식당에서 삼천오백원짜리 오므라이스로 점심을 먹을 때 창밖 거리에서 갑자기 호루라기 소리가 들리더니 건장한 사내들이 달려들어서 노점들을 부수었다. 사내들은 우선 프로판가스 통 밸브를 잠가서 불을 끊었고, 배터리, 조리도구 들을 끌어냈고, 천막을 걷어서 트럭에 실었다. 점심을 먹으려고 노점상 앞에 줄을 서 있던 구준생들이 흩어졌다. 노점상 여자들이 악을 쓰며 용역반 사내들을 가로막았다. 김 나는 흰쌀밥과 국물, 단무지, 시금치가 길바닥에 쏟아졌고 일회용 컵이 바람에 날려갔다. 내가 오므라이스를 주문해서 먹기를 마칠 때까지 골목 전체의 노점들이 뜯겨져서 '공무 수행' 트럭에 실렸다. 나는 길바닥에 쏟아진 밥과 식재료들을 보면서 오므라이스를 먹었다. 노점상에서 먹으려던 구준생들이 식당 안으로 들어와서 자리를 잡았다. '공무 수행' 트럭이 떠날 때 육십대 노점상 남자가 용역반 사내들에게 매달려서, 살려줘 살려줘, 라고 외쳤다. 용역 사내들이 육십대 남자를 밀쳐내고 트럭 적재함에 올라탔고 트럭은 떠났다. 구청 청소부들이 길바닥에 쏟아진 흰밥과 식재료들을 쓸어냈다. 육십대 노점상 남자는 길바닥에 주저앉아 사라진 트럭 쪽을 향해 살려줘 살려줘, 라고 외쳤다. 나는 오므라이스로 점심을 먹고 나서 영어, 국어, 국사 강의를 들었다. 오천원짜리 참치김치찌개로 저녁을 먹고 나서 행정법 강의를 들었다. 밤 아홉시가 넘어서 방으로 돌아왔다.

그날 밤에 영자는 또 자면서 이를 갈고 잠꼬대를 했다. 나는 어둠 속에서 영자의 잠꼬대에 귀를 기울였다. 영자는 다급하게 뭐라고 외쳐대고 있었으나 목소리가 문법과 의미에 닿지 못했다. 내가 귀마개를 하고 영자의 잠꼬대에 귀를 기울이는 것 같았다. 영자도 낮에 이 거리의 어느 식당에서 밥을 먹으면서, 또는 알바를 하면서 용역들이 노점상을 철거하는 현장을 본 것이 아니었을까. 영자가 그 현장을 꿈으로 꾸면서 잠꼬대로 살려줘 살려줘, 라고 외치고 있는 것으로 나는 짐작했다. 영자는 입가에 침을 흘리면서 몸을 뒤챘고 트림을 토해냈다. 영자의 숨에서 라면 국물 냄새가 났다.

마장면은 산이 깊어서 가을이 일찍 왔다. 오리나무 갈참나무 상수리나무 숲에 단풍이 들어서 마을이 환했다. 가을비가 그치고 햇빛이 좋은 날에 단풍 든 숲은 온갖 색과 빛을 품어냈다. 단풍은 가을마다 장관을 이루었지만 마을이 외져서 관광객들은 여기까지 단풍을 보러 오지는 않았고 마을 노인들은 단풍에 대해서 아무 말도 하지 않았다. 마장면의 단풍은 사람과는 아무런 관련도 없는, 숲의 자연현상이었다. 마장면은 겨울에 눈이 쌓이면 도로가 끊겨서 고립되었다. 월동용 비상식량과 연료, 약품을 미리 챙겨놓고 노인들의 비상연락망을 점검하는 것도 모두 총무계 서기보의 일이었다. 우편 취급소 옆집에서 기르던 닭 두 마리가 울타리 밖으로 달아났는데, 노인이 닭을 쫓아다니다가 기진맥진해서 면사무소에 신고했다. 개가 닭을 물려고 달려들어서 닭들은 나뭇가지 위에 올라앉아 있었다. 나는 개를 쫓아버리고 모이로 닭을 유인해서 붙잡아주었다. 총무계 서기보는 아무 일이나 다 했다.

마장면에서 단풍 든 숲을 바라보면서 나는 때때로 영자를 생각했는데, 생각이 떠오르지 않았다. 돌아보니 영자에 대해 아는 게 많지 않았다. 영자의 알바는 서너 가지쯤 되었는데, 두어 달에 한 번씩 일이 바뀌었다. 영자는 박리다매형 대형 식당에서 식재료를 분류해서 다듬는 일을 하고 한 시간에 오천원을 받았다. 광개토고시텔 일층에 있는 식당이었다. 내가 점심을 먹으면서 노점상이 철거되는 현장을 본 식당이었다. 그 식당은 김밥류만 이십여 종, 분식류 십오 종, 찌개류 이십여 종의 메뉴로 운영하고 있었다. 기본김밥, 누드김밥, 김치김밥, 참치김밥…… 라면, 쫄면, 떡라면, 오뎅라면, 된장라면, 김치라면…… 오징어찌개, 된장찌개, 바지락찌개, 부대찌개, 순두부찌개…… 이런 식이었다. 다들 비슷한 값이었고, 조미료를 베이스로 하기 때문에 맛도 비슷했지만 두어 점씩은 다른 재료가 들어갔다.

이백 석이 넘는 홀이 끼니때마다 구준생들로 가득찼다. 김+라를 주문할 때 시금치김밥을 먹을지 오뎅김밥을 먹을지를 놓고 한참 동안 헤매는 자들도 있었다. 영자는 그 식당에서 시금치,

계란 프라이, 오뎅, 단무지, 오이 같은 식재료들을 다듬어서 김밥을 마는 숙련공들의 손이 닿는 자리에 가지런히 쌓아놓는 일을 했다. 나는 그 식당에서 밥을 먹으면서 알바하는 영자의 뒷모습을 본 적도 있었다. 그 엉덩이가 간밤에 나와 섹스한 여자의 엉덩이라는 사실에 나는 섬뜩했고 밥맛이 달아났지만, 그래도 밥은 다 먹었다.

가을에, 영자는 그 일이 너무 힘들어서 알바를 바꾸었다. 영자는 강남의 이탈리안 레스토랑에서 화장실 담당을 해서 한 시간에 육천원을 받았다. 일인분이 최소한 십만원이 넘는 비싼 식당이었다. 상호가 '하드리아누스'였다. 영자는 그 식당 화장실 앞에서 지키고 서 있다가 손님이 용무를 마치고 나오면 안으로 들어가서 변기 안에 눌어붙은 배설물을 솔로 닦아내고 물위에 단풍잎을 띄우는 일을 했다. 변기의 물위에 단풍잎이 떠 있어서 화장실에 들어선 손님은 깊은 산속의 맑은 옹달샘 위에 걸터앉아 용변을 볼 수 있었다. 레스토랑 주인은 설비 회사에 부탁해서 물을 내릴 때 파이프가 막히지 않도록 단풍잎을 따로 걸러내는 장치를 고안해냈다고 했다. 노량진에서 강남까지는 전철로 한 시간쯤 걸렸지만, 김밥 보조보다는 일이 쉽고 시간당 임금도 천원이 많았다. 오후 수업이 끝나면 영자는 노량진 사육신 묘지 공원에서 단풍잎을 주워서 강남으로 갔다.

영자는 밤 열두시가 넘어서야 방으로 돌아왔다. 밤 열두시 소등이라는 합의는 무너졌지만 대수로운 것은 아니었다. 나는 단풍잎을 줍는 영자를 따라서 사육신 묘지 공원에 간 적이 있었다. 미리 약속을 해서 간 것이 아니라, 공원 근처 식당에서 저녁을 먹다가 우연히 영자를 만나서 따라갔다. 나는 뚝불을 먹고 있었는데 영자는 입구 쪽에서 등을 돌리고 앉아 있었다. 사람의 등과 어깨에 뭐가 있기에 뒷모습만으로 사람을 알아볼 수 있게 되는 것인지를 말로 설명할 수는 없지만, 그것은 기억 속에 각인된 시장기처럼 지금 배가 고프지 않더라도 지나간 느낌을 다시 살려내서 느낄 수 있는 것과 같았다. 먹기를 마치고 카운터에서 사천오백원을 계산할 때 영자와 눈이 마주쳤다. 영자는 떡라면 냄비를 기울여서 국물을 들이켜고 있었다. 나는 영자가 먹은 떡라면값 이천오백원을 함께 계산했다. 내가 영자의 밥값을 내주기는 그것이 처음이었다. 영자는 어색하게 웃는 것으로 고마움을 표시했다.

—잘 먹었어. 고마워.

라고 영자는 말했다.

비가 개서 사육신 묘지 언덕의 저녁은 서늘하고 가벼웠다. 연애하는 남녀들이 벤치에서 끌어안고 있었다. 벤치에 책가방이 놓여 있는 걸로 봐서 다들 구준생인 모양이었다. 땅에 떨어진 나뭇잎들은 비에 젖어 있었다. 영자는 막대기로 나뭇잎을 헤집어서 작고 여린 단풍잎을 찾았다. 아마도 크고 억센 잎은 변기 파이프에 걸릴 수가 있으니까 작고 여린 잎을 골라오라고 하드리아누스 주인이 요구했을 것이었다. 나는 그걸 영자에게 물어보지는 않았다. 하루 저녁에 단풍잎이 사십 장 정도 필요하지만, 겨울에 길이 얼면 올라오기 어려우니까 미리 모아두는 것이라면서 영자는 쇼핑백 가득히 이파리를 담았다.

사육신들의 봉분에 어둠이 내려앉았다. 부드러운 어둠이 흙속으로 스몄다.

봉분 위에 풀이 시들어서 봉두난발의 사내들을 묶어놓고 국청의 고문이 진행중인 듯싶었다. 누런 메뚜기 몇 마리가 젖은 풀섶에서 뛰었다. 봉분 앞에는 석 자쯤 되는 묘비가 세워져 있었다. 석질은 허름했고 장식이 없는 맨돌이었다. 그 묘비에는 다만 성씨지묘成氏之墓, 박씨지묘朴氏之墓, 이씨지묘李氏之墓, 유씨지묘兪氏之墓라고만 새겨져 있었고, 관향도 생몰연도도 벼슬 이름도 없었다. 성씨를 새긴 글씨는 푸석거리는 석질 위에서 풍문처럼 사위고 있었다.

내려오는 길에, 영자가 묘비들을 들여다보면서 말했다.

—지난 시험에 출제됐던 사람들이네.

—그렇구만. 죽으면서 시를 쓴 사람들이네. 바로 옆 동네에 있었군.

—그런데 왜 이름이 없지?

—쓸데없으니까 안 썼겠지.

영자와 나는 글자가 사위어가는 묘비를 향해 하나 마나 한 말을 주고받았다.

묘지 언덕을 내려와서 영자는 지하철을 타고 하드리아누스로 갔고, 나는 김유사 국사반의 저녁 강의실로 갔다. 동서남북 노소 시벽이 갈려서, 죽고 죽이고 엎어지고 뒤집어지는 과정을 김유사는 설명했고, 여자들은 여전히 머리채를 들어올려서 '전설 바다의 밤물결'을 드러냈다.

그날 사육신 묘지 공원에 간 것이 영자와 함께한 단 한 번의 나들이였다. 필기시험을 마친 여름에 영자는 식당에서 내버린 플라스틱 함지박을 주워와서 조롱박을 심었다. 함지박 화분은 일층 식당 쓰레기통 옆에 두었다. 조롱박 넝쿨이 비닐 봉투 끝을 타고 올라와서 이층 내 방 창문 앞에 어린애 손바닥 같은 이파리를 펼쳤다. 밤에는 지하철 전조등 불빛에 이파리들의 그림자가 드러났고 또 사라졌다. 하드리아누스의 단풍잎 화장실은 명품 아이디어로 인터넷에 소개되었고 다른 업소들이 다투어서 흉내냈다. 창문에 매달린 조롱박 열매에 붉은 물이 들 무렵에 9급 발표가 났다. 나는 붙고 영자는 또 떨어져서 동거는 끝났다. 떠날 때, 영자는 조롱박 넝쿨을 걷어서 일층 쓰레기통에 버렸다. 나는 학원에서 마련한 합격자 축하 회식에서 돌아오다가 일층 쓰레기통에 버려진 조롱박 넝쿨을 보고 영자가 떠났음을 직감했다.

겨울을 겨우 넘긴 마장면 노인들은 봄에 죽었다. 겨울이 너무 견디기 힘들어서 겨울을 다 견디고 나면 봄에 죽는 것이라고, 안 죽은 노인들은 말했다. 4월부터 6월까지는 효도관광 기간이었다. 면 단위로 육십사 세 이상 노인들을 모아 관광버스에 태워서 남해안 명승지로 3박 4일 다녀오는 여행이었다. 버스가 떠날 때 군수가 터미널에 나와 구십 도로 절했다. 3박 4일 동안 노인들과 동행하면서 뒷바라지를 하는 것도 총무계 서기보의 일이었다. 바닷가에 와서도 노인들은 밖에 나가지 않고 여관방에 모여 앉아서 6·25 때 얘기, 인공 때 얘기, 산불 나던 때 얘기, 탄광 무너졌을 때 얘기 들을 했다. 얘깃거리가 떨어지면 보자기에 싸온 장기짝을 꺼내서 장기를 두었다. 노인들의 장기는 길고 느렸다. 진 것이 분명한 쪽은 말을 움직이지 않았다. 나는 노인들이 잠들 때까지 여관 마당에서 소주를 홀짝거리며 기다렸다. 바람에 바다의 비린내가 끼쳐왔다. 영자의 고향인 해서읍 남만면은 거기서 가까웠다. 버스가 해서 읍내를 지날 때 나는 창밖을 내다보았다. 영자 엄마가 순댓국집을 한다던 차부 옆 건물은 헐렸고 그 자리에 쇼핑몰이 들어서 있었다. 열린 버스 창문으로 진한 갯내음이 몰려왔다. 보름사리에는 바다의 모든 물고기와 조개들이 냄새를 뿜어내서 갯내음이 더 진해진다고 내 옆자리의 노인이 말했다. 어렸을 때 아버지한테서도 그와 비슷한 말을 들은 적이 있었다. 그 먼 기억이 되살아났다. 나는 핸드폰 화면을 켜고 기억을 더듬어서 영자의 전화번호를 눌렀다. 무슨 말을 하려고 했는지는 나도 알 수 없었다. 기계음이 대답했다.

—지금 거신 전화는 고객의 요청에 의해 당분간 착신이 정지되어 있습니다.

48GOP

48GOP는 중부전선의 서야강曙野江 남안에 있다. 소속 중대는 남방한계선에서 서남쪽으로 1.5킬로미터 떨어진 170고지의 북쪽 사면에 본부를 두고 GOP 세 개를 운영하고 있다. 서야강은 남북 양안이 철책으로 막혔고 종전 후 오십 년 동안 고깃배 한 척 지나가지 않았다.

홍적세 초기에 한반도의 동북부에서 화산 수십 개가 폭발해서 백여 년 동안 용암이 솟구쳐 남북으로 흘렀다. 용암은 함경남도 장진에서 경기도 파주에까지 퍼지면서 여러 산맥을 일으켜 세웠고, 48GOP 전방에서는 높이 300미터 정도의 야산들이 잇달린 고원이 전개되었다.

진불령塵拂嶺은 이 야산들 사이를 돌아서 남북을 잇는 고갯길

인데 지금은 통하지 않고 봉우리들 사이에 수목이 우거져서 길은 지워졌다.

진불고원의 야산들은 지맥의 흐름으로 이어지지 않고 제가끔 평지돌출로 솟아서 돌아앉은 형국이었다. 풍수가들도 이 헝클어진 산세에 말을 붙이지 못했다.

봉우리들은 저마다 감제瞰制 구역을 거느리고 있어서, 전쟁 때는 무한 소모의 고지 쟁탈전이 벌어져서 죽음과 죽임이 잇달았다. 48GOP에서 망원경으로 보면 서야강 상류 1킬로미터 지점의 물굽이 건너편 140고지는 주먹만한 흙무더기로 보이는데, 전쟁 때 이 고지에서 십오 일 동안 일곱 번의 쟁탈전이 벌어졌다. 쌍방의 포격과 공습으로 고지의 높이가 5미터 낮아졌고 백병전으로 흩어진 인체와 피가 토사와 함께 흘러내렸다. 140고지의 고도는 135미터가 되었다. 그때 양쪽 병사들은 이 고지를 '팥죽고지'라고 불렀다. 지금도 군사지도에 '팥죽고지(135미터)'라고 표기되어 있다. 팥죽고지는 지금 군사분계선 북쪽이고 그 8부 능선에 북쪽의 GP가 들어서 있다.

서야강은 이 고지들 사이를 서남쪽으로 자유사행自由蛇行한다. 구비짐이 가파르고 유속이 빨라서 홍수 때마다 강안의 절벽들이 무너졌다. 수색대원들은 물 지나간 자리에 접근하지 못했다.

48GOP 전방에서 산세는 갑자기 수그러들어서 넓은 시야가 열린다. 고지들은 물러서 있고, 강물의 흐름은 문득 순해진다.

강폭이 넓지 않고 시각 장애물이 없어서 강 건너편 북한군 진지에서 격투기 훈련을 하는 모습이 육안으로 보였고, 망원경을 들이대면 빨랫줄에 널린 군복과 계급장이 보였다.

고원에는 안개가 자주 끼었다. 바람이 안개를 걷어가고 몰아왔다. 안개의 흐름이 끊어지는 틈새로 뿌연 봉우리들이 다가오고 또 물러가서 초병들은 가시거리를 가늠하지 못했다. 안개는 시야를 가로막았으나, 있는 것인지 없는 것인지 구분하기 어려웠고 안개 속에서는 안개를 안개라고 확인할 수 없었다.

안개가 짙은 날 사단사령부는 각 GOP에 경계 강화를 명령했다.

—각 진지는 방심하지 마라. 제군들은 전장에 있다. 적은 안개 속으로 침투하고 있다.

초소에 야간 경계 병력이 늘어났고 병사들의 취침 시간이 줄어들었지만 근무 인원이 늘어난다고 해서 안 보이는 것이 보이지는 않았다. 진지로 나가는 대원들의 군장을 점검하면서 중대장은 말했다.

—안개 밑을 봐라. 어둠의 밑을 봐라. 밑으로 온다. 안 보이기는 저놈들도 마찬가지다.

초병들은 보이지 않는 안개의 어둠 속을 향해 총구를 겨누며 밤을 새웠다. 안개 속에는 표적이 없었고 보이지 않는 강물이 철썩였다. 군사분계선은 강의 가장 깊은 바닥을 따라서 뻗어나갔는데 강바닥에는 아무런 금도 그어져 있지 않았다.

임하사는 새벽 여섯시에 초소 근무에서 돌아왔다. 임하사는 분대원 일곱 명을 인솔해서 통문 앞으로 왔다. 통문에 '육탄 정신으로 돌파하라'는 사단훈師團訓이 걸려 있었다.

새벽의 최저기온은 영하 십오 도였다. 달이 밝았고, 별이 가득했다. 시야가 넓어서 추위는 끝이 없었다. 초소에서 적은 추위와 시간이었다. 추위는 가늠쇠 구멍에 잡히지 않았고 시간은 조준되지 않았다. 북쪽 진지에서는 밤새 인기척이 없었다. 임하사는 군화 속의 언 발가락을 꼼지락거리면서 북쪽 초병들의 추위를 생각했다. 저 녀석들도 춥겠구나……라고 생각이 미치자 양쪽 추위가 부딪쳐서 무의미한 신기루처럼 느껴졌는데, 그 헛것이 산 사람의 살을 물어뜯었다.

중대장이 통문 앞에서 대원들을 점검했다. 분대원들이 실탄과 클레이모어를 반납하고 빈총을 격발해서 '이상 무'를 외쳤다. 중대장이 말했다.

—수고했다. 우리 구역은 이상 없다.

중대장이 병사들에게 초코파이를 한 개씩 나누어주었다. 방한 장갑을 낀 병사들은 손으로 초코파이를 받지 못했다. 중대장의 전령병이 초코파이를 병사들의 주머니에 찔러넣었다.

새벽의 초코파이는 신임 사단장의 지휘 방침이었는데, 사기진작에 큰 성과가 있다고 정훈장교가 사단사령부에 보고했다.

인접 사단들이 새벽 초코파이를 따라 했다.

분대들이 중대장 앞에 도열하고 '근무 끝'을 신고했다. 중대장이 지휘봉으로 강 건너 쪽을 가리키며 말했다.

—저 자식들도 추웠을 테니까 피장파장이다. 돌아가서 쉬어라.

임하사의 분대는 일렬종대로 걸어서 생활관으로 돌아갔다.

생활관에 아버지의 편지가 도착해 있었다. 편지는 용건부터 시작되었다.

너의 할아버지 유골을 찾지 말라는 것이 할머니의 뜻이다. 할머니는 정신이 오락가락하지만 이 일에 대해서만큼은 의사가 분명하다. 그 말만 나오면 울면서 머리카락을 쥐어뜯고 소리지른다.

나 역시, 내 아버지를 본 기억이 없는데, 웬 뼈를 들이밀고 내 아버지라고 한다면 내 마음이 어떻겠느냐. 어쨌거나 이 일은 할머니의 뜻에 따를 수밖에 없다. 그러니 그리 알고, 부대 윗사람들에게도 그렇게 말해라. 이 일로 할머니가 너무 힘들어해서 말 꺼내기도 어렵다……

임하사의 할아버지 임종석 이등중사는 오십 년 전 전쟁 때 동해와 가까운 동부전선 산악 고지에서 전사했다. '전사'는 공식 기록이 아니고 생존 부대원의 증언에 따른 것인데, 그 부대원도 아흔 살을 살고 삼 년 전에 죽었다.

육군은 지난해부터 한국전쟁 전사자 유해 발굴 감식 사업을 시작했다. 발굴된 유해와 유가족들의 DNA가 일치해서 신원이 확인되는 경우에는 매스컴에 크게 보도되었다. 사업은 더디게 진행되었지만 국방 홍보 효과가 큰 것으로 평가되었다. 육군은 유골의 신원 확인을 위해 유가족들에게 DNA를 제출해달라고 홍보했다.

임종석 이등중사가 소속된 대대가 51년 7월의 양성 지구 전투에서 궤멸되었다는 것은 당시의 사단 전황일지에 기록되어 있다. 기록은 소략한 개요뿐이었다. 전투가 계속되는 칠 주야 동안 폭우가 쏟아져서 피아간의 사체와 부상자들이 토사에 함몰되었다. 아군이 전장을 정리하지 못하고 흩어졌기 때문에 전사자들의 개별적 신원은 확인되지 않았다. 살아남은 노병이 임종석 이등중사가 이 전투에서 죽었다고 증언했으나 물증과 기록은 없었다.

아버지의 편지는, 할머니가 전쟁 때 끌려가서 죽었다고 일컬어지는 남편의 유골 발굴과 신원 확인을 원치 않는다는 것이었다.

편지는 계속되었다.

가게는 봄에 접기로 했다. 인수하겠다는 사람이 없어서 권리금을 받을 수도 없고 임대료 내면 고작인 장사를 붙잡고 있을 수도 없으니 문을 닫는 쪽이 속이나마 편하겠다.

너는 제대 후에 고향에서 살 생각 말고, 기댈 곳 없더라도 대처로 나가서 살아라. 너도 잘 알겠지만 여기는 해먹고 살 만한 짓거리가 아예 없다. 답답하고 막막하다. 너는 제대 말년이니까 힘든 일은 하지 말고 슬슬 지내다가 끝내라. 내가 젊어서 군대 생활 할 때도 말년에는 어영부영했다.

임하사는 침상에 누워서 아버지의 편지를 읽었다. 먼저 잠든 분대원들이 코를 골았다. 고향 마을의 먼지 낀 골목들과 아버지의 구멍가게, 치매를 앓는 할머니의 메마른 모습이 떠올랐다. 임하사는 잠의 끄트머리에 매달려서 뒤척였다.

48GOP의 상황병들은 망원경으로 강 건너 북한군 GP를 관찰해서 상황일지에 기록하고 영상을 컴퓨터에 저장했다. 상황 관찰은 이십사 시간 계속되었고 특이 사항은 중대장에게 유선으로 즉보했다. 관찰 기록은 날마다 쌓였다.

—1월 24일 13시 02분. 적 53GP에서 3번 총안구를 개방했다. 30분 후에 닫았다. 의도를 알 수 없다.

—1월 26일 14시. 적 53GP 제3총안구에 거치된 기관총이 바뀌었다. 구경은 60밀리 정도. 영상 첨부.

—1월 27일 09시 30분. 적 53GP 울타리에 빨래가 널렸다. 빨래는 군복 하의 10여 점, 상의 7점. 속내의, 양말도 보인다. 양말이 뚫어졌다. 영상 첨부.

망원경을 대지 않고 육안으로 관찰한 기록도 있었다.

—1월 28일 11시. 적 53GP 지붕 위에 두루미 10마리가 내려앉았다. 대가리가 빨갛다. 두루미는 11시 20분에 떠났다. 어디로 갔는지 모른다. 영상 첨부.

—1월 28일 13시 30분. 적의 병력들이 옥상에서 모포를 털고 있다. 양쪽에서 마주잡고 턴다. 터는 동작이 우리 쪽과 같다. 적병 4명이 내복 상의를 벗고 양지쪽에 앉아 있다. 이를 잡는 것 같다. 군화를 벗고 발을 주무르는 자들도 있다. 발이 시려운 것 같다. 영상 첨부.

—2월 1일 13시 30분. 적병 3명이 일렬로 서서 남쪽을 향해 오줌을 누었다. 사십 초쯤 걸렸다. 눈이 누렇게 변했고 허연 김이 올랐다. 김이 많아서 몸통이 가려졌다. 키 큰 자도 있었고 키 작은 자도 있었다. 계급장을 식별하지 못했다. 영상 첨부.

잠들기 전에 병사들은 침상에서 몸을 뒤척이며 본 것을 이야기했다. 병사들은 보지 않은 것도 본 것처럼 말했다.

—북한 놈들 오줌발 세던데. 땅이 파일 지경이야.

—약한 놈도 있어. 키 크고 비쩍 마른 놈, 그놈은 오줌발이 약했어. 고드름처럼 똑똑 떨어졌어.

—재들 오줌이 빨간 걸 보니까, 훈련이 센가봐. 우리도 유격받을 때 그랬잖아. 오줌 구멍이 탔어. 저놈들도 구멍이 타는구나. 쓰리겠다.

—바람 부니까, 김이 몰려와서 지린내가 나더라구.

—우리가 오줌 눌 때도 저놈들이 다 보겠네. 우리들 좆도 저놈들 상황일지에 다 기록되어 있겠구나.

—그렇다고 봐야지. 재들이 남쪽에 대고 누니까 우리는 북쪽에 대고 누자. 그래야 짝이 맞지.

—니미, 좆끼리 무슨 짝을 맞추냐?

—아냐, 그거라도 서로 마주 대야 대화가 되지.

—야, 니가 통일 사업 하냐.

—한 놈 잡으면 휴가 보내준대는데, 저 오줌 싸는 놈 잡으면 휴가 가겠구나.

—저놈이 널 잡으면 저놈이 휴가 가는 거야. 넌 골로 가고.

병사들은 아무 말이나 지껄였다. 임하사가 몸을 일으켜 앉아서 분대원들에게 말했다.

—취침 시간에 떠들지 마라. 생활관 수칙 위반이다.

임하사의 고향은 반농반어하는 서해안의 작은 포구마을이었다. 고향이라기보다는 태어나서 결박된 자리였다. 반농반어라지만, 농업에도 어업에도 생활을 의탁할 수 없었다. 포구 언저리에서 해안선이 급하게 구부러져서 먼바다에서 마을은 보이지 않았고, 폐유에 전 갯벌이 디젤 냄새를 풍겼다. 소형 어선들은 출어 경비를 뽑지 못해 바다로 나가지 못했다. 거무튀튀한 사내들이 방파제 안에 묶인 어선에 올라가서 대낮부터 술 마시고 노래하고 욕하고 싸웠다.

임하사의 아버지 임창수는 배도 농토도 없었고 읍내 버스터미널 옆에서 잡화상을 했다. 임창수는 잡화상을 하기 위해 태어난 사람처럼 한평생을 가게에 매달려 살았다. 재벌 회사의 대형마트가 들어오자 소규모 잡화상들은 차례로 문을 닫았다.

임창수는 일흔 살인 노모를 군청 소재지의 요양병원에 맡기고 있었다. 노모는 정신이 흐려져서 아침과 저녁을 구분하지 못했지만, 생애에서 가장 고통스런 몇 토막을 선명히 기억했고, 그 기억을 사람들에게 말했고 벽을 향해 중얼거렸다. 임창수는 어머니를 보러 가는 일을 힘들어했다.

임하사는 제대를 삼 개월 앞둔 선임병이었다. 병兵으로 입대해서 하사관 교육을 받았다. 계급은 하사지만 신분은 사병이었다. 제대 후에는 아버지의 당부대로 도청 소재지로 나가서 살기로 했다. 아버지가 가게를 정리하면서 돌려받은 보증금으로 도청 소재지에 자취방을 한 칸 마련하고 오토바이 배달 일을 하면서 9급 공무원 시험 준비를 할 작정이었는데, 그것이 앞날에 대한 대비가 될지는 알 수 없었다. 아버지가 편지에 썼듯이 답답하고 막막했다. 제대 말년에 사역에서 열외되자 임하사는 9급 대비 영어 기출문제집과 행정학 개론, 한국사 연습문제집을 들여다보았다. 한국사 연습문제집에는 독도가 한국 땅이라는 역사적 근거에 관해서 여러 문제가 출제되어 있었다.

임하사는 마지막 휴가 때 요양병원에서 할머니를 면회했다. 아버지에게 끌려가다시피 했다. 벽 쪽을 보고 돌아누운 할머니의 몸은 한 움큼이었다. 임하사는 군복 차림이었다.

—할머니, 저 왔어요.

—아직도 제대를 안 시켜주냐? 군대에서 늙어 죽겠구나. 벌써 죽었니?

—내년 봄에 제대합니다.

—못 오냐? 못 오는 거지. 백 년이 지났다. 올 생각 마. 거기 그냥 있어.

할머니는 전쟁 때 죽은 남편과 군복을 입은 손자를 혼동하고 있었다. 아버지가 할아버지의 유골을 수습하는 문제를 꺼내자 할머니는 한동안 말이 없더니 갑자기 윗몸을 일으키며 소리를 질렀다.

—안 돼. 들쑤시지 마. 냅둬. 제발 냅둬.

할머니는 침대에 쓰러져서 뭐라고 중얼거렸다. 입 모양을 보니까 냅둬 냅둬, 라고 말하려는 것 같았으나 소리는 나오지 않았다.

아버지의 편지가 할머니의 중얼거림을 떠오르게 했다. 풋잠이 들었을 때 임하사는 할머니의 환영을 보았다. 할머니는 마른 입술을 움직여서 들리지 않는 소리를 중얼거리고 있었다. 할머니 가세요, 가세요 하면서 임하사는 잠들었다.

임하사는 6·25 때 전사한 할아버지에 관한 이야기를 할머니에게서 들었다. 아버지가 세 살 때 할아버지가 죽었으므로 아버지는 자신의 아버지에 대해서 할 이야기가 없었고, 아버지는 자신의 아버지에 관한 일을 할머니에게 묻지 않았다.

할머니는 늘 한쪽 무릎을 세우고 벽에 기대어 앉아 있었다. 할머니의 눈은 검은 동자가 구석으로 밀려나서 흰자위만 보였다. 그 눈은 사물을 보고 있는 것이 아니라 지나간 시간에 결박되어 있었다. 할머니의 몸은 할머니의 그림자처럼 보였다. 할머니의 말은 말이 되어지지 않았다.

—어머니, 힘드시니까 말하지 마세요. 말 안 해도 다 압니다.

라고 아버지는 할머니의 말을 막았으나 할머니는 계속 중얼거렸다.

정신이 좀더 온전했을 때의 할머니의 기억에 따르면 할아버지 임종석은 충남 서해안의 포구마을에까지 밀려내려온 국군에 징집되었다. 군인들이 산너머까지 짐을 날라달라면서 데리고 간 후에 소식이 없었다. 몇 달 후에 편지가 왔는데, 끌려간 지 삼 개월 후에 군번을 받았고, 지금은 이등중사 계급장을 달고 동부 전선 산악 고지에 와 있다는 것이었다. 편지에는

……우리는 날마다 죽어나간다. 오늘밤에도 죽는다. 상치쌈이 먹고 싶다.

라는 구절이 있었다고 할머니는 거듭 말했다.

—상치쌈이 먹고 싶다네. 아이고.

할머니는 전쟁과는 사소한 관련도 없었으나 피란길에 나섰다. 젖은 빨래를 걷어서 보따리에 쌌다. 소를 끌고 갈 수가 없었다. 집을 떠날 때 소가 울어서 할머니는 울었다. 신작로까지 따라온 개가 버려지지 않아서 돌멩이를 던져서 쫓았다.

등에 업은 젖먹이가 하루 만에 죽었다. 한뎃잠을 자고 나니 아이가 흘린 침이 얼어 있었다. 꼬집어도 울지 않았다. 죽은 아이를 버릴 수가 없어서 하루종일 업고 다녔다. 죽은 아이가 등에서 마지막 오줌을 쌌다. 몸은 죽었는데도 오줌이 미지근했다……고 할머니는 말했다. 피란길에 동행했던 할머니의 남동

생이 죽은 아이를 빼앗아서 버렸다.

……걔가 딸이었어, 딸.

할머니는 죽은 아이가 딸이었다고 거듭 말했다. 할머니는 '딸'에 힘을 주었다. 할머니의 중얼거림은 늘 똑같은 후렴으로 끝났다.

—상치쌈이 먹고 싶다네. 아이고 우라질 상치쌈.

할머니는 앞뒤 맥락이 없는 소리를 질렀다.

—냅둬. 냅둬. 제발 냅둬.

임하사는 2소대의 선임 분대장이었다. 소대장이 휴가 가면 임하사는 생활관 토요 회의를 진행하고 회의록을 작성해서 중대장에게 보고했다. 병사들은 병영 생활의 고충과 요구 사항을 말했고 임하사는 신병과 고참병 사이의 문제를 조정했다.

김일병이 말했다.

—최병장 손목시계 알람 소리가 너무 크다. 수면에 방해되니 조치해달라.

오일병이 말했다.

—맞다. 우리에겐 잠이 가장 중요하다.

임하사가 최병장에게 말했다.

—야, 최병장, 넌 잘 때 알람을 꺼라. 지시했다. 기록하고 보고하겠다.

박상병이 말했다.

—생활관에 들어올 때 발소리를 내지 말고 바스락거리지 말자. 선번 근무자들 수면에 방해된다. 수면 위주로 생활관을 운영해달라.

임하사가 말했다.

—지난번 회의 때 나왔던 말이다. 고참들이 조심해라. 고참이라고 해서 걸을 때 소리 내지 마라. 시정해라. 보고하겠다.

최병장이 말했다.

—식당에서 먹던 우유를 생활관에 가지고 들어오지 마라. 상해서 냄새난다. 벌레도 꼬이고.

임하사가 말했다.

—다들 숙지해라.

김병장이 말했다.

—새로 온 윤이병이 코를 너무 곤다. 조치해달라. 선임들 자는데 졸병이 코를 골 수 있는가.

박병장이 말했다.

—코 고는 데는 계급이 없다. 옆으로 굴려라.

김병장이 말했다.

—옆으로 굴려도 금세 또 곤다. 코 고는 소리가 점점 커진다.

임하사가 말했다.

—코를 곤다고 해서 추운데 밖으로 쫓아낼 수는 없다. 어려운

문제다. 보고하겠다.

김병장이 말했다.

—보고한들 무슨 수가 있겠나. 졸병한테 독방을 줄 수도 없고. 군대가 호텔인가. 저런 놈은 애초에 군대에 데려오질 말아야 해. 국방에 도움이 안 된다.

오상병이 말했다.

—코를 골아서 병역 면제되면 이놈 저놈 다들 골겠네. 징병검사 때 볼만하겠구만.

임하사가 말했다.

—잡담하지 마라. 여긴 호텔이 아니다.

임하사는 비고란에 '지난번 회의 때 지적된 문제들이 시정되지 않고 있다'고 써서 회의록을 중대 본부로 넘겼다.

전사자 유해 발굴단은 3월 초에 48GOP 아래쪽 들판에서 발굴 작업을 시작했다. 유해 발굴단은 육군본부 직할부대였는데 현장에서는 현지 부대의 병력 지원을 받았다.

개토제開土祭는 사단 주관으로 열렸다. 나팔수들이 진혼곡을 불었고, 사단장과 참모들이 돼지머리에 절했다.

중대는 십오 일 동안 낮시간의 훈련을 면제받는 대신 유해 발굴단의 지원 병력으로 차출되었다. 지원 병력은 작업 구간의 초목을 제거하고 배수로를 판 뒤 퍼낸 흙을 날랐고, 천막을

쳐서 발굴단의 숙소를 마련했다. 지원 근무는 통제가 허술했고 휴식 시간이 많았다. 휴식 시간에 임하사의 분대원들은 본부 매점에서 아이스크림을 사와서 나누어 먹었다. 지원 작업을 인솔한 중대장이 말했다.

—너희들 아이스크림 너무 많이 먹지 마라. 그걸 많이 먹으면 군인정신이 물러져서 적을 쏠 수 없게 된다.

병사들은 대답하지 않고 킬킬 웃었다.

진불고원의 산세는 48GOP 서쪽 들판에서 완만한 구릉으로 잦아든다. 산악 지형 속에서도 들이 넓고 물이 순해서 사람들은 이 자리에서 오래전부터 마을을 이루었다. 시베리아에서 날아오는 두루미들이 이 들판에서 겨울을 났다. 두루미들은 들판에 흩어진 낟알을 쪼아먹고 밤에는 서야강의 물가에서 외발로 서서 잤다. 두루미들이 날개를 펴고 낮게 날면 들에 두루미 그림자가 흘러갔고 아이들이 양팔을 벌리고 그림자를 따라서 달렸다. 수천 년 동안 이 자리에서 살던 사람들은 이 땅을 두루미들이라고 불렀다. 일본인들이 만든 지도에는 학평鶴坪이라고 쓰여 있다.

식민지 시대의 말기에는 일본인 고고학자들이 이 자리에서 구석기 유적지를 찾아냈다. 고고학자들은 매장지와 불터를 수습했고 주거지의 흔적을 확인했다. 여기서 출토된 돌도끼는 손잡이 부분이 인간의 손아귀에 들어맞게 가공되어 있어서 돌도끼의 명품으로 세계 학계는 평가했다. 크기가 작은 돌도끼도 출토되었다. 어린아이들도 생산노동에 종사했던 것으로 학자들은 추정했다. 학자들은 돌도끼 손잡이의 생김새를 밑그림으로 삼아서 구석기 사람들의 손을 추정 복원해냈다. 손의 표정은 거칠었고 손가락이 짧았고 엄지와 검지가 강해 보였고 마디가 굵었다. 일본의 패전 이후 발굴은 중단되었지만 그 자리에서 이만 년 이상의 시간 동안 인간의 생활이 영위되었다는 것은 증명되었다. 전쟁으로 마을이 흩어지고 강이 철조망으로 갇힌 뒤에도 두루미들은 이 들에 찾아왔다.

전사자 유해 발굴단의 작업 구간은 육십 년 전 일본 고고학자들의 작업 구간과 상당 부분 일치했다. 전사자 유해 발굴단은 지방대학의 고고학 교수 두 명을 전문위원으로 위촉해서 혹시라도 구석기 유물이 출토되는 경우에 대비했다. 유해 발굴단과 고고학 교수들이 같은 구덩이를 탐사했다.

오십 년 전의 두루미들 전투는 규모는 작았지만 사단의 전황일지에 기록되어 있고 상황 개요도가 남아 있다. 문건은 현장 지휘관의 것이 아니고 사단 상황실이 작성한 간접 문건이었으나 피아의 대치 상황과 전세의 변동이 기록되어 있고 당시 전투 대대장과 연대 본부 사이의 무선 통화 내용이 몇 토막 남아 있었다.

대대는 서야강 건너편의 북한군과 대치하고 있었다. 대대라고 하지만 개전 이후 인명 손실이 거듭되고 보충병이 오지 않아서 실병력 수는 중대 정도였다. 전사자가 많아서 이등병들이 삼 개월만 살아남으면 이등중사로 진급했다.

대대장은 강 건너편 적의 규모를 판단할 수 없었다. 연대 본부는 후방에 멀리 있어서 대대와 육로로 연결되지 않았고 무선 통신은 불통이 많았다. 대대는 서야강 남안의 낮은 구릉을 따라서 교통호를 파고 들어앉았다.

비 오는 날 새벽에 북한군은 강을 건너왔다. 강 건너에서 곡사포를 쏴서 아군 진지를 허물었다. 대대는 물위에서 북한군을 저지하지 못했다. 강을 건넌 북한군은 강의 남안에 붙어서 4킬로미터 정도의 진지를 구축했다.

대대장이 무선으로 전황을 연대장에게 보고했다.

—중대 병력으로 대치선 4킬로를 방어하기는 불가능하다.

—현 임무를 계속 수행하라. 귀관의 구역은 사수 진지다.

—탄약이 떨어졌다. 고참병들은 모두 죽고 신병들뿐이다.

—지휘관이 부대를 장악하고 전투 리듬을 유지하라.

—부대를 해산하려 한다.

—허락하지 않는다. 현 위치에서 현 임무를 수행하라.

전황일지는 여기까지다. 이후로 대대는 전사戰史에서 실종되었다. 대대장의 전사 여부도 확인되지 않았다. 생존자들 몇 명은 그후에 모두 자연사했다.

발굴이 진행되는 동안에 서야강의 수량이 갑자기 늘어났고 굽이치는 유역에서 범람했다. 봄에 강물이 넘치는 사태에 사단은 긴장했다. 위성 정보를 판독한 결과, 서야강 상류 북한 지역에서 저수지가 터졌다고 미군이 한국군에게 통고해왔다.

저수지가 터지면서 북쪽 지역의 산간 마을이 홍수에 쓸렸다. 슬레이트 지붕과 가재도구들이 강물에 떠내려왔다. 널빤지 위에 올라앉은 개가 48GOP 쪽을 향해 짖으면서 떠내려왔다. GOP 상황병이

—하얀 개가 떠내려온다. 길게 운다. 우리 쪽으로 운다. 영상 첨부.

라고 일지에 기록했다.

물이 빠진 뒤에 수색병들이 지뢰탐지기를 들고 강안을 뒤졌다. 수색병들은 지뢰를 두 개 찾았고, 브래지어 한 개와 장난감 봉제 인형 한 개를 주웠다. 브래지어는 헝겊을 손으로 누벼서 만든 물건이었다. 컵 아래쪽으로 바늘땀이 촘촘히 박혀 있었다. 봉제 인형은 볏짚으로 속을 채웠고 까만 단추로 눈알을 박았고 빨간 실로 입술을 수놓았다. 두 볼에 주근깨가 그려져 있었다. 인

형은 여자아이였다. 길고 가는 입술로 활짝 웃고 있었다. 병사들은 브래지어와 봉제 인형을 햇볕에 말려서 생활관 입구에 걸어 놓았다.

—젖이 크구나.

—이 정도는 큰 게 아니다. 중간 정도야.

—장난감도 떠내려왔으니까 애엄마라고 봐야지.

—브래지어만 봐서는 애엄만지 처녀지 알 수 없다.

라고 병사들은 떠들었다. 브래지어를 만지면 발이 덜 시렵다는 말이 병사들 사이에 돌았다. 무장을 갖춘 병사들이 야간 매복을 나가기 전에 브래지어를 만졌다. 브래지어와 봉제 인형에 거수 경례를 하는 병사들도 있었다. 중대장이 브래지어 사건을 대대장에게 보고했다. 대대장은 이런 짓거리는 군기 문란 행위이고 북한 주민들의 생필품은 정보 사항이므로 즉각 대대 본부로 가져오라고 명령했다.

—아니, 저걸 대대장실에 걸어놓으려고?

—연대장실로 갈지도 몰라.

병사들은 낄낄 웃었다. 임하사는 브래지어와 봉제 인형을 대대 본부에 제출했다. 대대장이 브래지어를 찾은 수색병의 진술을 토대로 노획 보고서를 작성했다. 대대장은 브래지어와 인형을 보고서와 함께 사단 정보참모에게 보냈다. 임하사의 제대는 일 개월 남아 있었다.

전사자 유해 발굴단은 오십 년 전 교통호의 흔적을 찾지 못했다. 발굴단은 작업의 계통을 세우지 못하고 여기저기를 팠다. 오십 년 동안의 비바람 속에서 지층은 뒤틀려 있었다. 홍수에 토사가 뒤집혀서 유품들은 깊숙이 매몰되었거나 유실되었고 유골은 흩어졌다.

한 구덩이에서 양쪽의 유품이 모두 나왔다. 북한군 AK 소총의 총열과 아군 M1 소총의 방아틀뭉치가 같은 참호에서 나왔다. 북한군의 군화 뒤축과 수통, 아군의 인식표와 구멍 뚫린 철모가 뒤섞여서 출토되었다. 양쪽의 대검이 모두 한 구덩이에서 나왔다. 금이빨, 칫솔, 반지는 어느 쪽의 것인지 알 수 없었다.

풍화된 뼈들이 흩어져 있었다. 군복은 삭아서 섬유 한 올 남아 있지 않았다. 뼈들은 굵은 것이 나무젓가락만했다. 발굴단원들이 뼈에 붙은 흙을 붓으로 털어냈다. 뼈들은 붓질에도 바스러졌다. 발굴단원들이 인체의 골격도를 그려놓고 뼛조각을 그림에 맞추었으나 뼈들은 맞추어지지 않았다. 엉치뼈를 찾아서 그림 위에 놓았는데 넓적다리뼈가 그 엉치뼈 주인의 것인지 알 수가 없었다. 뼈가 부서지고 조각들이 뒤엉켜서 발굴 상황만으로는 어느 쪽 뼈인지를 구분할 수 없었다. 뼈들은 봉인되어서 보존실로 옮겨졌다. 봉투에 '식별 불가'라고 붉은 글씨가 찍혀 있었다. 발굴단의 분석관은 전투 당시에 압도적으로 우세한 적의 병력이 아군의 교통호로 뛰어들어왔고, 그 안에서 피아간에 백병전이 벌어졌던 것으로 당시의 상황을 추정했다.

발굴단원들은 작업중에 드러난 돌멩이들을 한군데로 모았다. 고고학 전문위원들이 돌멩이를 감식해서 구석기 연장 3점을 찾아냈다. 돌로 만든 밀개, 긁개와 모룻돌이었다. 손잡이 부분은 따로 가공하지는 않았으나, 거기에는 인간의 손아귀의 흔적이 남아 있었다. 흔적은 멀고 흐렸다. 나머지는 모두 자연석이었다.

임하사의 분대는 작업장의 잡초를 제거했고, 파낸 흙을 들것으로 옮겼다. 임하사는 들것을 들고 구덩이들 사이를 걸어가면서 뼛조각들을 들여다보았다. 뼈들은 헐거워 보였다. 작은 구멍들 사이에 봄볕이 오글거렸다. 뼈들은 오십 년 만의 햇볕을 힘들어하는 것 같았다.

임하사는 할아버지의 뼈를 생각했다. 할아버지는 동부전선에서 죽었다고 하니까 이 중부전선의 강가에서 할아버지의 뼈가 발견되지는 않을 것이었다. 부서지고 뒤섞인 뼈들 중에서 어느 한 토막이 할아버지의 것이라고 할 때의 그 난감함을 임하사는 생각했다. 할아버지의 자리가 어디인지는 떠오르지 않았지만, 임하사는 그 자리가 이 자리와 다르지 않을 것이라고 생각했다.

여러 구덩이에서 피아의 뼈와 유류품이 섞여서 출토되자 발굴단은 혼란에 빠졌다. 발굴 성과의 홍보 효과도 반감되었다. 전투 당시의 상황에 대한 개념도를 그릴 수 없었기 때문에 발굴 작업은 느렸고 작업 구역은 애초의 계획보다 넓어졌다.

4월 초에 임하사는 제대했다. 들은 봄볕에 부풀었고 잇달린 고지들이 신생하는 초록으로 빛났다.

병영을 떠나기 열흘 전에 임하사는 아버지의 편지를 받았다. 아버지는 늘 용건부터 바로 시작했다.

할머니가 보름 전에 돌아가셨다. 섭섭하지만 홀가분하다. 내가 임종을 모셨는데, 너무 힘들어하시지는 않았다. 입술을 겨우 움직여서 뭐라고 말하다가 숨이 끊어졌다. 무슨 말인지는 들리지 않았다. 화장으로 모셨다. 너한테는 일부러 연락하지 않았다. 그러니, 그리 알아라.

임하사는 들리지 않은 할머니의 마지막 말이 냅둬, 냅둬가 아니었을까를 생각했다. 할머니는 말이 되어지지 않는 마지막 말을 끝내 하지 못한 모양이었다. 할머니의 입술은 늘 메말라 있었고, 메마른 혀를 내밀어서 혀를 적셨다.

아버지의 편지는 계속되었다.

가게는 월말에 문을 닫았다. 보증금 중 반을 너에게 줄 테니 대처로 나가서 자취방을 구해라. 나는 도회지 전셋값을 알지 못하니, 돈에 맞게 구해라. 네가 오면 닭을 고아주겠다고 너의 엄마가 그런다.

제대하던 날, 임하사는 예비군복으로 갈아입고 동기생 세 명과 함께 48GOP 중대를 떠났다. 중대 앞 들판에서 유해 발굴단이 작업을 하고 있었다. 분대원들이 지원 나와 있었다. 임하사는 아직 복무 기간이 남아 있는 신병들과 악수했다.

—먼저 나간다. 올겨울을 잘 넘겨라.

—임하사님, 사회에서 만나요.

—좋은 일이다. 사회에서 만나면 존댓말은 하지 마라.

임하사는 대대 본부에 총기를 반납하고 전역 신고를 했다.

—수고했다. 좋은 추억이 되기를 바란다.

대대장이 귀향 여비를 나누어주고 어깨를 두드려주었다. 대대장이

—마지막이다. 48GOP의 초코파이 맛을 기억해라.

라면서 전역자들에게 초코파이를 한 개씩 나누어주었다. 임하사는 배낭에 9급 공무원 시험 기출문제집, 행정학 개론, 9급 대비 영어 교재, 한국사 연습문제집과 하모니카, 병사들이 만들어준 기념패를 넣어서 짊어지고 대대를 떠났다.

대대 본부에서 사단 정문까지는 걸어서 한 시간이 걸렸고, 사

단 정문에서 시외버스 정류장까지는 이십 분이 걸렸다. 거기서 버스를 타고 시청 소재지로 가서 저녁 기차로 갈아타야 했다. 버스를 기다리면서 임하사는 중대장이 준 초코파이를 먹었다. 맛은 달고 진했다. 임하사는 생수병을 꺼내서 물을 마셨다. 버스는 예정 시간이 지나도 오지 않았다.

저만치 혼자서

* 이 소설의 제목은 김소월의 시 「산유화」 중 "산에/산에/피는 꽃은/저만치 혼자서 피어 있네"라는 구절에서 빌려왔다.

도라지수녀원의 정식 명칭은 '성녀 마가레트 수녀원'이다. 교구청의 김요한 주교가 이름을 지었다. 마가레트 수녀는 12세기 라인강 언덕의 자연 동굴 안에 들어 있던 피에타 수녀원 소속이었다. 아들의 사체를 무릎에 얹고 죄 없는 세상을 간구하던 마리아의 기도를 이어가는 것이 그 수녀원의 서원이자 일과였다. 피에타 수녀원은 라인강의 시퍼런 강물이 산악 구간을 굽이쳐 나가는 협곡에 자리잡아서 외부에서는 보이지 않았다. 수녀원의 계율은 은둔과 침묵이었는데, 계율을 따로 정하지 않아도 은둔과 침묵은 그 동굴 속에서 이미 실현되어 있었다. 피에타 수녀원의 연혁은 전해지지 않았고, 알 수 없는 세월이 지나는 동안 동굴 입구는 가시나무 덩굴로 덮였다. 19세기 초에 산사태로 동굴 입구가 드러났고 대학 발굴단은 동굴 안에서 청동제 성합聖盒과 사슴 뼈로 만든 묵주, 늙은 여성의 허벅지 뼈, 젊은 여성의 어금니, 두개골 파편들을 다량으로 수습하고 거기가 중세 고행주의 수녀원의 자리였음을 확인했다. 타격에 의해 파열된 골편들과 불에 탄 곡식 낟알이 널려 있는 걸로 봐서 수녀원은 라인강을 건너온 이교도의 습격을 받아 소멸한 것으로 발굴단은 추정했다. 여러 세기들의 저녁에 라인강은 노을 속을 흘러서 하늘에 잠겼는데, 퉁퉁 불은 사체들과 전쟁 쓰레기들이 뒤엉켜서 물과 하늘이 닿은 그 너머로 흘러갔고 덜 죽은 말들이 떠내려가면서 울었다.

마가레트 수녀는 삼십대 초에 이 은둔과 침묵의 동굴을 버리고 대처로 나와서 말먼지 속에 천막을 치고 부상자, 나환자, 전쟁고아 들을 거두어 먹이고 죽음의 곁을 지켜서 임종을 보살폈다. 적대하는 이쪽과 저쪽의 부상병들, 전염병 환자, 종군 창녀, 병든 아이 들이 마가레트의 천막에서 죽었고, 죽어가는 여자들이 가랑이를 벌리고 애를 낳았다. 이쪽과 저쪽이 싸우고 저쪽은 또 그 너머의 다른 쪽과 싸워서 끌려나온 군병들은 어느 쪽과 싸우는지를 모르면서 돌격했다. 적대하는 여러 군대들이 마차에 부상병을 싣고 와서 마가레트의 천막촌에 버렸고, 들에 널린 사체를 따라서 전염병이 번졌다.

마가레트는 죽어가는 자들에게 살아 있는 동안의 삶의 궤적을 묻지 않았다. 마가레트는 죽어가는 자들을 한 사람씩 개별적으로 씻겨서, 구원이나 인도가 아니라 동행의 방식으로 임종까지 함께 가서 망자들을 배웅했다. 망자들이 숨을 거두고 나면 마가레트는 늘 기도했다.

—주여, 저를 이 사람보다 나중에 거두어들이시니 제가 이 사람을 배웅합니다. 주여, 이 영혼을 받아주소서.

그 기도는 돌이킬 수 없는 것을 돌이킬 수 없는 자리로 보냈다. 기도는 평안했으나 죽음에는 동행이나 배웅이 불가능하다는 생각이 들 때 마가레트는 또 기도했다.

—주여, 우리를 불쌍히 여기소서.

마가레트는 아흔 살이 넘도록 전쟁 뒤치다꺼리를 하다가 콜레라에 걸려서 죽었고, 마가레트가 숨을 거둘 때 라인강 이쪽과 저쪽에 무지개가 드리워졌다고 구전되었다. 이교도들의 기록에는 마가레트는 수녀가 아니라 수도복으로 위장한 마녀였고 그녀가 부상자들을 고친 것은 모두 주술의 힘이었다고 남아 있다. 후세에 문자로 정착된 기록은 구전과 설화와 전달자들의 몽상으로 뒤섞여 있었다.

수녀들이 노후를 의지할 곳이 없어서 교회는 오래 걱정했다. 교구청은 철새가 돌아오는 충청남도 바닷가에 호스피스 수녀원을 설립하고 늙은 수녀들을 모셨다. 교구청은 이 수녀원의 이름을 '성녀 마가레트 수녀원'이라고 지었는데, 죽음을 보편적인 자연현상 속에 내던져버리지 않고 죽어가는 자들을 하나씩 개별적으로 씻기고 달래서 경계까지 동행한 마가레트 수녀의 그 한없이 낮은 뜻을 기리는 이름이었다. 이름을 지은 김요한 주교는 혼자서 만족했다. 죽음이 죄의 대가라 하더라도 세상의 한없는 죄와 죽음을 유형별로 나누어 개념화하거나, 세상의 저울로 달아서 무겁고 가벼움을 말할 수는 없을 것이었다. 하느님이 인간을 사랑하심은 인류 전체의 보편성이나 추상성에 대한 사랑이 아니고, 살아 있는 구체적 존재에 대한 개별적 사랑이라야 마땅하므로 마가레트 수녀의 생애는 사랑의 구체성, 개별성, 직접성을 실현함으로써 인간의 힘으로 섭리를 증명한 것이라고, 김요한 주교는 축성미사 강론 때 수녀원 이름을 지은 배경을 설명했다. 십 년 전의 일이다.

성녀 마가레트 수녀원은 자체의 응급 의료진이 있었고 지역의 종합병원과 의료망이 연결되어 있었다. 교구청에 속한 여러 본당에서 젊은 수녀들이 파견되어 이십사 시간 교대로 수발을 들었다. 교구청은 수녀원 오른쪽의 임야 일만여 평을 매입해서 묘지로 사용할 수 있도록 용도 허가를 받았다. 바다를 내려다보는 서향 언덕이었다. 경사가 완만해서 드러난 심술기는 없었지만 썰물 때는 앞이 아득해서 닿는 곳이 없었고 뒤는 기댈 곳이 없었다. 땅이 좌우가 비어서 근본이 들떠 있었고, 저녁 무렵에는 먼 바다로 내려앉는 햇빛이 막무가내로 달려들었다가 이내 사위는데, 빛이 물러갈 때 땅을 어둠 속으로 끌고 들어가서 가뭇없었다. 바람을 피할 만한 가림이 없어서 땅은 피부가 없는 살처럼 해풍에 쓸리었다. 늦가을에 왔다가 겨울을 나고 가는 새들도 갯벌에서 먹고 잤고, 그 바람맞이 언덕에는 얼씬거리지 않았다. 주민들은 그 땅을 꺼려해서 묘를 쓰지 않았지만 교회는 풍수와 무관했다. 묘지는 수녀원 마당에서 오른쪽 샛문으로 통했고 샛문 아치 위에는 줄장미가 넝쿨졌다. 교구청에서는 상장례를 공부한 신자에게 묘지 관리를 맡겼다. 수녀원에서 죽은 수녀들은 그 관리인의 염습을 받아서 언덕 묘지에 매장되었다. 수녀원이 설립된 지 팔 년 만에 봉분 열다섯 기가 들어섰다. 봉분들은 석양에 붉었다가, 새벽에는 이슬에 젖었다.

봉분 열다섯 기가 들어서는 동안 늙은 수녀들 사이에서 '성녀 마가레트 수녀원'이라는 이름은 '도라지수녀원'으로 바뀌어 있었다. 문서에까지 그렇게 쓰는 경우도 있었는데, 교구청은 모른 체했다.

수녀원 화단에는 장미가 흐드러졌다. 여러 종류의 장미들이 봄부터 피어났는데, 초겨울에는 서리 맞은 장미 송이들이 오히려 생생했다. 마당에는 인기척이 없어서 꽃송이들은 더욱 영롱했다. 도라지는 화단에는 없었고, 묘지 뒤쪽에 두어 포기가 저절로 올라와서 꽃이 피었다. 저절로 올라온 자리에 뿌리를 내려서 해마다 꽃이 피었는데, 땅이 메말라서 도라지는 더이상 퍼지지 않았다. 늙은 수녀들은 건물 밖으로는 거의 나오지 않았고, 산책할 때도 묘지까지 올라가는 일은 별로 없었다. 누군가 죽어서 매장을 할 때 수녀들은 묘지에서 도라지꽃을 보았다. 흰 꽃과 보라색 꽃이 섞여 있었는데, 장미 화단의 넘쳐나는 색깔에 눌려서 묘지의 도라지는 눈에 띄지 않았다. 꽃에서 수녀원 이름을 따오자면 '장미수녀원'이 제 이름일 것 같은데 '도라지수녀원'으로 굳어진 까닭을 늙은 수녀들은 설명할 수 없었다. 묘지 이름도 '도라지동산'으로 굳어졌다. 재작년에 이 수녀원에서 여든일곱 살로 죽은 오수산나 수녀가 죽기 전에 그 이름의 배경을 설명한 적이 있었다.

'도라지수녀원'이라는 이름은 누가 지은 것이 아니고 저절로 불리게 된 것인데, 그 까닭은 도라지꽃의 색깔 때문이라는 것이었다. 백도라지꽃의 흰색은 다만 하얀색이 아니라 온갖 색의 잠재태를 모두 감추어서 거느리고 검은색 쪽으로 흘러가고 있지요. 저녁 무렵에 꽃술 밑을 들여다보면 하얀색의 먼 저쪽 변두리에 노을처럼 번져 있는 희미한 검은색을 분명히 볼 수 있습니다. 보이는 것은 애써 보지 않아도 저절로 보입니다. 도라지는 삶에서 죽음으로 번지면서 건너가는 이 호스피스 수녀원의 이름으로, 저절로 그렇게 되어졌어요. 그래서 '도라지'는 이름이라기보다는 잠이나 숨 같은 것입니다, 라고 오수산나 수녀는 설명했다. 보라색 꽃도 정처 없는 색감으로 흔들리면서 보라 저 건너편의 검은색 쪽으로 흘러가고 있습니다. 다들 보이시지요? 그래서 보라색 꽃이나 하얀 꽃이나 차이가 없는 것이겠지요, 라고 오수산나 수녀는 말했다. 그때 오수산나 수녀는 마지막 자리를 보전하고 있었다. 정신이 드나들어서 햇빛이 맑은 오전에만 사람을 알아보고 겨우 말을 할 수 있었다. 간병하는 젊은 수녀가 오수산나 수녀의 말을 알아듣고 문장을 만들어서 교구청에서 발행하는 주보에 실었다. 글의 제목은 '도라지꽃 속으로'였고 오수산나 수녀의 이름으로 발표되었다.

부활 주간의 저녁에 김요한 주교는 교구청 집무실 소파에 기대서 홍차를 마시면서 그 글을 읽었다. 늙은 수녀들 사이에서 수녀원 이름이 저절로 바뀌고 있는 사태를 별도의 지침을 내려서 바로잡을 필요는 없을 것이라고 김요한 주교는 생각을 정리했다.

하느님은 인간의 시간 앞에 죽음을 예비하지 않았고, 죽음은 죄의 대가로 인간이 스스로 불러들인 운명이지만 하느님은 그 운명 안에 부활과 신생을 약속하셨으니, 그것이 당신의 권능으로 베푸는 사랑과 희망의 섭리라고 김요한 주교는 특강 때마다 신학생들에게 말했다.

도라지꽃 하얀색의 먼 저쪽에서 삶이 죽음에 스며 있다는 늙은 수녀의 환상은 죽음 안에 신생을 약속하신 하느님의 뜻을 벗어난 것이 아닌가를 생각하다가 김요한 주교는 생각을 그만두었다. 신학생 시절에 기숙사 뒷산에 도라지는 지천으로 피어 있었다. 김요한 주교는 그 하얀색을 떠올렸다. 하얀색이 아니라, 이름 지을 수 없는 색이었다. 색은 멀리서 흔들리면서 다가왔다. 색은 보이지 않는 강물처럼 시간과 공간을 흘러서 사람의 시선이 닿을 수 없는 곳에서 자진自盡하고 있었다. 김요한 주교는 도라지꽃에 대한 늙은 수녀의 환상에 대해서 아무런 사목 지침을 내놓지 않았다. 김요한 주교는 젊은 부제들에게 말했다.

—주보에 실린 「도라지꽃 속으로」는 글이 맑더군. 글이 아니라 물이야. 다들 읽어봐.

김요한 주교는 노수녀들의 마지막 나날이 꽃과 더불어 평안하기를 기도했다. 기도는 하늘로 향하지 못하고 도라지꽃 하얀색에 실려서 색깔의 저편으로 흘러가는 듯싶었다. 김요한 주교는 도라지수녀원과 가까운 성당의 사제들에게 문서를 보내서, 수녀원에 자주 들러서 늙은 수녀들과 함께하고 영혼과 육신을 보살피라고 일렀다.

오수산나 수녀는 「도라지꽃 속으로」가 주보에 실린 지 다섯 달 후에 죽어서 도라지동산에는 열여섯번째 봉분이 들어섰다. 봉분 앞에 흰 페인트를 칠한 나무 십자가가 박혔고, 거기에 검은 글씨로 '주의 종 오수산나'라고 적혀 있었는데, 생몰연도는 없었다.

김요한 주교는 도라지수녀원의 사목을 장분도 신부에게 맡겼다. 장분도 신부는 부제 과정을 마치고 사제품을 받은 지 삼 년째였다. 신도들은 장분도 신부를 '애기신부'라고 불렀다. 선대 어른들이 신유박해, 기해박해 때 순교했고 더러는 산속으로 숨어들었는데, 장분도 신부는 달아나던 숯쟁이 교인이 섬에 버린 사내아이의 후손이었다. 신앙의 뿌리가 핏줄을 따라 펴져서 장분도 신부는 물에 젖듯이 성직의 길로 인도되었고, 신학생 시절에도 영적 번민이나 세속에 대한 그리움이 없었다. 장분도 신부의 신학생 시절에 김요한 주교가 신학교에서 서양 교부철학을 강의했다. 신앙과 학문 사이에 통로를 뚫어서 그 길로 학생들을 인도하는 것이 그가 하느님께 간구하는 소망이었다.

―하느님의 섭리는 끊임없이 발현되어서 시공에 가득찬다. 하느님의 자기 계시에 인간의 영혼으로 응답하는 것이 신앙이다. 신앙은 하느님을 향한 영혼의 지향성指向性이다. 멀리, 그리고 가까이 나타나는 하느님의 현존을 스스로 느끼는 것, 그것이 인간의 영성이고 모든 앎의 발단이다. 그러므로 지식과 신앙은

계시를 감지하는 영혼의 작용으로서 동일하고 영성 안에서 통합된다. 안다고 말할 때, 우리는 무엇을 안다고 말하는지, 앎이라는 정신 작용의 동력이 어디에서 오는지 그 궁극적 실체를 사유해야 한다.

라고 김요한 주교는 신학생들에게 말했다. 신학생 장분도는 그 말이 자신의 영혼 속에서 끝끝내 살아서 작동되기를 기도했다.

죽음을 맞는 수녀들의 사목을 젊은 신부에게 맡기는 것이 불안하기도 했지만 새롭게 소명을 받는 젊은 신부의 힘찬 영성의 기세를 김요한 주교는 신뢰했다. 장분도 신부는 수녀원에서 가까운 읍내 성당의 보좌신부로 복무하면서 어촌계 마을 공소公所를 맡아서 미사를 집전했고, 틈틈이 도라지수녀원을 살폈다.

수녀원 안에도 제대가 마련되어 있었다. 장분도 신부는 마을 주민과 늙은 수녀들에게 고해성사와 장례미사를 집전했다. 장 신부가 서품되던 날 어머니는 울면서 말했다.

—너는 이제 천주의 아들이다. 내 아들이 아니야.

어머니는 순교자 집안에서 전해내려온 청동 촛대 한 쌍을 선물로 주었다. 장분도 신부는 어촌계 공소나 수녀원에 미사 드리러 갈 때 그 청동 촛대 한 쌍을 배낭에 짊어지고 가서 촛불을 켰다. 장분도 신부는 자전거를 타고 다녔고, 눈이 내리는 날에는 걸어서 갔다. 도중에 김밥을 먹었다. 김요한 주교는 젊은 신부의 어려움을 헤아려서, 수녀원이나 공소 사목에서 부딪히는 크고 작은 일들을 문서로 보고하고 함께 의논하자고 장분도 신부에게 일렀다.

손안나 수녀는 도라지수녀원에 들어올 때 여든 살이었다. 들어오던 날 손안나 수녀는 차에서 내려서 부축받지 않고 마당을 걸어왔다. 걸어올 때, 손안나 수녀는 아무런 중량이 없이 땅을 스치는 것 같았다. 몸이 마르고 키가 작아져서 수도복이 헐렁했다. 검버섯이 얼굴을 덮었고 두 볼에 살이 빠져서 입술이 벌어졌다. 손안나 수녀는 이가 빠진 입을 늘 손으로 가렸고, 묵언했다. 손안나 수녀는 서른 살에 종신서원하고 미군 기지촌 성당과 시립 병원, 보건소, 급식소, 탁아소에서 일했다. 성당을 청소했고, 고아원과 주일학교에서 가르쳤다.

주일 오후 미사 때는 미군에게 몸을 파는 기지촌 여자들이 성당에 와서 무릎 꿇고 합장했다. 성당에 올 때 여자들은 화장하지 않은 맨얼굴이었다. 여자들의 얼굴은 화장독이 올라서 시퍼렜고 기미가 번져 있었다. 여자들은 얼굴을 미사포로 감쌌다. 미사가 끝날 때 신부가 두 팔을 벌려서 하느님의 축복을 전하면 여자들은 손수건으로 눈물을 찍어냈다. 행정기관에서는 여자들을 특수업태부라고 불렀고 주민들은 양갈보라고 불렀다. 부대에 성병이 번지자 미군 사단장은 시청에 항의했고 병사들의 외출을 금지했다. 매출이 줄어들자 상인과 특수업태부들은 미군 부대 앞으로 몰려가서 시위했다. 시장이 미군 사단장을 만나서 검역을 강화하기로 약속하고 외출 금지를 풀었다. 보건소 직원들이 한 달에 한 번씩 여자들을 검진했다. 직원들은 여자들의 질에서 가검물을 채취해서 균을 배양했다. 균들이 현미경 속에서 꼬물거렸다. 양성반응이 나온 여자들은 치료감호소에 수용되었다. 치료감호소는 시 외곽의 산속에 있었다. 거기에 갇혀서 여자들은 매일 항생제 주사를 맞았고, 사흘에 한 번씩 질 검사를 받았다. 음성반응이 나오면 치료증을 받고 풀려나서 영업을 계속했다. 한번 들어가면 이 주나 삼 주쯤 걸렸다. 성병이 여자들로부터 미군에게로 옮겨가는지 그 반대인지는 미군 사령관도 시장도 알지 못했지만, 이리 옮겨가나 저리 옮겨가나 아무 차이 없었다.

손안나 수녀는 교회의 비용으로 야간대학에 다니면서 조리사자격증과 간호사자격증을 받았다. 손안나 수녀는 치료감호소에서 여자들의 가검물을 채취하고 주사를 놓고 진료 기록부를 작성했고, 구내식당의 취사를 감독했다. 손안나 수녀는 그 여자들 앞에서 수도복을 입지 않았다. 그 여자들은 수녀의 수도복을 두려워하거나 혐오할 것이었다. 손안나 수녀는 치료감호소에서 일할 때는 수도복이 아니라 일반 간호사의 복장을 허용해줄 것을 주교에게 청원했다. 주교는 허락했다. 치료증을 받고 퇴소하는 여자들은 미군에게서 받은 허쉬 초콜릿이나 맥스웰 가루 커피를 손안나 수녀에게 선물했고 손안나 수녀는 시청 보건과에서 맡긴 콘돔을 나누어주었다. 손안나 수녀는 퇴소하는 여자들이 산길을 걸어내려가는 뒷모습을 오랫동안 바라보았다. 여자들은 어깨가 다소곳했고 허리가 잘록했고 엉덩이가 푸졌고 긴 머리카락에서 윤기가 흘렀다. 여자들이 걸어갈 때, 몸속에서 리듬이 흘러나와서, 어깨 허리 엉덩이 머리카락이 그 리듬에 실려서 출렁거렸다. 손안나 수녀는 그 여자들에게 신앙을 권유하지는 않았다.

특수업태부들의 상조회는 이름이 '백합회'였다. 백합회는 회비를 걷어서 크리스마스 때 파티를 열고 미군을 초청했고 미군들이 며칠씩 기동훈련을 나가서 장사를 할 수 없을 때는 화투 치기 대회를 열었다. 회원이 죽으면 백합회가 장례를 주관했고 기금에서 장례비를 부담했다.

특수업태부들은 약물중독이나 연탄가스 중독, 만취 후 실족 추락, 작업중 심장마비로 죽거나 자살했다. 원인을 모르게 방안에서 혼자 죽어 있는 경우도 있었고, 아무도 모르게 어느 날 사라지는 여자도 있었다. 자살할 때는 제초제나 살충제 원액을 써서 미수未遂가 없었다.

백합회는 치료감호소 뒷산 땅을 구입해서 양지바른 사면에 죽은 특수업태부들의 묘지를 만들었다. 손안나 수녀는 장례 행렬을 따라서 그 묘지에 가본 적이 있었다. 그때도 손안나 수녀는 여염의 원피스 차림이었다. 오래된 봉분은 허물어졌고 나무 십자가는 썩어서 쓰러져 있었다. 꽂힌 지 오래지 않은 십자가에서는 죽은 여자들의 이름을 판독할 수 있었다.

'이엘레나'

'브리지트 김'

'박크리스티나'

백합회 회원 명부에는 그 이름이 상호商號로 등록되어 있었고, 호적 명이나 가족관계는 기록에 없었다. 그때 손안나 수녀는 죽은 여자들의 영혼이 천당의 주민으로 등록되었음을 믿었고, 천당이 없더라도 여자들의 영업이 끝났음을 감사했다.

도라지수녀원에 들어왔을 때 손안나 수녀는 가벼운 허리 결림증과 기억상실증 외에 특별히 이름 붙일 만한 병은 없었다. 손안나 수녀의 말년은 병명이 없이 바스러져갔다. 비 오거나 흐린 날 기억상실 증세는 심해졌는데, 그 증세가 날씨와 관련이 있는지는 분명치 않았다. 현재와 과거가 거꾸로 뒤집히거나 뒤섞였다. 기억상실이라기보다는 기억 착란에 가까웠다. 치매의 초기일 수도 있다고 의사는 말했다. 손안나 수녀의 의식 속에서는 영양제 주사를 놓아주러 들어온 간호사가 자신이 젊었을 때 항생제 주사를 놓아주던 특수업태부로 바뀌어 있었다. 손안나 수녀는 자리에서 상반신을 일으키고 간호사의 엉덩이를 더듬어서 주사를 놓아주는 시늉을 했다. 간호사는 장분도 신부에게 손안나 수녀의 증세를 알렸고 장분도 신부는 김요한 주교에게 알렸다. 김요한 주교는 손안나 수녀의 착란된 의식을 다시 흔들지 말라고 지시했다. 그래서 젊은 간호사는 정신착란이 손안나 수녀의 의식을 지나가는 동안에는 손안나 수녀에게 항생제 주사를 맞는 특수업태부의 역할을 했다.

—주사가 좀 아플 텐데…… 나가려면 두 주일쯤 걸립니다.

—주사는 안 아파요. 휴가 온 셈 칠게요.

맑고 서늘한 날에 손안나 수녀의 정신은 온전했다. 지나간 시간의 기억들이 고이거나 옥죄지 않아서 마음이 마르고 가벼웠다. 지나간 시간들은 스쳐가기는 했으나 그 흔적이 남아 있지 않았다. 시간은 다시 앞으로 펼쳐져 있는 듯했는데, 그 앞쪽의 시간을 건너갈 수는 없을 것이었다. 그런 날, 손안나 수녀는 지팡이 없이 수녀원 뜰을 산책했다. 손안나 수녀의 걸음은 땅 위를 흘러가는 듯해서 사람이 그림자의 그림자처럼 보였다. 봄부터 초겨울까지, 수녀원 마당에서 장미는 피고 지기를 잇대었고, 지면서 더욱 피었다. 꽃 한 송이는 죽음의 반대쪽에서 피는 것이 아니었으므로 꽃이 지는 것이 죽음은 아니었다. 모처럼 맑은 의식 속에서, 손안나 수녀는 그렇게 생각했다. 손안나 수녀는 장미 화단을 지나고, 줄장미 넝쿨 아치를 지나서 수녀원 공동묘지 쪽으로 올라갔다. 젊은 수녀가 멀리서 손안나 수녀의 걸음을 지켜보다가 달려와서 부축했다. 손안나 수녀는 나무둥치에 기대서 무덤 쪽을 바라보았다. 묘지 뒤쪽에 도라지꽃이 피어 있었고, 죽은 수녀들의 이름이 나무 십자가에 적혀 있었다.

'박루시아'

'오수산나'

'김막달레나'

손안나 수녀의 의식 속에서, 그 무덤들은 젊었을 때 치료감호소에서 보았던 기지촌 특수업태부들의 묘지와 뒤섞였다.

—아, 여기가…… 거긴가……

라는 목소리를 손안나 수녀는 손으로 막았다. 그날 이후로 손안나 수녀의 정신착란 증세는 악화되었고 병실에서도 청소하는 시늉, 아이 목욕시키는 시늉, 주사 놓는 시늉을 거듭했다. 젊은 수녀가 고함을 질러서 손안나 수녀에게 말을 걸었다.

—수녀님, 지금이 여름인가요, 겨울인가요?

—수녀님, 여기가 서천인가요, 서산인가요?

손안나 수녀는 대답하지 않고, 하던 시늉을 계속했다. 손안나 수녀가 듣는지 못 듣는지를 젊은 수녀는 알 수 없었다. 장분도 신부는 손안나 수녀의 증세를 김요한 주교에게 보고했고, 김요한 주교는 손안나 수녀의 착란된 의식을 헝클지 말라고 거듭 지시했다.

김요한 주교는 말했다.

—손수녀님의 의식 속에서 도라지동산 묘지와 특수업태부

의 묘지가 동일시되거나 뒤바뀌어 있다는 것은 우려할 일은 아닙니다. 또 손수녀님께서 몇 년 전까지도 계속하셨던 여러 가지 봉사활동의 동작을 흉내내고 있다는 것도 우려할 일은 아닐 것입니다. 그 착란 속에서 하느님의 뜻은 손수녀님의 몸을 통해서 계시되고 있습니다. 이것이 저의 사목적 판단입니다. 다만 하느님께서 손수녀님을 이제 그만 쉬게 해주십사, 제가 기도하겠습니다.

장분도 신부가 문서로 회신했다.

—공경하는 주교님, 손수녀님의 착란 속에 임하시는 하느님의 뜻을 알겠습니다. 저도 손수녀님을 쉬게 해주십사 주교님을 따라서 기도하겠습니다.

장분도 신부는 주일 아침 여섯시에 어촌계 마을 공소에 도착해서 고해성사를 베풀고 일곱시부터 미사를 올렸다. 공소에 등록된 신자는 삼십여 명이었지만 주일날 미사에 나오는 사람은 스무 명 남짓이었고, 그중 대여섯 명이 고해성사를 받았다. 신자들은 갯벌에서 바지락을 캐는 늙은 여자들과 은퇴한 어부들이었다. 관절염으로 다리를 저는 노파가 신부에게 죄를 고백했다.

—이틀 전 보름밤에 을乙뻘에서 바지락을 캐서 암상인들에게 팔았습니다.

장분도 신부가 말했다.

—지난번 고해 때와 똑같군요.

—그전과도 같습니다. 신부님이 여기 오시기 전부터 그랬지요.

어촌계는 갯벌을 갑, 을, 병, 세 구역으로 나누어서 관리했다. 한 구역에서 두 달씩 바지락을 캐는 동안 나머지 두 구역은 출입을 금지시켰다. 그렇게 해서 바지락 가격을 유지하고 속이 덜 찬 바지락의 남획을 막았다. 어촌계의 오래된 생산관리 방식이었고, 주민들의 반발은 없었다.

물이 멀리 빠지는 보름밤에 주민들은 금지된 뻘에 들어가 바지락을 캤다. 주민들은 달밤에 뻘에서 서로 마주치면서 모른 척했고 아무도 신고하거나 신고당하지 않았다.

신자들은 고해 때마다 다들 똑같은 죄를 고백했다. 사람이 죄를 짓는 것이 아니라 죄가 저절로 빚어지는구나, 장분도 신부는 그런 혼란에 빠졌다. 죄라기보다는 생활이었으므로, 어떤 신자들은 금지된 뻘에서 바지락을 캔 일은 고백하지 않았다. 바지락 판 돈의 액수를 아들에게 줄여서 말한 죄, 주정뱅이 남편이 자다가 죽었으면 좋겠다고 저주한 죄들도 다들 비슷했다. 젊었을 때 속 썩이는 자식을 죽어라 하고 때려준 죄, 아이가 들어앉을 짓을 한 기억이 없는데도 저절로 붙은 다섯째를 낙태한 죄를 오십 년이 넘은 뒤에 기억해내어 고백하고 끼룩끼룩 우는 노파들도 여럿 있었다.

—신부님, 아주 오래전 것도 말해도 되나요?

—그럼요. 죄는 오래됐다고 해서 묽어지지 않습니다.

—처녓적 것두요?

—너무 억지로 끄집어내지는 마십시오.

일상 속에서 거듭되는 죄를 거듭 사해주는 것이 하느님의 뜻에 맞는 것인지를 장분도 신부는 김요한 주교에게 문의했다.

세속의 일상을 죄와 죄 아닌 것으로 양분할 수는 없을 터이며, 사제가 세속으로부터 멀어서 일상을 만질 수 없고 낙태하는 여자의 고통과 슬픔을 알 수 없다 하더라도, 사제가 사하는 죄를 함께 사하여주시겠노라는 하느님의 약속에 의지하라고, 김요한 주교는 회답했다.

바지락은 먹이사슬의 밑바닥에 깔려서 수만 년 동안 진화하지 않았다. 그래서 수만 년 전의 바지락이나 지금의 바지락이나 껍데기에 팬 골의 개수가 똑같다고 학자들은 말했다. 어촌마을 갯가에는 신석기시대의 조개껍데기 무덤이 남아 있었다. 일만여 년 전의 음식물 쓰레기 폐기장이었다. 선착장을 만드느라고 갯벌이 매립되어서 조개 무덤은 땅 위에 돌산처럼 솟아올랐다. 거기에 쌓인 조개껍데기도 모두 바지락이었다. 조개껍데기는 삭아서 가루가 되었고, 가루가 바닷물에 반죽되어서 돌이 되었다. 예수님은 이천여 년 전에 태어나서 신유辛酉생 닭띠라는데, 조개 무덤은 일만여 년이 넘었다.

고해성사와 주일 아침 일곱시 미사를 마치고, 장분도 신부는 도라지수녀원으로 향했다. 마을에서 도라지수녀원까지는 조개 무덤 앞을 지나는 소나무 숲길이 이어져 있었다. 장분도 신부는 자전거를 타고 갔다. 조개 무덤 앞을 지날 때, 장분도 신부는 자전거에서 내려서 조개 무덤을 향해 성호를 긋고 두 손을 모았다.

입춘 무렵에 가창오리들은 바이칼 호수로 돌아갔다. 오리떼는 도라지수녀원과 바다 사이의 늪지에서 겨울을 났다. 돌아가기 며칠 전부터 장거리 비행을 준비하는 오리떼가 갈대숲 바닥에서 퍼덕거리며 흙 목욕을 했다. 새들의 날개 치는 소리가 수녀원 병실에까지 들렸고, 갈대숲이 수런거렸다. 오리떼는 끼룩끼룩 울면서 수녀원 상공을 날아갔다. 새들의 울음소리는 알아들을 수 없는 음향으로 조개 무덤 너머의 시공을 건너갔다. 한 무리가 이륙하면 다른 무리가 뒤를 따랐다. 대개 스무 마리 정도로 대오를 갖추었지만, 네댓 마리의 비행대도 있었다. 늙은 수녀들이 입춘의 양지쪽에 앉아서 돌아가는 새들을 바라보았다. 올 때의 무리와 갈 때의 무리가 같은 것인가 다른 것인가, 새들이 무리를 짓는 인연은 무엇인가. 새들도 친인척이 있고 벗이 있고 이웃이 있는지, 금년에 온 새들은 작년에 왔던 그 새들인지, 바이칼 호수는 얼마나 먼지를 늙은 수녀들은 서로에게 물어보았다. 새들이 하늘에 스며서 가물거릴 때 수녀들은 희미한 새떼를 향해 성호를 그었다.

죽어서 도라지동산에 묻히는 수녀보다도 새로 들어오는 수녀가 더 많았다. 수녀원에 방이 모자라서 두 명이 한방을 쓰게 되었다. 룸메이트를 정할 때 나이가 비슷한 수녀들끼리, 쇠약의 정도가 비슷한 수녀들끼리 한방을 쓰도록 하고, 특별한 경우에는 친소 관계를 고려해서 방을 바꾸어주도록 김요한 주교는 지시했다.

손안나 수녀의 룸메이트는 김루시아 수녀였다. 두 수녀는 도라지수녀원의 오십여 명 수녀들 중에서도 고령자였고, 쇠약의 정도는 누가 더 낫고 못하고가 없어서 의약醫藥이나 진단은 무의미해 보였다. 김루시아 수녀는 수녀원이 문을 열 때 들어왔고 손안나 수녀보다 두 살이 많았다.

열 평쯤 되는 방에 사물함이 딸린 침대가 두 개 놓여 있었다. 방문을 기준으로 손안나 수녀가 왼쪽, 김루시아 수녀가 오른쪽이었다. 침대 옆에는 당직 수녀를 부르는 비상벨이 불빛을 깜빡거렸다. 오른쪽 벽에 걸린 십자가는 대패질하지 않은 밤나무 토막 두 개를 노끈으로 묶은 것이었고, 그 밑에 성녀 마가레트의 초상화가 걸려 있었다. 성녀의 아우라에서 별이 반짝였다. 방마다 화장실이 딸려 있었고 공동 목욕실은 복도 끝에 붙어 있었다. 공동 목욕실까지 혼자서 갈 수 없는 수녀들은 당직 수녀들이 휠체어로 옮겨서 몸을 씻겨주었다. 두 수녀는 미사에 갈 때만 수도복을 입었고, 방안에서는 환자복을 입었다. 방안에 거울이 없어서 두 수녀는 머릿수건을 쓸 때 서로의 매무새를 잡아주었고, 서로의 얼굴을 보면서 자신의 늙음을 알았다. 김루시아 수녀와 손안나 수녀는 둘 다 불면증이 깊었다. 몸이 살아서 병을 감당해내고 있었다. 병이라기보다는 시간이었다. 새벽까지 의식은 물러가지 않았고, 그 속으로 어둠이 번져서 잠과 깸은 구분되지 않았다. 어둠 속에서 잠과 깸이 겉돌았고 벽시계가 재깍거리면서 그 어둠을 찔렀다. 김루시아 수녀가 사무실 직원에게 부탁해서 벽시계를 떼어냈다. 어둠 속에서 비상 호출 벨 불빛 두 개가 깜박거렸다. 늪에서 잠들었던 가창오리들이 갑자기 깨어나서 날아올랐다.

새들은 별이 가득한 하늘을 헤집고 끼룩끼룩 울었다. 수녀들은 잠들지 못하고 오리 울음소리를 들었다. 울음의 꼬리가 잦아들고 오리떼가 다시 잠든 후에도 수녀들은 옆 침대에 누운 사람이 잠들지 않았다는 걸 서로 알면서 뒤척거렸다.

김루시아 수녀는 자신의 생애에 관해서 아무 말도 하지 않았다. 김루시아 수녀는 재처럼 조용했고, 마음속에서도 말이 들끓지 않았다. 김루시아 수녀는 기도할 때도 말이 태어나지 않는 저편에서 장궤長跪했다.

김루시아 수녀는 삼십대 초부터 남해의 먼 섬에 격리된 나환자촌에서 일했다. 항구에서 섬까지는 뱃길로 사십 킬로미터였다. 김루시아 수녀는 물을 데워서 나환자들을 씻겼다. 때수건으로 나환자들의 등을 밀었고, 약을 먹였고, 장례 때 화장장에서 기도했다. 나환자들 사이에서도 아이가 태어났다. 육지의 보육원에서는 나환자촌 아이를 받아주지 않았다. 김루시아 수녀는 섬 안에서 미음을 먹여서 아이를 길렀다. 부모는 감염이 걱정스러워서 아이를 만지지 못했고 날 때부터 부모와 격리된 아이는 누구의 품으로나 파고들었다. 이 세상의 이유 없는 고통이 모두 하느님의 섭리라면 자신의 일은 하느님의 뜻에 맞서는 것이며 그 또한 섭리일 것이었다. 나환자촌에서 한 생애를 다 살아내고 여생의 시간이 얼마 남지 않은 봄날에 절벽에서 물로 뛰어내려 자살한 환자를 건져서 화장할 때, 김루시아 수녀는 그렇게 생각했지만, 그 생각을 아무에게도 말하지 않았고, 말이 되어 나오려고 하는 그 생각을 버렸다. 자살한 환자는 김루시아 수녀와 동갑이었고 젊어서 실명해 있었다. "보이는 곳으로 가겠다"는 문장 한 줄이 그의 유서였다.

김루시아 수녀도 섬에서 늙었지만 섬에는 노후를 의탁할 곳이 없었다. 도라지수녀원에 들어올 때 김루시아 수녀는 골반뼈에 구멍이 뚫려서 걸음이 어려웠고 심장이 메말라서 숨을 힘들어했다. 의사들이 긴 병명을 붙였지만 병은 이름으로 지칭되는 것이 아니었다.

룸메이트를 정하던 날에는 김루시아 수녀가 먼저 들어 있던 방에 손안나 수녀가 들어왔다. 손안나 수녀는 지팡이를 짚기는 했지만 부축 없이 방안으로 걸어들어왔다. 사물 가방을 든 직원이 뒤따랐다. 김루시아 수녀는 침대에서 상반신을 일으켜서 손안나 수녀를 맞았다.

—어서……

김루시아 수녀는 그렇게만 말했다. 룸메이트가 될 사람의 얼굴을 보자 김루시아 수녀는 자신의 날들이 며칠밖에 남지 않았다는 것을 알았다. 손안나 수녀가 다가와서 김루시아 수녀의 손을 잡고 무언가 말을 하려 했으나 소리가 되지 못했다. 두 수녀는 서로 마주보며 성호를 그었다.

성모성월의 마지막날 장분도 신부는 밤늦도록 본당 사제관 피에타 성모상 앞에서 기도했다. 장분도 신부는 어촌 주민들을 위해 기도했고, 늙은 수녀들을 위해 기도했다. 세속의 법이 어촌 주민들의 죄를 물을지라도 하느님께서는 그 가엾은 죄를 묻지 마시고, 하느님의 부름을 기다리는 수녀들의 날들이 길어지지 않기를 장분도 신부는 성모께 간구했다.

마음이 몸을 느끼지 못하도록 기도는 집중되었다. 됐습니다. 이제 주무세요. 신부님이 기도하시는 뜻을 하느님께서 이미 알고 계십니다, 라는 성모의 목소리를 장분도 신부는 들었다. 장분도 신부는 자정이 넘어서 자리에 들었다. 어둠 속에서 핸드폰 문자 알림음이 울렸다.

—신부님, 저예요.

라고, 여섯 글자가 찍혀 있었다. 김루시아 수녀였다. 장분도 신부가 문자로 응답했다.

—아직 안 주무시는군요.

다시 문자가 들어왔다.

—약을 먹어도 잠이 안 와요.

—기도하십시오. 잠을 간구하십시오.

—기도 싫어요. 간구하면 잠이 더 안 와요. 신부님, 자고 싶어요. 영혼이 없었으면 좋겠어요.

—수녀님……

—새들이 울어요, 신부님……

거기서 문자가 끊어졌다. 장분도 신부는 불안했다. 장분도 신부는 도라지수녀원 당직실에 전화를 걸어서 김루시아 수녀의 방에 가보라고 일렀다. 십 분쯤 후에 당직 직원이 장분도 신부에게 보고했다. 김루시아 수녀의 방에 가보니까 응급 상황은 없었고, 어둠 속에서 두 수녀가 침대 위에 앉아 있길래 기도하는 줄 알고 물러나왔다고 직원은 말했다.

수녀들의 빨랫감은 사흘에 한 번씩 세탁부가 걷어갔다. 수녀들은 속옷이 바뀌지 않도록 색실로 표시를 해놓았다. 세탁부는 표시를 보고 누구의 옷인지를 알아서 나누어주었고, 빨래가 잘못 배달되면 수녀들끼리 복도에서 만나서 바꾸었다.

빨래는 수녀원 뒷마당 빨랫줄에 널렸다. 속옷 가장자리에 실밥이 풀려 있었고, 뜯어진 솔기를 바늘로 기운 것도 있었다. 가을볕이 빨래에 스며서 낡은 섬유의 올이 투명하게 드러났다. 맑은 날에 마른빨래는 바스락거리면서 빛 속으로 증발할 듯싶었다. 잠자리들이 조바심치다가 빨랫줄에 내려앉았다. 작대기로 버틴 빨랫줄은 양쪽으로 늘어졌다. 바람이 불면 땅 위에서 빨래 그림자가 흔들렸다. 빨래 그림자들 사이에서 잠자리의 희미한 그림자가 땅을 스쳤다. 날이 좀더 차가워지면 빨래는 굳으면서 말라갔고, 빨랫줄에 앉은 잠자리 날개는 수평을 잃고 아래로 처졌다.

김루시아 수녀는 가끔씩 대소변을 지렸다. 그것이 언제 몸 밖으로 새어나오는지를 김루시아 수녀는 알지 못했다. 잠과 깸 사이의 어느 갈무리할 수 없는 시간에 그것은 새어나오는 모양이었다. 수면제를 삼키고 눕는 새벽에, 잠과 깸은 비벼졌다. 코를 골면서, 자신의 코 고는 소리를 들으면서, 뒤척이는 밝을녘에 그것은 잠과 깸 사이를 건너 몸 밖으로 새어나왔다. 반쯤 잠들어서도 그것의 냄새를 느낄 수 있었다. 그 냄새가 잠의 나라에서 발생해서 깨어 있는 세상으로 걸어오는 것인지, 그 반대인지는 알 수 없었지만 아랫도리가 젖어 있었고, 그것은 확실히 거기에 와 있었다.

그것이 새어나온 아침에 김루시아 수녀는, 아, 짧게 비명을 삼키면서 자리에서 몸을 꼬부렸다. 얼굴에 홍조가 올라왔다. 옆 침대의 손안나 수녀는 냄새를 맡고 돌아누웠다. 돌아누워주는 것이 예절이라는 것을 손안나 수녀는 알았고, 김루시아 수녀도 손안나 수녀가 베푸는 예절을 알고 있었다. 김루시아 수녀는 대소변을 지린 속옷을 세탁부에게 주지 않고 손수 빨았다. 김루시아 수녀는 빨랫감을 비닐 백에 넣고 복도 벽에 의지해서 목욕실로 갔다. 거기서 김루시아 수녀는 몸을 씻었다. 몸이 남 같아서, 자신의 몸이 젊었을 때 나환자촌에서 씻겨주던 환자들의 몸처럼 느껴졌다. 몸과, 그 몸을 씻기는 또다른 몸이 서로 힘들어하고 있었다. 김루시아 수녀는 거기서 속옷을 빨았다. 더럽혀진 옷을 버리고 새 옷을 입는 편의를 김루시아 수녀는 배우지 못했다. 김루시아 수녀는 빨래에 비누칠을 해서 손으로 빨았다. 팔목 힘이 없어서 헹군 빨래를 짜지 못했다. 김루시아 수녀는 목욕실 뒷문으로 나가서 뒷마당 빨랫줄에 물이 듣는 속옷을 널었다. 속옷에 검은 색실로 L이라는 글자가 박혀 있었다. 속옷은 루시아의 것이었다. 빨래가 가을볕에 마르면서 햇볕 냄새가 배었고 덜 빠진 오물이 희미한 얼룩으로 남아 있었다. L자 속옷 위에 잠자리

한 마리가 내려앉았고, 바람이 불어서 속옷과 잠자리의 그림자가 땅 위에서 흔들렸다.

세탁부가 김루시아 수녀에게 오물 지린 속옷을 손수 빨지 말고 버리든지 맡기라고 말했을 때, 김루시아 수녀는 고개를 돌리고 얼굴을 붉혔다. 말을 잘못 꺼냈지 싶어서 세탁부가 오히려 민망했다. 세탁부는 김루시아 수녀가 새벽에 목욕실과 뒷마당을 오가다가 넘어져서 다치게 되는 불상사를 걱정했다. 세탁부가 그 걱정을 장분도 신부에게 전했고, 장분도 신부는 김요한 주교에게 전했다. 김요한 주교는 문서로 회신했다.

—김루시아 수녀님의 빨래를 수거하지 마십시오. 누구에게나 그에게 맞는 고유하고 개별적인 방식으로 대하는 것이 인간의 예절이며 하느님의 뜻일 것입니다. 죄를 짓는 것도 죄를 고백하는 것도 죄의 사함을 받는 것도 개별적인 것입니다. 그러므로 우리는 원로 수녀님의 결벽과 수줍음을 존중해야 합니다. 성녀 마가레트의 뜻을 기억하십시오.

김요한 주교는 김루시아 수녀와 손안나 수녀가 쓰는 방을 목욕실 가까이로 옮겨줄 것과 그 방을 자주 문안할 것을 간호 수녀들에게 지시했다.

11월이 지나면서 기온이 뚝 떨어지고 일교차가 커서 시간의 허방이 넓어졌다. 도라지수녀원에서는 그달에 세 번 장례미사가 열렸다. 장분도 신부가 미사를 집전했다. 일요일 아침 일곱시에 주일미사를 드리고 나서 바로 장례미사가 이어지는 경우도 있었다. 장분도 신부는 영성의 힘을 집중하기가 지쳐서 허덕였고, 김요한 주교가 도라지수녀원에 와서 미사 일정을 도왔다. 김요한 주교는 장례미사를 합동으로 드리지 않도록 지침을 내렸다. 김요한 주교는 장례미사 때 강론에서 말했다. 삶은 죽음을 배제할 수 없지만, 죽음은 치유 불가능한 몸의 유한성을 극복하는 구원의 문이다, 그러므로 부활한 예수의 빈 무덤에서 그리스도와 사도는 만나는 것이다, 라고.

걸을 수 없는 수녀들은 장례미사에 참례하지 않았다. 열댓 명만 관 둘레에 장궤했고, 상체를 세우지 못하는 수녀들은 바닥에 앉아서 벽에 기댔다. 수녀들은 울지 않았다. 똑같은 미사와 강론이 겨우내 계속되었다. 관들은 수녀원 샛문으로 운구되어서 도라지동산에 묻혔다. 묘지가 가까워서 운구하는 데 십오 분 정도가 걸렸다. 어촌계 남자들이 와서 관을 옮겼다. 장지까지 따라온 수녀는 네댓 명 정도였다. 관이 내려갈 때도 수녀들은 울지 않았다. 장분도 신부가 흙 위에 성수를 뿌렸다. 도라지동산에서 내려와서 수녀들은 각자의 방으로 들어갔다. 날이 저물어서 당직 직원이 방마다 비상 호출 벨을 점검했다. 12월 들어서 두번째 장례미사가 있던 날 밤, 저녁기도가 끝난 시간에 장분도 신부는 김루시아 수녀의 전화를 받았다. 문자가 아니라 음성이었다.

—새로 받은 수면제가 잘 들어요. 잠도 잘 오고 아침에 개운

해요. 신부님, 잠은 아주 좋아요.

—다행입니다, 수녀님. 어서 주무세요.

—아직 일러요, 신부님.

그럼 기도하십시오, 라는 말을 장분도 신부는 눌렀다. 김루시아 수녀가 말했다.

—신부님, 관은 너무 좁아요. 전 그냥 해주세요.

—그냥요?

—네, 그냥. 그냥 이대로 잠옷으로……

—수녀님……

전화는 거기서 끊겼다. 장분도 신부는 다시 장궤하고, 김루시아 수녀를 재워주기를 하느님께 간구했다.

추위가 깊어지자 손안나 수녀는 급속히 쇠약해졌다. 성대가 오그라지고 혀가 안으로 말려서 말하기가 어려웠다. 담당 간호사만 손안나 수녀의 말을 겨우 알아들을 수 있었다. 간호사에게 거꾸로 주사를 놓아주는 시늉을 하는 착란 현상은 여전했다. 간호사는 손안나 수녀의 착란에 몸을 대주었다.

성탄절이 지나고 나서 손안나 수녀는 고해성사를 받고 싶다는 뜻을 간호 수녀를 통해서 장분도 신부에게 전했다.

—아니, 수녀님이 무슨 고해할 일이……

—그야, 그분이 아실 테지요.

—말씀도 잘 못하실 텐데……

장분도 신부는 김요한 주교에게 문서로 물었다.

—공경하는 주교님, 죄를 고백하는 사람이 말을 잃어버려서 죄의 내용을 사제에게 전할 수 없고, 사제가 그 내용을 이해할 수 없을 때도 죄를 사할 수가 있겠습니까.

김요한 주교는 닷새 후에 회신했다.

—고백하는 자의 간절함에 따라서, 사하여줄 수 있다고 생각합니다. 사한다는 것은 이미 저지른 죄업의 존재를 부인하는 것이 아니고, 영혼을 그 죄업에서 건져내는 것입니다. 그것은 말 너머에서 이루어지는 은총일 것입니다. 가서, 알아들을 수 없는 손수녀님의 죄를 사하여주십시오. 하느님께서 장신부님의 편임을 믿습니다.

손안나 수녀는 걷기가 어려웠다. 장분도 신부는 손안나 수녀의 병실로 가서 고해성사를 주었다. 간호 수녀가 김루시아 수녀를 휠체어에 태워서 방문 밖 복도로 나왔다. 거기서, 김루시아 수녀는 방안의 고해성사가 끝나기를 기다렸다. 손안나 수녀가 해독할 수 없는 문장으로, 뭐라고 애써서, 간절히 질러대는 소리가 복도에까지 들렸다. 몸속 깊은 곳에서 밀려나오는 소리가 목구멍에서 짓눌려 음절을 이루지 못했다. 밤하늘에서 짖는 가창오리들의 울음소리를 김루시아 수녀는 떠올렸다. 손안나 수녀는, 어디서 그런 힘이 나오는지, 뭐라고 계속 소리질렀다. 장분도 신부의 목소리도 덩달아 커졌다.

—수녀님, 됐습니다. 다 알아들었습니다. 그만하세요.

손안나 수녀가 고백하려는 죄가 대체 무엇일까를 헤아리다가 김루시아 수녀는 두 손으로 귀를 막았다. 방문을 열고 나오는 장분도 신부는 지쳐 보였다. 장분도 신부는 휠체어에 앉은 김루시아 수녀에게 고개를 숙여서 인사했다. 장분도 신부가 말했다.

—수녀님, 수면제가 잘 듣는다면서요. 요즘 잘 주무시지요?

신부님이 불쌍하다……라고 김루시아 수녀는 말할 수가 없었다. 김루시아 수녀는 환자복 소매로 눈가를 닦았다.

12월에서 이듬해 2월까지, 손안나 수녀는 거듭해서 고해성사를 청했다. 장분도 신부는 그때마다 병실에 왔다. 손안나 수녀는 알아들을 수 없는 소리를 질렀고, 장분도 신부는 사하여주었고, 김루시아 수녀는 복도로 나와서 귀를 막았다. 이제는 됐습니다, 다 됐어요, 라고 장분도 신부는 소리질렀다.

2월 말에 김루시아 수녀는 룸메이트를 바꾸어주거나 독방을 달라고 요청했다. 힘들어서 그런다……고, 김루시아 수녀는 말했다. 김요한 주교는 힘들어서 그런다……는 김루시아 수녀의 말을 힘 안 들이고 이해했다. 주교는 김루시아 수녀에게 독방을 주었다. 환자실과 수녀실을 줄이고 합쳐서 방 한 칸을 더 만들어 손안나 수녀를 옮겼다.

김루시아 수녀는 독방을 쓴 지 두 달 만에 죽었다. 부활 주간의 첫째 날이었다. 김루시아 수녀는 아침에 복도 바닥에 쓰러진 사체로 발견되었다. 환자복 차림이었고 옷이 젖어 있었다. 침대에 오물이 묻어 있었고 빨랫줄에는 L자 속옷이 널려 있었다. 새벽에 대변을 지려 목욕실로 가서 몸을 씻고 속옷을 빨아서 뒷마당 빨랫줄에 널고 다시 병실로 돌아오다가 복도에서 쓰러진 것이었다.

김루시아 수녀의 몸은 작고 가벼웠고 꼬부라져서 늙은 태아 같았다. 죽은 몸은, 살았을 때의 소망에 따라 관에 담기지 않고 잠옷 차림으로 들것에 실려서 도라지동산으로 옮겨졌다. 흙이 다 녹아서 땅은 삽을 편안히 받았다. 흙속에서 봄의 기운이 끼쳐왔다. 흙은 비리고 축축했다. 장분도 신부가 장지에서 미사를 집전했다. 수녀들 일곱 명이 장지까지 따라왔다. 손안나 수녀는 오지 못했다. 연락이 안 닿았는지, 유족은 아무도 오지 않았다. 잠옷을 입은 시신이 내려갈 때 수녀들이 성호를 그었고 장분도 신부가 성수를 뿌렸다. 인부들이 삽으로 흙을 퍼서 잠옷 위로 던졌다. 일교차가 커서, 늙은 수녀들은 서둘러 장지에서 내려왔다. 수녀원 뒷마당 빨랫줄에는 L자 속옷이 말라서 바람에 흔들렸다. 햇빛에 섬유의 올이 한 가닥씩 드러났고, 거기서 덜 빠진 오물이 얼룩져 있었다. 김루시아 수녀의 유품은 옷가지 몇 점과 묵주 한 개, 나환자촌에서의 일지가 담긴 노트 몇 권이 전부였다. 옷가지는 태워서 없앴고 묵주와 노트는 교구청 자료실에 보관되었다. 김루시아 수녀의 사물함 서랍에서 은박지에 싼 약봉지가 발견되었다. 봉지 안에는 수면제 몇 알과 도라지 씨앗 몇 개가 들어 있었다. 김루시아 수녀는 수면제를 반 알씩 먹었는지 한 알 반씩 먹었는지 세 개는 온전했고 나머지는 반쪽이었다. 수녀원 직원이 수면제와 씨앗을 쓰레기통에 버리고 방안을 소독했다.

김루시아 수녀를 묻은 오후에 장분도 신부는 손안나 수녀의 알아들을 수 없는 죄를 고백받고 사하여주었다. 저녁에 장신부는 자전거를 타고 어촌마을로 돌아갔다. 썰물의 갯벌에서 석양이 퍼덕였다. 조개 무덤 앞을 지날 때 장분도 신부는 자전거에서 내려 성호를 그었다. 밤에 김요한 주교가 장분도 신부에게 전화를 걸어왔다. 김요한 주교는,

—오늘 수고 많으셨습니다.

라고 말했다.

군말

소설책의 뒷자리에 이런 글을 써붙이는 일은 객쩍다. 이 어수선한 글이 소설로 이루지 못한 부분을 보완할 수는 없을 테지만, 소설과 관련된 나의 마음의 환경을 이해받을 수 있기를 바란다.

나는 한 사람의 이웃으로 이 글을 썼다.

*

「명태와 고래」

2010년에 '진실 · 화해를위한과거사정리위원회'(위원장 이영조)는 광복 이후 전쟁과 분단, 개발독재와 군부독재, 유신과 쿠데타의 시대를 거치면서 벌어진 학살과 고문, 인권침해의 사례들을 조사한 결과를 '종합보고서'로 발간했다. 진실 규명을 신청한 건수는 1만 8백60건이었고 이중 7천9백22건(73%)은 민간인 집단 학살 사건이었다. 현장 조사와 관련자 조사 과정을 모두 수록한 보고서의 분량은 방대했다. 이 보고서는 곧게 찔러 들어가는 문장으로 학살과 고문의 현장으로 거침없이 다가섰다. 이 보고서는 디테일을 존중해서 세밀히 살폈고, 증명되는 것과 증명되지 않는 것을 구별했다.

이 보고서가 증언하고 있는 범죄는 모두가 군대나 경찰 그리고 검찰과 법원에 의해 자행된 국가 범죄였다. 기소와 재판과 선고의 사법절차를 모두 거친 합법적 학살도 많았다. 이미 사형이 집행된 사건이 수십 년 지나 무죄로 판명되기도 했는데, 그 사건의 기소와 재판을 담당했던 수사관과 법관들은 그때 일이 왜 그렇게 되었는지, 무슨 사정이 있었는지를 말하지 않았다.

나는 1948년생으로 이승만, 박정희, 전두환, 노태우의 시절을 거쳐서 지금까지 살고 있다. 이 보고서에 수록된 대부분의 학살과 고문은 모두 나의 삶과 동시대에 벌어졌던 야만 행위이다. 나는 이 보고서를 구해서 읽으면서 공포와 절망에 치를 떨었다. 나의 시대에 폭력은 일상화되고 제도화되어 있었다. 정권은 이권과 다름없었고, 정치권력과 군사력에 의한 폭력과 행정 권력, 경제 권력에 의한 폭력이 겹쳐 있었고, 이념이라는 미신이 세상의 꼭대기에서 모든 폭력을 총괄했다. 이 제도화된 폭력은 그 야만 행위를 자행하는 자와 피해자와 방관자들의 인간성을 심대하게 파괴했고 그 시대에 회복하기 어려운 상처를 남겼다. 나는 그런 시대에 태어나서 자랐고 밥을 벌어 먹었다.

「명태와 고래」는 이 보고서를 읽은 후에 두려움과 절망감 속에서 쓴 글이다. 나는 감정을 글에 개입시키지 않으려고 애썼다. 남쪽과 북쪽의 폭력에 의해 번갈아 짓밟히고 제 땅에서 추방되는 사람들에 대하여 쓰려고 했다. 짓밟힌 사람이 다시 삶을 추슬러나가는 모습은 겨우 조금밖에 쓰지 못했다. 고통과 절망을 말하기는 쉽고 희망을 설정하는 일은 늘 어렵다.

「48GOP」

48GOP는 십 년쯤 전에 언론사 취재팀과 함께 전방 군부대를 취재 여행하면서 느낀 것들을 소설로 쓴 것이다. 나는 당시로부터 사십 년 전에 육군에서 제대했는데, 사십 년 후의 젊은이들이 같은 자리에서 북쪽 젊은이들과 대치하고 있었다. 동부전선 산악 고지의 영하 이십 도에 가까운 추위 속에서 양쪽 젊은이들이 모두 발이 시려워서 쩔쩔매고 있었다.

전쟁과 분단의 기원은 나의 시대에서 비롯된 것이 아니라, 오래된 역사 속에서 그 필연성들이 배태되고 자라나서 오늘의 방향으로 전개된 것이라고 나는 그때 생각했다.

변하지 않는 것들이 변하는 것들을 억누르고 있었고, 변하지 않는 것들이 변하는 것들의 힘에 조금씩 밀려가고 있었다. 스스로 변하지 않는 것들은 마침내 멸망할 것이라고 나는 그때 생각했다.

내가 1948년생이므로 소설 제목을 '48GOP'라고 정했다. 괴로운 제목이지만 바꿀 수도 없다. 나의 돌아가신 아버지는 나라가 망해서 없어지던 1910년생이고 그 아들인 나는 그 나라를 다시 세우던 1948년생이다. 1948년은 1910년의 연장 위에 있다. 1910, 1948, 이 두 개의 숫자가 부자父子의 생애에 좌표처럼 찍혀 있다.

「영자」

서울 동작구 노량진동에는 오래전부터 9급 공무원 시험을 준비하는 젊은이(구준생)들의 집단 주거지가 형성되어 있다. 9급 공무직의 여러 직렬에 따른 시험 과목을 가르치는 학원들과 싼 음식을 파는 식당, 술집, 가게와 작은 방을 세놓는 오피스텔 건물(고시원)들이 밀집해 있다. 9급을 지망하는 많은 젊은이들이 몇 년 동안 이 동네에서 살면서 학원에 다닌다. 해마다 9급 시험이 끝나면 사람들은 흩어지고 새로 모인다. 합격한 사람보다 낙방한 사람이 훨씬 더 많다.

이 세상 속으로 진입하지 못하는 많은 젊은이들을 나는 이 동네에서 보았다. 삼수 끝에 포기하고 고향으로 돌아간 사람도 있고, 낮에는 오토바이로 배달 노동하고 밤에는 학원에 다니면서 9급을 준비하는 이도 있는 한편 가수가 되려고 노래를 연습하는 젊은이도 있었다. 「영자」는 이 노량진 9급 학원 동네의 젊은이들을 관찰하면서 쓴 글이다.

제도가 사람을 가두고 조롱하는 모습을 나는 거기에서 보았다. 인간의 생존 본능을 자기 착취로 바꾸어버리는 거대한 힘이 작동되고 있었다.

날이 저물면 구준생 남녀들이 사육신 묘지에 와서 키스했다.

「대장 내시경 검사」

몸이 탈 나서 병원에 가고, 죽은 친구들의 빈소에 문상 가는 일은 요즘 나의 중요한 일과이다. 「대장 내시경 검사」는 병원이나 빈소에서 들은 이야기의 파편들을 엮은 글이다.

문상을 가면 고등학교, 대학교 때 친구들을 만나서 소주 마시고 노닥거리는데, 문상 왔던 사람이 몇 달 후에 죽어서 문상을 받는다. 죽은 자는 죽었기 때문에 죽음을 모르고 산 자는 죽지 않았기 때문에 죽음을 모른다. 빈소에서 노닥거릴 때, 인간은 무엇을 아는가? 라는 의문이 떠오르면 난감하다. 죽지 않은 사람들은 이웃집에 마실가듯이 죽은 사람의 빈소에 모인다.

몇 달 전에, 늙어서 바람피우다가 걸려서 이혼하고 재혼한 친구가 죽어서 문상을 갔었다. 헤어진 전 부인이 검은 옷을 입고 문상 와서 현 부인에게 조문했다. 소주를 마시던 친구들은 긴장하면서 두 여자의 상봉을 바라보았다. 두 여자는 서로 위로의 말을 건네는 것처럼 보였다. 친구들은 두 여자가 죽은 남편의 흉을 보면서 수다떠는 것이라고 말했다. 친구들은 죽은 자가 복이 많다……면서 낄낄거렸다. 죽은 자를 보내는 자리에서 보기 나쁘지 않은 모습이었다. 결혼, 이혼, 재혼처럼 힘든 고비들이 문득 가볍게 느껴졌다.

작년에는 몸이 아파서 일주일쯤 입원했었는데, 병원 복도에서 오십 년 만에 대학교 동창생을 만났다. 그 친구는 병원 직원이 미는 휠체어에 앉아서 검사실로 실려가고 있었고 나는 링거병을 밀면서 복도를 걸어다니고 있었다. 우리는 눈이 마주치자 대번에 알아보았다. 오십 년이 넘었는데도 그 친구의 표정은 살아 있었고 나의 기억에 남아 있었다.

—난 공무원 오래했어. 지금은 놀아. 넌 글 쓴다고 들었다.

—그래, 조금. 난 심장 때문에 들어왔어. 넌 뭐니?

—난 디스크야. 오래됐어. 또 수술했는데 아프다.

—이런 데서 만나니까 더 반갑구나.

—그렇구나. 이런 데서 만나니까.

우리는 이런 하나 마나 한 얘기를 몇 마디 주고받고 헤어졌다. 생로병사는 이처럼 가벼운 것이었구나, 라는 생각이 들었다.

그후에 그 친구가 어찌되었는지는 모른다. 슬픔과 고통이 세월에 의해 풍화되면 마음속에는 환영이 남는다. 환영은 무력하지만 아름답다. 나는 「대장 내시경 검사」에서 이 희미한 환영이 작동하는 모습을 그려보았다.

「저만치 혼자서」

「저만치 혼자서」는 2012년 10월 23일에 작고한 천주교 사제 양종인 치릴로 신부의 생애를 생각하며 쓴 글이다. 양종인 신부는 내가 육군에 복무하던 1972년에 태어났다. 그는 고등학교 때부터 폐결핵으로 아팠으나 성직聖職으로 부르는 목소리를 감득하고 있었다. 양종인은 2000년에 사제 서품을 받았고 마흔 살에 세상을 떠났다.

나는 양신부와 만난 적이 없다. 나는 양신부의 누나인 양선희 기자[1)]가 2012년 11월 9일자에 중앙일보에 쓴 칼럼을 읽고 이 젊은 신부가 세상에 다녀간 것을 알았다.

그후에 나는 양신부의 친구인 김영훈군(출판사 안나푸르나 대표)을 통해서 양신부의 생애에 대해서 조금 더 알게 되었다.

양신부는 천주교 의정부교구에 배속되었고, 사람들의 죽음

---

1) 양선희 기자는 1990년에 중앙일보에 입사해서 삼십여 년간 일하고 퇴사했다. 2022년 3월부터 서울대 언론정보학과에서 학생들을 가르치고 있다.

을 보살피고 인도하는 상장례학교의 교장으로 일했다. 양신부는 임종을 앞둔 늙은 수녀들의 죽음의 길을 함께 걸었고, 미사를 드려서 세상 너머로 배웅했다. 그는 배낭을 지고 버스와 전철을 갈아타면서 은퇴 수녀들이 모인 수녀원을 찾아다니며 미사를 드렸다.

그의 동료 신부는 '깊은 밤중에 성당에서 혼자서 미사를 드리는 그의 모습을 본 적이 있다. 그는 자신의 외로움을 미사와 기도로 극복하고 있다는 생각이 들었다'라고 추도사에서 말했다.[2] 양신부는 재세시在世時의 강론을 모아서 『천주교 생사학 강의록』이라는 교재를 만들었다.[3]

이 책에서 그는, 신앙의 신비는 파스카의 무덤 속에만 있는 것이 아니라 일상의 생활 속에 있다고 말하고 있다. 그는 무너져 가는 자신의 육신을 이끌고 타인의 죽음을 보살폈다. 그것이 그의 일상이자 신앙이었다. 고백하자면 나는 어려서 영세를 받았고 복사를 했지만 지금은 신앙인이라고 하기에는 염치없다.

나는 양신부가 꿈꾸었던 죽음 저편의 신생에 대해서는 쓰지 못했고 죽음의 문턱 앞에 모여서 서로 기대면서 두려워하고 또

---

2) 양선희, 「양종인 치릴로 신부의 '천주교 생사학 강의록'을 내며」, 『죽음을 넘어서는 희망』, 독서일가, 2021.

3) 『죽음을 넘어서는 희망』은 이 강의록을 양종인 신부 사후에 다시 묶은 것이다.

받아들이는 사람들의 표정을 겨우 썼다. 모자라는 글이지만 나는 이 글을 쓸 때 편안했고, 가엾은 존재들 속에 살아 있는 생명의 힘을 생각하고 있었다.

「저녁 내기 장기」

나는 이십오 년째 경기도 고양시 일산에서 살고 있다. 고양은 신도시 개발 이후에 급속도로 커져서, 고양시의 팽창 속도는 세계적인 기록이 되었다. 이 기록이 자랑거리인지는 잘 모르겠다. 일산은 그 중심부이다.

땅의 높고 낮은 리듬과 실개천들을 모두 불도저로 싹 밀고 메꾸어서 일산의 땅은 다리미로 다린 듯이 납작하다. 땅은 오직 건물을 짓기 위한 대지와 도로 용지로만 쓰인다. 수평과 수직뿐이다. 판판하고, 삐죽삐죽해서 일산은 표정이 없다.

나는 호수공원과 정발산(해발 88미터)에 의지해서 살았다. 이십오 년 전의 어린 나무들이 크게 자라서 그늘을 드리운다. 나는 나무들의 어린 시절을 기억하고 있다. 소나무는 구불구불하게 퍼져서 이십오 년 전 모습이 아니지만 버드나무와 은행나무에는 어렸을 적의 자태가 희미하게 남아 있다. 작년에 심은 어린 산수유나무는 키가 어린애만한데, 올봄에 꽃이 피었다. 그 나무의 첫번째 꽃이다.

공원에는 지친 사람들이 숨쉬러 온다. 「저녁 내기 장기」는 내가 그동안 호수공원의 장기판을 기웃거리면서 보고 듣고 겪은 것들에 이야기를 입힌 글이다. 이십오 년 전에 장기를 두던 노인들은 지금은 없다. 지금은 그후에 늙은 사람들이 장기를 두고 있다. 그때 산책하던 사람과 개들은 지나갔다. 지금은 다른 사람과 개들이 지나간다. 지나가는 것들은 지나가고 또 지나간다. 다들 지나가서, 지금 장기판에서는 내가 늙은이 대접을 받는다. 장기꾼들은 여름에는 나무그늘에 모이고 겨울에는 양지쪽으로 간다. 눈구덩이에 앉아서 두는 사람도 있다.

호수공원 장기판에서 나는 해체되는 삶의 아픔을 느꼈다. 저마다의 고통을 제가끔 갈무리하고 모르는 사람끼리 마주앉아서 장기를 두는 노년은 쓸쓸하다. 삶을 해체하는 작용이 삶 속에 내재하는 모습을 나는 거기서 보았다.

「저녁 내기 장기」는 대상에 바싹 들러붙어서 쓴 글이다. 형용사를 쓰지 않으려고 애썼던 기억이 난다. 바싹 붙는다고 좋은 것은 아니다. 바싹 붙고 나면 글을 데리고 물러서기가 어렵다. 나는 날마다의 불완전 속에서 살고 있다.

「손」

「손」은 오래전에 오영환 소방사한테서 들은 이야기의 느낌에 의지해서 쓴 글이다.

2008년에 오영환 소방사는 신출내기 소방관으로 부산 해운대 수상구조대에 근무하고 있었다.[4] 8월 중순에 태풍으로 입수가 금지되자 피서객들은 부산시청에 졸라댔고, 수상구조대장은 '무릎까지'만 들어가는 조건으로 입수를 허용했다. 피서객들은 다투어 물에 뛰어들었다. 수상구조 지휘본부CP는 백사장에 높은 망루를 설치하고 바다를 관찰했다. 오영환 소방사는 보트를 타고 물위에 떠 있었다. CP로부터 출동 지시가 왔다.

"즉시 열한시 방향, 2차 부표 쪽으로 이동하라."

부표 너머에서 파도에 떠올랐다 가라앉기를 반복하는 사람이 있었다. 오영환 소방사가 다가가서 손을 잡아끌어서 몸을 구명환에 묶었다. 어린 여자아이였다. 아이는 눈동자가 풀려 있었고 의식이 혼미했다.

오영환 소방사는 물속에서 아이의 손을 잡았을 때의 느낌을 글로 적어서 나에게 보내왔다.

……그것은 너무나도 강력하고 간절한 손길이었다. 아이

4) 그때 오영환 소방사는 이방(군대의 이등병) 계급의 의무소방대원으로 해운대 해수욕장에 근무했다. 그후 오영환 소방사는 119특수구조단에 편입되어서 서울 도봉구 도봉산산악구조대에서 근무했다. 바다에서 산으로 갔다. 산전수전(山戰水戰)이다. 오영환 소방사는 2020년 총선거에서 의정부 갑구 국회의원으로 선출되었다.

의 조그만 손이 진정 놀라운 힘으로 내 손을 간절히 잡고 있었다. 끌어올렸을 때 아이의 몸은 차가웠다. 그러나 손과 손 사이에 온기가 퍼졌다. 파도는 더이상 두렵지 않았다. 나는 해안을 향해 헤엄쳐나갔다. 너무나도 조그맣던 손, 생명을 향한 강력한 의지. 그 간절했던 작은 손의 온기가 아직도 내 손에 깊게 배어 있다.[5)]

오영환 소방사의 글을 읽고 나서 나는 그에게 전화를 해서 그때의 손의 느낌을 더 자세히, 더 육감적으로 말해보라고 다그쳤는데 그는 간절한, 강력한, 따스한, 세 마디를 반복할 뿐이었다.

나는 글을 써서 그 빈자리를 메꾸기로 했다. 나는 오영환 소방사가 전한 느낌을 등대처럼 바라보면서, 나 자신의 이야기를 이리저리 지어내서 그 등대에 연결시키려고 애썼다. 십 년이 지나서 다시 읽어보니, 나의 이야기는 퀭맨 자리가 여기저기 드러나 있다. 간절한, 강력한, 따스한…… 이 세 마디를 이겨낼 도리가 없다. 글은 삶을 온전히 감당하지 못한다.

그럼에도 불구하고 인간의 손은 여전히 나의 소중한 테마다. 노동하는 손, 사랑하는 손, 쓰다듬는 손, 주무르는 손, 주는 손,

5) 오영환 소방사가 보내온 글의 내용은 「그 여름, 기적처럼 마주잡았던 작은 손」(『어느 소방관의 기도』, 쌤앤파커스, 2015)으로 묶였다.

받는 손, 부르는 손, 보내는 손, 기도하는 손, 연장을 쥐는 손, 악기를 쥐는 손, 무기를 쥐는 손, 고운 손, 부르튼 손, 그리고 이 세상의 수많은 손잡이에 남아 있는 손들의 자취와 표정에 대해서 나는 쓰고 싶다. 나의 '손'은 오영환 소방사의 '손'에 미치지는 못하지만 '손'이라는 제목은 내 마음에 든다.

2022년 여름

김훈

김훈
1948년 서울 출생. 자전거 레이서. 장편소설 『칼의 노래』 『달 너머로 달리는 말』, 산문집 『라면을 끓이며』 『연필로 쓰기』 등이 있다.

문학동네 소설집
저만치 혼자서

1판 1쇄 2022년 6월 1일
1판 5쇄 2023년 12월 12일

지은이 김훈
책임편집 정은진 | 편집 이상술 염현숙
디자인 김이정 최미영
마케팅 정민호 서지화 한민아 이민경 안남영 왕지경 황승현 김혜원 김하연 김예진
브랜딩 함유지 함근아 고보미 박민재 김희숙 박다솔 조다현 정승민 배진성
제작 강신은 김동욱 이순호 | 제작처 천광인쇄사(인쇄) 신안문화사(제본)

펴낸곳 (주)문학동네 | 펴낸이 김소영
출판등록 1993년 10월 22일 제2003-000045호
주소 10881 경기도 파주시 회동길 210
전자우편 editor@munhak.com | 대표전화 031) 955-8888 | 팩스 031) 955-8855
문의전화 031) 955-3576(마케팅) 031) 955-2675(편집)
문학동네카페 http://cafe.naver.com/mhdn
인스타그램 @munhakdongne | 트위터 @munhakdongne
북클럽문학동네 http://bookclubmunhak.com

ISBN 978-89-546-8692-1 03810

잘못된 책은 구입하신 서점에서 교환해드립니다.
기타 교환 문의 031) 955-2661, 3580

www.munhak.com